사랑합니다

고맙습니다

미안합니다

그 마음을 선물로 전하고 싶은

당 신 에 게

마음을

기억한다는 것

선물하다

신혜연 지음

버튼북스

선물 고르는 시간,
당신을 사랑하는 시간

　　첫 직장에 들어가기 위해 여기저기 시험을 보던 중이었다. 한 출판편집회사의 서류전형을 통과해서 필기시험을 보고 나오니 '수고비'라며 흰 봉투를 나눠주었다. 봉투 안에는 3천원이 들어 있었다(1980년대였다). 시험을 보게 해준 것만으로도 고마운데 수고비도 주는 회사라니. 며칠 전부터 동생에게 사주겠다고 약속했던 케이크가 생각났다. 이대 앞 그린하우스의 3천원짜리 시폰케이크를 사서 동생에게 선물했다.

　　며칠 후 그 회사에서 2차 필기시험을 보러 오라고 연락이 왔다. 2차 필기시험은 작문, 주제는 '지난번에 받은 그 3천원'이었다. 주저 없이 담담하게 3천원에 대한 이야기를 풀어나갔다. 결과는 합격.

그때 깨달았다. 욕심 없이 좋은 마음으로 선물을 하면 더 좋은 일이 생긴다는 것을. 그 이후로 나는 날개를 단 듯 수시로 선물하기를 즐겨왔고, 관심이 있으니 선물에 대한 정보도 남들보다 늘 많았다. 그래서 내 주변 사람들은 선물할 일이 있으면 나에게 선물을 준비하라고 한다.

어릴 적부터 선물하는 걸 좋아하긴 했다. 선물을 고르며 고민하는 것, 선물하라고 부추기는 것, 선물 받는 것, 선물 받으면 기쁨을 감추지 않고 자랑하는 것, 모두가 나의 장기다. '선물'이라는 말만 들어도 가슴이 두근거린다. 작은 선물을 주고받는 일에 열정적인 나를 보며 주위에선 혀를 끌끌 차면서도 즐거워서 하는 일이니 정신 건강에는 좋겠다고 한다.

선물을 싫어할 사람이 있을까? 선물이란 받는 사람에게나 주는 사람에게나 즐거운 이벤트를 만든다. 그런데도 사람들은 '선물'이라 하면 겁부터 먹는다. 도대체 뭘 선물하지? 어디 가서 사야 하지? 그걸 싫어하면 어떡하지? 그리고 생각한다. 그 선물을 위해 내가 들여야 할 시간과 비용과 노력이 어느 정도가 적당할지.

내가 선물을 고를 때 몇 가지 경우가 있다. 생일이나 기념일 같은 날에 받을 사람이 정해져 있는 상황에서 선물을 고르는 경우가 첫 번째이고, 두 번째는 우연히 어떤 물건을 보니 어울리는 사람이 생각나서 선물을 하는 경우, 세 번째는 좋은 물건을 만났을 때 미리 사 두었다가, 적당한 기회에 그 물건을 선물하는 경우 등이다. 나는 당연히 선물을 해야 하는 생일이나 기념일에 선물하는 것보다 어느 날 문득, 그 사람이 생각날 때 선물하는 걸 더 좋아한다. 형식적으로 고른 선물이 아니라 그 사람만을 생각하며 선물을 고르니 선택의 폭도 더 넓고, 할 이야기도 많아진다.

'선물'에 대한 내 기록들을 모아 책을 만들기로 하고, 수십 권의 일기장과 앨범, 받았던 카드들을 뒤적이던 지난 일 년, 정말 행복했다. 선물을 주고받으며 나눴던 따뜻한 사랑과 격려의 문장들이 곳곳에서 튀어나와서 살아온 세월에 자긍심을 더해주었다. 집안 구석구석에 박혀 있던 물건들이 '어디서, 누구로부터 왔는지' 이야기하기 시작했다. 바스라져가는 종이 위에 흐릿하게 남은 우정의 추억부터 여전히 반짝이는 광택을 유지하는 화양연화 시절의 기록까지 그

동안 주고받은 수많은 '선물'의 흔적은 '내 사람'들에 대한 소중함을 다시 한번 일깨워주었다. '선물'은 그냥 물건이 아니다. 진열대 위에 있을 때는 그저 물건이지만 거기에 상대방을 향한 내 마음이 더해져 의미가 생기고, 세상에 하나밖에 없는 물건이 되는 게 선물이다.

마음을 표현하는 건 중요하다. 방법은 여러 가지가 있겠지만, 나는 그중에서도 어떤 물건을 '선물하기'를 권한다. 소비지향적 발언으로 들릴지는 몰라도 물건에 마음이 덧입혀진 선물은 수시로 눈에 뜨여서 나를 잊을 수 없게 만들기 때문이다. 그 친구는 무슨 색을 좋아할까? 이 정도 크기면 그 친구가 쓰기에 적당할까? 이걸 어떻게 포장해야 친구가 깜짝 놀랄까? 그런 생각을 하며 물건을 고르고 포장하는 동안 온전히 그 사람만을 생각하는 그 시간의 진심이 중요하다.

나의 소소한 일상에서 선물에 대한 이야기를 '선물일기' 형식으로 적었다. 어떤 물건은 아주 사적이고, 어떤 물건은 일반적이기도 할 것이다. 딱 그 물건을 선물해도 좋겠지만 이 책이 누군가에게 마음을 전할 일이 있을 때, 사랑의 마음, 감사의 마음을 잘 전달하는 데 작은 힌트가 되기를 바란다.

차
례

봄 선물

여름 선물

가을 선물

겨울 선물

봄 선물

히아신스 화분

3백일을 준비했어, **축하해**

달력을 3월로 넘긴 지 이미 오랜데 사방을 돌아봐도 봄 분위기가 안 난다. 출근길 지하철에서 마주치는 사람들은 여전히 무거운 코트에 눌려 어깨를 움츠리고 무표정한 얼굴로 밀려가고 밀려온다. 어깨 위에, 건물 꼭대기 하늘에 겨울은 여전히 머물러 있다. 봄은 어느 구석에 숨어 있는 건지, 구석구석 뒤져서 봄을 끌고 나오고 싶은 날씨다.

삼십 분 정도 일찍 나서니 시간 여유가 있다. 사무실로 가던 발길을 틀어 남대문시장으로 향한다. 바깥 세상은 이제 아침을 시작하는데 새벽부터 북새통을 치른 꽃시장은 이미 소강상태. 아침식사를 주문한 상인들에게 배달 가는 쟁반들이 머리 위로 날아다닌다. 4층은

김치찌개, 된장찌개 냄새와 풋풋한 풀냄새가 섞여 돌아가는 꽃시장이다.

장미, 리시안셔스, 백합 더미를 지나가니 노란 프리지어 더미가 눈에 띄기에 프리지어 석 단과 안개꽃 한 단을 사고 비닐을 넉넉히 얻었다. 모퉁이를 돌아 나가는데 히아신스 화분이 보인다. 구근에서 뾰족하게 올라온 모양이 곧 꽃을 피울 모양새다. 수경재배용 컵에 담긴 히아신스 세 개를 사서 사무실에 와 포장을 다시 해서 동료들 책상 위에 올려놓는다. 사무실 곳곳에 노란색과 초록색이 점처럼 눈에 띄니 기분이 좋아진다. 봄, 너 이래도 안 올 거니?

히아신스 화분을 사야겠다는 생각을 하게 된 건 사진가 김용호 선생님 덕분이었다. 전에 선생님의 작품인 '피안彼岸'에 대해 인터뷰하고 기사화한 적이 있는데 고맙다고 밥을 사 주시겠다 해서 만나는 자리에 히아신스 화분을 들고 오셨다. 해마다 만드시는 빨간 다이어리와 함께. 직접 한지로 포장하고 시원한 필체로 이름까지 적어주신 다이어리는 지질도 좋고, 내지도 쓰기 편하게 되어 있었다. 간간이 들어 있는 선생님 작품 사진을 보는 즐거움도 있고. 히아신스가 의외였다. 아직 꽃이 피기 전이라 꽃대 옆에 잎만 두어 개 있는 가녀린 상태라서 여기서 꽃이 필까 살짝 의심스러웠다.

꽃과 나무를 키우는 건 햇빛과 바람과 물 그리고 키우는 이의 관심이라 들었다. 네 가지 중 어느 하나가 부족해도 식물은 바로 잎을 떨구고 순식간에 메말라간다. 어려서 단독주택에서 살 때는 마당이 있어 맨드라미, 백일홍, 채송화가 나지막하게 피어났고, 라일락, 포도나무에서 꽃과 열매가 주렁주렁 열렸다. 부모님이 꽃들을 부지런히 챙기신 것은 꿈에도 모르고, 원래 식물이란 그렇게 잘 자라는 건 줄 알았다.

결혼해서 아파트에 살면서 가끔 화분을 선물받는데 우리 집에 들어오기만 하면 꽃들이 바로 죽어 나갔다. 내가 하소연을 하자 한 친구가 "너희 부부가 둘 다 용띠라서 기운이 세서 그런가보다" 하기에 그 말이 맞는 듯하여 아예 식물을 키우지 말자고 다짐했다. 물론 그 말은 도우미 아주머니가 우리 집에 오신 이후로 근거 없는 말이었음이 증명되었다. 그분이 우리 집에 오기 시작한 이후, 고사 직전이었던 산세베리아가 회생해서 지금까지 십수 년을 쑥쑥 잘 자라고 있고, 이사할 때 들어온 호접난과 크리스마스에 사들인 포인세티아도 여러 해 꽃을 피우며 잘 자랐기 때문이다.

퇴근해서 돌아오면 "오늘은 산세베리아가 꽃을 피웠다" "오늘은 포인세티아 잎이 빨갛게 변했다"는 등 나무들의 상태를 얘기해주시면서 뿌듯하고 행복한 표정을 지으셨다. 자식들이 모두 장성해서 제자리를 찾자 바깥어른이 마련해둔 시골로 가서 전원생활을 하겠다며 우리 집 일을 그만두셨다.

우리도 전보다는 시간과 마음 여유가 생겨 주말마다 화분에 물

주고 돌보았고, 그분이 그동안 사랑을 듬뿍 주셔서 그런지 우리 집 산세베리아는 여전히 쑥쑥 키를 늘이며 잘 자라고 있다.

봄을 부르는 향기

이야기가 많이 돌아왔다. 어쨌든 김용호 선생님이 주신 선물이니 받아서 햇빛이 잘 드는 책상 위에 올려놓았다. 그때가 2월이었다. 수경재배로 키우는 꽃이라 일주일에 한번 물을 갈면 된다 해서 일주일 지나 물을 갈려고 보니 어느새 꽃망울이 맺혀 있었다. 꽃망울도 신기한데 근처에서 나는 향기가 일품이었다.

며칠 후, 그 방을 지나가는데 엄청나게 진한 꽃향기가 훅 느껴졌다. 열어놓은 창문을 통해 바람이 들어오면서 히아신스 꽃향기가 집 안에 흩뿌려진 것이다. 다가가 보니 이미 꽃대는 꽃으로 싸여 보이지도 않을 정도로 하얀 꽃이 활짝 피었다. 일주일이 넘게 히아신스 향기가 온 집안에 감돌았다. 시꺼먼 구근에서 화사한 꽃이 핀 것도 신기한데 그 향기가 놀라울 정도로 진했고, 오래 갔다.

꽃이 진 후 구근을 잘 갈무리하면 두어 해 계속 꽃을 볼 수 있다기에 잘 가꿔보려 했는데 서툰 주인의 손끝에서 히아신스는 곧 시들어버렸다. 불과 열흘 남짓이었지만 히아신스 향기의 감동은 컸다. 어느 향수도 이렇게 강렬하지 않았고, 이렇게 매력적이지 않았다. 삼백여 일을 동그란 구근 안에서 꾹꾹 눌러 준비했다가 겨우 열흘 화사하게 피는 그 꽃잎 끝에서 피어난 향기라 더 강렬했을 게다.

꽃향기에 반해 히아신스가 어떤 꽃인지 궁금해졌다. 그리스 신화에 따르면 히아신스의 유래는 이렇다. 태양의 신 아폴론^{Apollon}이 스파르타의 왕자 히아킨토스^{Hyacinthos}를 총애하자 역시 히아킨토스를 사랑하던 바람의 신 제피로스^{Zephyros}가 이를 질투했다. 제피로스는 심술이 나서 아폴론과 히아킨토스가 원반던지기 놀이를 하고 있을 때 거센 바람을 일으켰다. 아폴론이 던진 원반은 바람에 날려 히아킨토스의 이마를 쳤고 히아킨토스는 그 자리에서 피를 흘리며 쓰러져 죽었다. 그 피가 떨어진 땅에서 꽃이 피어나자 사람들은 이 꽃을 히아신스라 이름 지었다 한다. 아폴론과 사랑한 미소년들은 어째이리 하나같이 슬픈 종말을 맞을까?

내친 김에 꽃말도 찾아보니 흰 히아신스는 사랑의 행복, 파란 히아신스는 사랑의 기쁨, 보라 히아신스는 영원한 사랑이란다. 꽃말도 좋으니 다음에 기회가 되면 히아신스 화분을 선물하리라 마음먹었다. 오늘 아침의 남대문 꽃시장 쇼핑은 그래서 시작된 것. 모레쯤 책상마다 하얗게 핀 히아신스가 사무실에 뿌려줄 찐한 봄의 향기가 기대된다.

물고기 장식

눈을 크게 뜨고 다니세요. **물고기처럼**

디자이너 장응복의 패턴 북 〈무늬〉 제작을 돕다가 우리나라 전통 문양에 대해 많은 것을 배웠다. 텍스타일 디자이너 자 인테리어 디자이너 또 패턴 디자이너이기도 한 장응복 모노컬렉션 대표님이 지난 삼십 년 동안 본인이 직접 만들어온 문양들을 책으로 묶어내는데 글을 좀 다듬어달라 해서 패턴 북 〈무늬〉의 기획부터 함께 했다. 이 과정에서 우리나라 전통 문양에 대해서 많이 배웠고, 디자이너가 일상에서 어떻게 영감을 받고 그것이 어떻게 디자인으로 구현되는지도 어렴풋하게 알게 되었다.

'물건의 거죽에 어룽져 나타난 어떤 모양'을 나타내는 '무늬'라는 말은 참 예쁘다. 검고 흰 단색조가 유행의 첨병이 된 게 오래지만 세상에는 여전히 점과 선, 빛깔이 어우러져서 만들어내는 수많은 무늬들이 존재한다. 이 무늬 덕분에 세상이 변화무쌍하고 흥미롭다. 1980년 어느 날, 우리나라에 컬러TV가 등장하던 날의 그 놀라움을 기억한다. 우리는 그동안 무지개도 흑백으로만 알고 있었던 것처럼 흥분했다. 색깔이 주는 즐거움과 행복은 순식간에 세상을 바꿔버렸다. 무늬가 그렇다.

이런 무늬 이야기는 서양에만 존재한다고 생각했었다. 고조선부터 삼국시대와 고려, 조선을 거치며 발전해온 미술사를 열심히 공부했지만 그중에서 '무늬'에 집중한 적은 없었다. 텍스타일 디자이너로 시작해 인테리어 디자인을 하면서 우리 전통 문양에 주목한 장응복 대표님의 이야기를 들으면서 우리 무늬를 다시 보게 되었다.

한국의 패턴 디자이너로 외국 디자이너 브랜드와 오랫동안 작업하면서 장응복 대표님은 '가장 한국적인 것이 세계적'이라는 생각을 갖게 되었다. 우리네 자연 풍경, 고려청자의 다완, 조선시대 화조도와 산수화, 부채와 소반 등에서 영감을 얻어 미니멀하고 모던한 우리만의 패턴을 만들었다. 조선시대 양반가의 사랑방에 있던 부채와 소반이 21세기를 사는 우리네 아파트 거실의 벽지에 재현되었을 때 이질감이 없도록 현대적 감각의 패턴으로 만들어냈다.

장 대표님은 서구적 안목으로 지어진 현대 아파트 안에 사는 우리가 우수했던 조상들의 지혜로우면서도 감성적인 전통을 잊지 않게 하기 위해 수없이 많은 연구와 노력으로 우리만의 전통 무늬를 만들어냈다. 이렇게 만들어낸 무늬는 천에 염색되어 커튼이 되기도 하고, 한지에 인쇄되어 벽지가 되거나 등갓이 되기도 한다. 이불보나 쿠션, 방석이 되어 침실을 꾸미기도 하고, 가방이나 열쇠고리가 되어 패션 액세서리가 되기도 한다.

고려청자 속에 은입사로 상감된 새와 버드나무, 조선 청화백자에 피어난 연꽃과 모란을 갖고 와서 적절한 농담을 입혀 은은하게 때론 화려하게 뽑아냈다. 겸재 정선의 '금강전도'에서 골산과 흙산을 뽑아오고, 그림 속에 흘러가는 구름을 떠와서 현대적 감각에 맞게 절제미와 균형미가 돋보이는 무늬를 만들어냈다. 복주머니와 부채, 꽃신, 소반다리 등 생활소품에서 영감을 받아 만든 무늬는 더할 나위 없이 현대적이고, 실용적이다.

다산과 풍요, 성공, 정진의 상징

내가 가장 좋아했던 무늬는 장삼이사, 갑남을녀가 그려 사용한 민화에서 뽑아 만든 십장생도, 화조도, 산수화, 어해도, 책가도 등이다. 십장생도에는 수복강녕, 부귀영화를 누리라는 의미로 십장생의 문양을 따서 전통색인 오방색의 색동 천 위에 반복적으로 적용해 무한으로 끝없이 이어지게 만들었다. 조선의 규방에서 여인들이 많이 그렸을 화조도에서는 꽃과 나무의 의미들을 반영해서 별채의 뒤뜰처럼 개성이 강한 독특한 무늬로 재현했다.

조선의 고가구나 소품을 보면 유독 물고기 문양의 장식이 많아서 의아했는데 '어해도-강물고기'에 그 설명이 있었다.

첫째, 동양에서 물고기는 알을 많이 낳는다 하여 다산과 풍요를 상징한다. 둘째, 물고기는 잘 때도 눈을 뜨고 있기에 혼돈과 산만 속에서 항상 눈을 뜨고 깨어 있으라는 일침의 뜻을 상징한다. 셋째, 해마다 봄이 되면 황하 상류의 용문이라는 협곡에서 잉어들이 다투어 뛰어오르며 센 물결을 거슬러 오르는데 여기에서 성공하면 용이 된다는 전설이 있다. 여기서 유래한 말이 '등용문登龍門'이다. 어려움 속에서도 학문에 힘쓴 선비가 성공해 높은 관직에 오를 것을 바라는 마음을 상징한다.

물고기라 하면 횟감으로 뭐가 좋을지, 어떻게 조려 먹으면 맛있을지 후딱 잡아먹을 생각만 했는데, 물고기가 이렇게 훌륭한 존재였던가? 물고기의 생태를 관찰해서 이런 수많은 상징을 찾아내고 활용한 조상들의 지혜가 놀랍기만 하다.

모노컬렉션에는 물고기 무늬를 염색한 천도 있지만 다양한 무늬의 천들을 조각으로 이어 물고기 모양으로 만든 소품도 판매한다. 월척만한 크기로 만든 물고기는 이사하는 집에 복과 안녕을 비는 의미로 달았던 북어처럼 무명천으로 둘둘 묶어서 천장에 걸어두라고 선물하기도 하고, 손바닥만한 크기의 물고기는 열쇠고리가 달려 있

밤에도 눈을 뜨고 자는 물고기처럼,
혼돈과 산만함 속에서도
늘 깨어 있으라는 가르침을 준다.

어 가방에 달고 다니라고 선물한다. 물고기 만들기에 사용한 색의 천 조각 몇 개와 가죽 끈 두어 개를 물고기와 함께 주렁주렁 달면 더 세련된 스타일을 만들 수 있다.

물고기 열쇠고리를 보면서 영화 〈셉템버 이슈September Issue〉에서 〈보그Vogue〉의 전설적 패션 에디터였던 그레이스 코딩턴Grace Coddington이 했던 말이 생각났다. "그 사람이 항상 눈을 뜨고 있으라고 가르쳐줬어요. 차에서든 어디서든 잠을 자지 말고 계속 주변을 살펴보라고. 창을 통해서 보는 모든 것들이 영감을 줄 수 있다고요."

선물할 때는 물고기가 상징하는 뜻과 함께 열쇠고리를 달고 다니며 눈을 커다랗게 뜨고 다니라는 이야기를 옆에 써준다. 조선의 선비가 학문에 정진하며 언젠가 세상에 나아가 뜻을 펼치길 기대하는 마음으로 물고기 소품을 곁에 지녔듯 물고기 모양 열쇠고리를 지니고 다니면 좋은 일이 생길 거라고, 마음을 담아 나의 물고기를 보낸다고.

차 거름망

○ 위로

머리로 생각하지 말고, **손을 믿어요**

여전히 녹차보다는 커피를 좋아하지만 차를 만드는 과정이나 차를 내리는 과정이 좋아서 기회만 생기면 차를 배우러 다닌다. 전통 다도예절을 경험하러 성북동의 명원문화재단 다례교육원의 다도체험, 경남 하동군 '하동 야생차박물관'의 다례체험, 제주도 오설록 티박물관의 티클래스, 그리고 차를 제대로 하는 찻집에 갈 때마다 차에 대한 이야기를 듣고, 다구를 만드는 도자기 작가들에게 또 다구 이야기를 듣고, 책도 찾아본다.

우연히 차를 좋아하는 몇몇이 모여 일본 다도를 공부해보자고 의견을 모았다. 일본에서 오랫동안 살았던 푸드 코디네이터 김영애 선생님을 중심으로 일본차를 공부하게 되었다. 우리 다도에 대한 공부를 먼저 제대로 하는 게 맞지만 기회가 되는 것 먼저 배우고, 나중에 배우면 비교가 되어 공부가 더 깊겠다는 생각에서 그리 하기로 했다.

일본의 차 전문가 사가라 토시아키相良寿晃 선생님의 수업이 시작되었다. 수업 시간은 천천히 흘러갔다. 최옥희 선생님이 옆에서 차분하게 통역을 해주시느라 한 템포 더 느리게 진행해야 했던 이유도 있지만 어쨌든 수업하는 동안 성격이 급한 사람은 조급증이 들 정도로 선생님은 느릿느릿 움직였다. 사실 '느릿느릿'이 아니라 한 단계 한 단계를 절도있고 꼼꼼하게 하느라 그런 건데, 그 당시에는 그리 보였다.

차 수건을 꺼내 잘 펴서 3등분하여 아래에서 위로 접어 올리고, 남은 부분도 접었다. 이번에는 다시 가로로 3등분하여 왼쪽을 먼저 접고, 나머지도 접었다. 대충 손으로 그러잡고 한번에 접으려 하자 선생님은 그리 하면 안 된다고 손을 내저으셨다. 찻잔을 닦을 때도 여덟 부분으로 나누어 시계바늘 방향으로 절도 있게 돌리면서 일정한 속도를 유지하려고 노력하라 하셨다.

차를 우려 마시면 되지 찻잔 닦는 방향이나 횟수가 뭐 그리 중요한지, 작은 흐트러짐도 용납하지 않고, 반복해서 몸에 익히라고 강조하셨다. 내가 예전에 놀러 다니며 찰떡같이 알려줘도 메떡같이 배워온 다도와는 달리 아주 정교하게 과정을 나누고 진지한 얼굴로 엄격하게 훈련시키셨다.

　차를 배울 때 오쿠다 쇼조奥田正造가 지은 책 〈다미茶味〉를 함께 읽으며 공부했는데 거기 그런 얘기가 나왔다. '차를 내는 동작은 단순히 차를 내기 위한 동작이 아니라 인간으로서 걸어가야만 할 길을 깨닫기 위한 여러 가지 요소가 이미 움직임 속에 포함되어 있다.' 이해하기 쉽지 않은 말이었다. 한 달에 한 번씩 일부러 시간을 내서 배우는데 진도는 나가지 않고, 매번 차 수건을 접고 찻잔 닦는 데 시간을 다 보냈다.

　일 년쯤 지났을까? 수업을 하고 와서 집에 와서 한 번 더 해보고, 주말에 한 번 더 해보는 식으로 복습을 하자 과정이 손에 익기 시작했다. '물 흐르듯' 까지는 아니고 더듬더듬 순서를 이어가는 정도였다. 그 과정에서 찻잔의 굴곡진 느낌이 손에서 시작해 머리를 거쳐 마음에 닿는 느낌을 경험했다. 보송보송한 차건을 탁탁 쳐서 판판하게 만들어 접으면서 마음이 판판하게 펴지는 느낌도, 때로는 접어두어야 할 일도 있다는 깨달음도 얻었다. 차를 마시는 일을 그저 '끽다'라 하지 않고, '다도'라 하는 이유를 알게 되었고, 그 느림에 서서히 젖어 들어갔다.

　그동안 도쿄에 있는 사가라 선생님의 차실에도 들렀다. 일본 전국시대에 너도나도 예술적 감각을 자랑하려고 다실을 화려하게 꾸밀 때 일본의 다성인 센리큐千利休의 스승인 다케노조오武野紹鴎가 했다는 말이 떠올랐다. '품질을 소박하게, 장식을 간단하게 해서 자연으로부터 가져온 다도구를 연구하고, 소박한 찻자리를 만들었다. 도구 그 자체보다도 도구를 사용하는 자의 마음의 자세가 소중하다.' '2조 반'의 차실은 조용하고 다소 어두웠다. 꼭 필요한 도구만 눈에 띄었다. 들어서자 경건한 마음이 들었고, 진지하게 차 한 잔을 마시고 일본 다도문화의 한 조각을 경험하고 나왔다.

다들 일을 하고 있을 때라 퇴근하고 달려와서 수업을 받는 게 쉽지 않아 수업 시간은 한 달에 한 번이 두 달에 한 번이 되고, 석 달에 한 번이 되더니 잠시 쉬자는 말이 나왔다. 잠시의 휴식은 점점 길어져서 내 몸이 먼저 '다도'를 잊었고, 찜찜한 채로 머릿속에서도 '다도'를 잊었다.

오랜만에 사가라 선생님을 떠올린 건 영화 〈일일시호일日日是好日〉 덕분이었다. '당신의 일상이 변하는 차 한 잔의 마법'이라는 부제의 이 영화에서 처음 다도를 접하는 스무 살의 노리코는 딱 예전의 내 모습이었다.

"차는 형식이 먼저예요. 처음에 형태를 잡고 거기에 마음을 담아요."
"머리로 생각하지 말고 손을 믿어요."
"같은 일을 반복할 수 있다는 것은 참 행복한 일이에요."

_다케다의 대사

"세상에는 '금방 알 수 있는 것'과 '바로는 알 수 없는 것' 두 종류가 있다. 금방 알 수 있는 것은 한 번 지나가면 그걸로 충분하다. 하지만 바로 알 수 없는 것은 몇 번을 오간 뒤에야 서서히 이해하게 되고, 전혀 다른 존재로 변해간다. 그리고 하나씩 이해할 때마다 자신이 보고 있던 것은 지극히 단편적인 부분에 지나지 않는다는 사실을 깨닫게 된다. '차'라는 건 그런 존재다."

_노리코의 대사

영화에 나오는 모든 대사가 다 와닿았다. 사가라 선생님이 말씀하셨던 것들, 그때는 이해할 수 없었던 것들이 영화 속 다케다 선생의 대사와 표정, 주변의 분위기로 설명이 되었다. 물 한 방울 떨어지는 소리가 무지했던 나의 마음속에 크게 울려 퍼졌다.

영화를 보고 와서 다구를 꺼냈다. 다건을 다시 빨아 말리고, 찻잔을 깨끗이 씻었다. 주변을 먼저 정리하고, 머리를 하나로 묶고 자리에 바로 앉았다. 정성껏 찻물을 올리고, 차를 우리고, 찻잔에 담았다. 오랜만이라 손이 그릇을 툭 치기도 하고, 물이 바닥에 뚝뚝 흘렀다. 그런데도 정성들여 우린 차의 맛이 느껴졌다. 사가라 선생님이 따라주셨던 차처럼 첫 잔과 둘째 잔 맛이 조금씩 달랐다. 마지막 잔까지 정신을 집중해서 마셔보았다. 자리에서 일어나니 한 시간쯤 지나 있었다. 아, 내가 제대로 차를 마셨구나.

가늘디가는 말총으로 짠
마미체 차 거름망에
　　차를 거르다 보면

머릿속 잡념도
어 느 새　사 라 진 다.

마미체 차거름망. 취포프로젝트 판매(오혜두 작가의 숙우와 찻잔 포함 세트). 사진은 이강효 작가의 숙우와 찻잔, 노영희의 그릇 팥배.

봄 선물

말총을 엮어 만든 마미체

차의 맛에 눈이 떠지니 다구에 자꾸 눈이 갔다. 청담동 '노영희의 그릇'에 갈 때마다 도예가들이 만든 개성 있는 찻주전자, 찻잔에 눈이 가서 유혹을 이기지 못해 지갑을 열곤 하는데, 어느날 도산공원 옆 퀸마마마켓에 들렀다가 백경현 작가가 만든 마미체 차 거름망을 만났다. 말의 꼬리털인 말총으로 만든 마미체를 남산의 모던 한식 레스토랑 '품서울'에서 보긴 했으나 그 마미체를 원뿔처럼 말아 대나무 가지에 꽂은 차 거름망은 처음 봤다. 보자마자 첫눈에 반했다. 말총으로 만든 체에 생 옻칠을 여러 번 해서 만들었으니 물에 젖지도 않고, 세척도 쉬울 것이다. 옆에는 마미체를 사각 바구니처럼 접어 만든 것도 있었다.

원래 마미체는 조선시대 〈경국대전〉에도 '술이나 장을 거르거나 가루를 곱게 칠 때 말총으로 촘촘히 짠 망을 소나무 바퀴에 메워서 만든 체'로 기록이 남아 있는 우리의 전통 체이다. 음지에서 채취한 솔뿌리의 송진을 짜내서 끈을 만들어 소나무 판지를 고정한 뒤 말총으로 날줄과 씨줄을 넣어 짜서 메워 형태를 만들고 생 옻칠을 12번 이상 해서 만드는 게 마미체다.

백경현 작가는 과정은 전통 체와 똑같이 하되 검정과 갈색, 흰색 말총의 색을 활용해 검은색으로만 하기도 하고, 갈색과 섞어서 모던한 체크 패턴을 만들어 실내 장식용으로 써도 손색이 없는 세련된 아이템으로 재탄생시켰다. 아이디어가 좋아서 이분이 누군지 찾아보니 20년 이상 다국적기업에서 회계를 담당했던 분으로 퇴직 후 마미체 만드는 일을 배워서 자신의 스타일로 발전시키고 있는 분이었다. 그저 곡식을 거르던 마미체를 변형해서 커피 필터와 티 거름망을 만들었으니 앞으로 또 어떤 용도의 마미체가 탄생할지 기대가 된다.

이 마미체 차 거름망을 들인 이후 아침 차 시간이 더 즐거워졌다. 네모난 바구니에 설아다원의 연둣빛 찻잎을 넣어 우리기도 하고, 강원도 평창에서 사온 팬지꽃을 넣고 우리기도 한다. 차 주전자 안에서 찻잎이 소르르 펴지면서 우리는 차의 맛도 좋지만 아침에 눈 뜨자마자 앉아서 찻물이 똑똑 떨어지는 것을 보며 어제를 돌아보고, 오늘에 대한 기대감을 부풀리는 시간이 참 좋다.

마미체의 체눈 사이로 천천히 펴지는 찻잎을 보는 시간은 가늘디 가는 말총을 한 올 한 올 엮어 만든 이의 정성을 기억하는 시간이기도 하다. 기계로 찍어낸 차 거름망과는 비교할 수 없는 아름다운 소품을 만들어낸 사람의 능력에 감탄하는 시간이기도 하다. 그 이른 시간이 고맙다. 마미체 차 거름망 덕분에. 내 이른 찻시간의 행복을 그동안 신세진 분들에게 온전히 전하고 싶었다. 마미체 차 거름망과 도자기 찻잔 2개와 숙우가 함께 담긴 세트는 포장도 깔끔했다. 흔들리던 마음이 편안해졌다.

"비 오는 날에는 비를 듣는다. 눈이 오는 날에는 눈을 바라본다. 여름에는 더위를, 겨울에는 몸이 갈라질 듯한 추위를 맛본다. 어떤 날이든 그날을 마음껏 즐긴다. 다도란 그런 '삶의 방식'인 것이다."

_다케다의 대사

상품권 ○감사

뭘 좋아하실지 **몰라서**

백화점 고객기획팀이 주재한 회의에 참석한 적이
있다. 백화점에 충성도가 높은 고객을 위한 서비스로 어떤 혜택을
만들면 좋을지 아이디어를 모으기 위한 브레인스토밍 시간이었다.
요즘 트렌드가 뭔지, 어떤 이벤트의 만족도가 높은지, 고객들이 선
호하는 서비스는 무엇인지 등 수많은 이야기가 오고 갔다. 노르웨이
피요르드해안 크루즈 여행이 인기라더라, 주얼리를 할인해주는 게
좋다더라, 뉴욕의 프라이빗 멤버십클럽에서는 브릿지 클래스를 한
다더라 등등 한 시간 남짓 세상의 화제가 되는 것들에 대한 이야기
가 쏟아졌다.

그 후 한 달쯤 지났을까? 우연히 만난 담당자에게 어떤 것들을

시행하기로 했는지 결과를 물었다. "아, 그거요? 그날 나온 의견 중 몇 개를 골라 사전 설문조사하고, 전년도 고객만족도 조사 결과도 분석해서 다시 논의했는데 상품권에 대한 만족도가 가장 크다고 해서 이벤트는 소규모로 시행하고, 상품권 증정을 많이 하는 걸로 방향을 잡고 있어요."

살짝 허탈했다. 기업에서 고객을 위해 선물 같은 이벤트를 준비하고, 운영하기 위해서는 오랜 준비 과정이 필요하다. 브랜드 충성도를 높이기 위해서 일부러 하는 일인데 조금이라도 불편한 부분이 생기면 안 한 것보다 못한 결과를 야기하기 때문이다. 그래서 고객이벤트는 비용을 좀 들여서 양질의 콘텐츠를 세심하게 기획해서 진행한다.

고객들이 개인적으로 접촉하려면 복잡하고 까다로워서 가기 힘든 곳을 고르거나, 여행사의 패키지 상품 중에서도 고급 상품을 골라 백화점의 스타일에 맞춰 따로 프로그램을 만든다. 세계적 골프 선수와 개별적으로 경기를 할 기회를 만들거나 백화점과의 돈독한 관계를 바탕으로 해외 유명 브랜드의 소규모 이벤트에 초대하는 등 평생 기억에 남을 경험을 할 수 있도록 준비하는데 그런 것보다 돈처럼 쓸 수 있는 상품권이 더 환영을 받는다는 걸 알게 되었다.

돈과 같은 가치로 사용할 수 있는 상품권을 받는 게 경제적으로는 당연히 이득이지만 살면서 다양한 경험, 특히 문화적인 경험은 그 가치를 돈으로 환산할 수 없을 정도로 소중한데, 다 살아가는 방법의 차이일 것이다. 게다가 현금처럼 사용할 수 있는 고액의 상품권이라면 나라도 고민스럽긴 할 것이다. 해마다 명절이나 기념일에 어떤 선물을 받고 싶은가를 묻는 설문조사의 결과를 봐도 1등은 늘 현금이나 상품권인 걸 보면 사람들 마음은 다 비슷한 거다.

종이 상품권에서 모바일 상품권으로

현금을 주고받는 것이 좀 거북할 때 신뢰도가 높은 업체의 상품권은 훨씬 더 선물의 구색을 갖춘다. 뭐든 필요한 물건을 사서 쓰는데 돕고 싶다는 마음, 이왕이면 받는 사람이 필요한 물건을 직접 고르시라는 의도가 들어 있기 때문이다. 꼭꼭 쟁어놓을 수 있는 현금과 달리 언젠가는 꼭 써야 한다는 것도 상품권만의 특징이다. 선물 고르는 동안 받을 분을 생각하는 즐거움을 최우선으로 치는 나도 상품권의 장점을 제대로 느낀 적이 있다.

급하게 선물을 준비하려고 가까운 백화점에 갔을 때다. 백화점을 뱅뱅 돌았다. 화장품은 어떤 브랜드의 것을 좋아할지 고민스러워서, 지갑이나 스카프는 너무 흔한 것 같아서, 식품은 명절에 더 좋은 선물세트가 나오니 그때 하는 게 좋을 듯해서, 리빙용품은 비싼 건 너무 비싸고, 싼 건 또 너무 싸서 적당하지 않았다.

집안 살림을 가늠할 수 없기도 하고. 어려운 부탁에 흔쾌히 답을 준 분에게 감사의 마음을 표현해야 하는데 딱히 그분의 취향도 모르겠고, 선물한 물건이 짐이 되지 않을까 하는 생각도 들었다. 어떤 이는 현금이 가장 좋은 선물이라 하지만 돈 봉투를 주고받을 일은 아닌 게 확실하다. 그렇게 만나기로 한 시간은 다가오는데 결정을 못 하고 백화점을 오르내리다가 천장에 붙은 사인이 눈에 들어왔다. '상품권 샵'. 왜 이 생각을 못했을까?

사실 상품권은 참 편리하다. 시간은 없는데 선물을 준비해야 할 때 상품권은 훌륭한 해결책이다. 미리 금액별로 상품권을 구입해두었다가 필요할 때 한 장씩 사용하면 된다. 백화점에서는 상품권을 작은 상자에 담아서 주기도 하니 선물하는 이의 품격에도 흠집이 안 간다. 감사하는 마음을 전하고는 싶은데 받을 사람의 취향이나 상황을 잘 모를 때, 굳이 상대방이 필요하지도 않은 물건을 선물하느니 상대에게 선택권을 넘길 수 있는 상품권은 유용한 선물이다. "내 형편에 맞는 정도의 상품권을 드리니 이왕이면 당신이 필요하거나 갖고 싶었던 물건을 직접 고르라"는 배려다.

상품권은 백화점에서만 판매하는 것이 아니라 극장에서 영화 상영권으로도, 카페에서 기프트 카드로도 판매한다. 학생들에게 용돈으로 자주 건네는 문화상품권이나 재래시장 활성화를 위해 정부차원에서 독려하는 온누리상품권 등 상품권의 종류는 다양하다. 선물할 대상이나 용도에 따라 폭넓게 선택할 수 있다.

요즘은 모바일 상품권이 많아져서 스마트폰에서 꾹꾹 누르기만 하면 바로 선물이 전달되는 시스템이 생겨서 더 편해졌다. 소액으로 음료수나 디저트 같은 선물을 보내는 것이 선물 트렌드가 되었다. 뭘 좋아할지, 어디로 튈지 모르는 중고생 남자 조카들에게 가끔 편의점에서 쓸 수 있는 모바일상품권을 선물하면 '센스 있는 이모'라며 좋아서 하트 이모티콘이 마구 날아온다. 직장생활 하느라 바빠서 자주 만나지 못하는 후배의 생일에는 아쉽지만 카카오톡의 선물하기로 책이나 케이크 또는 카페 상품권 등을 보낸다. 결제도 편리하고, 주소를 따로 묻지 않아도 되니 선물할 때 쑥스러움이 덜하다. 돈을 쓰는 일에 관해서라면 기술이 하루가 다르게 쑥쑥 발전함을 절감한다.

　　또 요즘처럼 정보가 많고, 물건이 넘쳐나는 시대에 선택장애를 앓는 햄릿증후군 환자들에게 상품권은 만능 요술봉이다. 삼시세끼 뭐 먹을지, 친구와 어디서 만날지, 버스를 탈지 지하철을 탈지 세상만사가 고민이라는 하소연을 많이 듣는다. 결국 "아무거나 먹자"고 들어간 식당에서 누군가 한 명이 주문을 하면 "나도 같은 걸로 주세요" 하고는 선택의 기로에서 해방되었음을 기뻐하며 한숨을 내쉰다. 이 상황에서 선물을 받을 사람이 뭘 좋아할지를 예상해서 선물을 준비하는 일은 고된 일이다. 최대한 사용 가능 장소가 많은 상품권을 골라 선물한다면 배려심을 담은 가장 합리적인 선물이 될 수도 있다.

○감사

차꽃의 향기를   **아시나요?**

땅끝마을 해남으로 향하는 길은 늘 설렌다. 1천년 고찰 대흥사와 아름다운 절 미황사, 땅끝전망대, 고산 윤선도의 고택 녹우당, 1백년 여관 유선관, 해남천일관의 떡갈비 그리고 목포 지나 진도로 가면 운림산방이 코앞이고, 강진으로 가면 다산초당이 가까운 곳, 해남. 가고 싶은 곳이 줄줄 떠오르고, 겨울이면 동백꽃 가득하고, 봄이 먼저 발을 딛는 곳이라서 봄에 가면 여행지 느낌이 물씬 풍기는 곳이 해남이다.

병풍처럼 펼쳐진 달마산 능선을 바라보며 너른 들판을 지나다보면 반가운 얼굴들이 떠오른다. 설아다원의 오근선 마승미 부부. 해남에 차를 기르는 젊은 부부가 황톳집을 지었다기에 지인들과 들른

적이 있다. 하룻밤 머물기로 하고 짐을 풀자 부부가 큼직한 상에 음식을 차리기 시작했다. 하루 종일 무치고, 부치고, 끓여냈을 정성 가득한 전라도 음식이 상을 꽉 채웠다. "남도에 오셨으니 원 없이 드시고 가셔. 이게 전라도지라."

그릇이 하나 둘 비어가자 부부는 한쪽에 무대를 차렸다. 장구와 가야금, 북을 갖고 와서 아내인 마승미 씨가 한 자락 먼저 시작했다. 부부는 가락을 나눠 소리를 이어갔고, 서로 넣어주는 추임새에 나그네들도 절로 흥이 났다. 판소리로 시작해 가요에 팝송까지 주인과 객이 마이크를 주고받으며 노래를 했고, 밤이 깊도록 부부의 공연이 이어졌다.

산 속이라 그런지 새벽녘 새소리를 들으며 일어났다. 차 밭을 구경하려고 나서니 풀잎에 맺힌 이슬이 영롱했다. 군데군데 녹나무, 고로쇠나무, 배롱나무와 작은 풀꽃들이 자라고 있었다. 올라가다 보니 주인부부는 이미 나와서 차 밭을 돌보고 있었다. 손님들에게 해남의 풍류를 보여주기 위해 내일은 없을 것처럼 신명나게 판을 벌였던 그들은 천생 농부였다. 차 잎 하나하나를 챙기며 성실하게 차 농사를 짓는 그들에게 반했다. 설아다원에서 만든 사월차와 오월차를 양손에 가득 들고 서울로 돌아왔다.

만나는 사람마다 붙잡고 설아다원 이야기를 했는데, 아는 선배가 그곳과 오랜 인연이 있다는 걸 알게 되었다. 국악전문 음반사인

악당이반의 김영일 대표님이 해남의 청년들과 설아다원을 함께 만들었다는 이야기를 듣고 설아다원 다녀온 이야기를 나누려고 사무실에 들렀는데, 그분의 찻자리가 인상적이었다.

사무실 책장 한 쪽에 다구를 갖춰놓고, 혼자 또는 여럿이 차를 드시는 모양새였다. '사월차'와 '오월차' 중에 당신은 '오월차'가 더 좋다며 권하셨다. 차 농사부터 농부들의 살림살이, 차를 나눌 사람들까지 함께 고민하며 차 밭을 키워가는 이들의 진솔한 마음이 느껴져서일까? 조용한 사무실에 물 따르는 소리가 청량했다. 차 향이 공간을 채우면서 갑자기 시간이 느릿하게 흘러갔다.

일기일회一期一會, "같은 사람들이 여러 번 차를 마셔도 같은 날은 다시 오지 않아요. 생의 단 한번이다 생각하고 임해주세요." 영화 〈일일시호일〉에서 다케다 선생님의 대사와 들어맞는, 지금까지 기억에 남는 찻자리 중 하나다.

사월에 거두니 사월차

해남에서 들고 온 차를 다 마시고, 정월에 새로 차를 주문하니 차 상자 한 가운데 하얀 차 꽃이 담겨 왔다. 꽃 모양은 작은 동백꽃 같은데 상자를 열자 퍼지는 그윽한 차 꽃 향기가 일품이었다. 안주인의 짧은 손편지와 함께 겨울까지 남아 있던 차 꽃을 한 송이 꽂아 보내준 부부의 감성은 정말 풍류를 아는 이들의 것이었다.

곡우 전에 딴 어린 찻잎으로 만든 '우전'과 곡우에서 입하 사이에 딴 참새 혀 같은 '세작'은 4월에 거두니 '사월차'라 하고, 5월에 거둔 '오월차 고요', 발효차 '하루후', 유기농으로 키운 감잎과 목련꽃, 쑥으로 만든 '감잎차', '목련차', '쑥차' 등 철마다 새로운 차에 대한 안내가 문자로 왔다. 유기농으로 키워서 그런지 샛노란 목련차에서는 목련 향이 오래 갔고, 쑥차는 넉넉히 넣어 우리면 뱃속이 편해지는 느낌이 들었다.

설아다원은 '향기나는 싹의 동산'이란 의미를 가진 이름이다. 벼 농사를 짓던 해남의 젊은이들이 모여 해남을 공부하다가 일지암에서 머무셨던 초의스님을 통해 우리나라 차 문화가 크게 일어났고, 해남이 차 문화의 중요한 곳임을 알게 되었다. 1997년에 두륜산 남쪽 땅 1만평을 얻어 유기농으로 차 농사를 짓기로 한 게 설아다원의 시작이다.

지난 이십여 년 동안 부부는 손이 짓무를 정도로 성실하게 차 농사를 지었다. 약을 치고, 비료를 주면 좀 쉬울 듯한데 고집스럽게 원칙대로 했다. 우리 차의 힘을 믿는다며. 풀과 풀벌레, 나무와 새들이 날아드는 자연 속에서 찻잎 따기부터 덖어서 포장하기까지 어떤 화학적 공정도 거치지 않고 1백 퍼센트 수작업으로 만들었다. 공들인 보람을 인정받아 2002년부터 유기농산물 친환경 인증을 얻어 농림부장관상, 전북도지사상, 국립농산물품질원장상 등 상도 많이 받았다.

농사일로 고단해도 타고난 흥은 어쩌지 못해 늘 사람들이 모이는 이벤트를 만든다. 홈페이지에 쓰여 있듯 설아다원은 '단순한 녹차농원이 아닌 녹차 교육과 체험, 시음, 건축, 전시, 음악, 공연 등 자연 속에서의 쉼과 예술을 결합시킨 복합문화상품 예술농장'이다. 전통적인 24절기에 맞춰 화전놀이를 하고 곡우제를 모신다. '한옥음악회'라는 이름으로 수시로 작은 음악회를 펼쳐 사람뿐 아니라 차나무도 행복한 음악을 들을 수 있게 한다.

2003년에 한옥 차문화체험장을 처음 지었는데 이제는 15평짜리 한옥과 5평짜리 황토방, 체험장과 사랑방 등이 구비되었다. 차 만들기를 비롯해 차 명상, 제철음식체험 등을 할 수 있다. 부지런한 천성은 타고나는 것인지 설아다원의 홈페이지에는 '설아다원의 하루'라 해서 부부가 매일 올리는 사진과 글이 있다. 차 밭과 차의 사진과 일기처럼 쓴 글을 읽으며 멀리서 그들의 일상을 응원한다.

설아다원을 알게 된 이후로 설아다원의 차를 이곳저곳에 선물한다. '사월차' '오월차'라는 이름이 좋고, 주인 부부의 진정성을 알기에. 내가 주문한 것에 설아다원을 좋아하는 지인들이 선물해준 것까지 보태져 우리 집 부엌 찻장에서 설아다원 차가 떨어지는 날이 거의 없다. 다른 차보다 조금 적게 넣고 우려서 최대한 천천히 마신다. 한 잎의 차를 만들기 위해 이 부부가 얼마나 공을 들였는지 알기에.

〈리틀 포레스트〉 **따라하기**

임순례 감독님의 영화 〈리틀 포레스트〉 이야기
를 하다가 일이 커졌다. 영화 속에서 아카시아꽃을 튀기고, 배추전
을 부치고, 삼색콩떡을 찌는 장면에서 너무 먹고 싶었고, 어릴 적 추
억이 떠올랐다며 서로들 입에 침을 튀기며 영화 칭찬이 한창이었다.
아카시아꽃을 먹어본 적이 있는지, 요즘도 아카시아꽃이 피는지 갑
론을박하는 중에 처음에 이 영화 이야기를 꺼냈던 한복진 교수님께
서 "우리도 합시다" 하며 즐거운 이벤트의 물꼬를 트셨다.

푸드 매거진 〈올리브Olive〉의 김옥철 대표님을 중심으로 미식에
관심 있는 분들의 모임인 '올리브 미식밴드'에서는 일 년에 한번 '전
당대회'란 이름으로 나들이를 하는데 이번 나들이의 주제를 '리틀

포레스트 음식 따라잡기'로 정한 것. 평생 음식을 좋아하는 벗들과 밥 먹고 여행하는 데 게으른 적이 없으셨던 한 교수님은 충청도 집 뒷산에 진달래랑 아카시아꽃이 많이 피었더라며 날을 잡으셨다.

〈리틀 포레스트〉는 원래 일본 만화가 이가라시 다이스케五十嵐大介가 2002년부터 2005년까지 〈애프터눈〉이란 잡지에 연재해 화제가 된 만화다. 모리 준이치 감독이 이 만화를 원본으로 해서 일본 도호쿠東北 지역의 풍광을 아름답게 담아 2014년과 2015년에 '여름과 가을', '겨울과 봄'으로 나눠 영화로 만들었다. 각박한 도시생활에 지친 주인공이 고향으로 돌아와 산과 들에서 나는 제철재료로 음식을 만들어 먹는 내용인데, 계절감 넘치는 풍경과 따뜻하게 담아낸 음식이 먹음직스러웠다.

원작 만화부터 화제를 모았던 이 작품을 임순례 감독님이 우리 땅에서 촬영해 영화로 만든다는 소문을 들었을 때 정말 기대가 되었다. 임 감독님은 낙동강의 지류가 흐르고 봄이면 10만 그루의 산수유가 산과 들을 노랗게 물들이는 경북 의성군과 군위군의 사계절을 그림처럼 담아냈고, 주인공 혜원 역을 맡은 배우 김태리는 영화에 등장한 모든 음식을 직접 만들어가며 촬영에 임했다. 음식은 궁중음식연구원에서 한식의 기본을 배운 푸드 스타일리스트 진희원 씨가 기획하고, 스타일링을 했다.

일본 영화 〈리틀 포레스트〉에서는 풍경과 음식만 보였는데, 임

감독님의 〈리틀 포레스트〉에서는 우리 산천의 아름다움과 음식도 보였지만 2018년을 사는 청춘들의 사랑과 고뇌가 더 진하게 전해졌다. 자연을 통해, 손수 만든 음식을 통해 상처를 치유해가는 과정이 아름답게 다가왔다. 진정한 '힐링 무비'였다. 그 와중에 아카시아꽃 튀김의 맛이 점점 궁금해졌다.

찹쌀 위에 진달래 꽃잎 얹고 참기름 슬쩍

올리브 미식밴드의 멤버인 청강문화산업대학교의 이수형 총장님이 전당대회 장소를 제공해주셔서 몇몇이 사전답사를 갔다. 이천 건지산에서 번져 내려온 봄기운이 청강문화산업대학교의 산뜻한 캠퍼스에 가득한 봄날. 풋풋한 젊은이들 사이를 지나 캠퍼스 끝에 자리한 전통 한옥 청현재 입구에 도착했다. 노란 개나리가 한창이었다. 가벼운 마음으로 청현재에 들어서자 한아름 꽂힌 진달래가 눈에 들어왔다.

방안에서는 한 교수님과 몇몇 분이 프라이팬을 여러 개 놓고 진달래 화전을 부치고 계셨다. 찹쌀 반죽을 동그랗게 만들어 지지다가 진달래꽃을 얹어 익혀서 참기름 살짝 바르니 반지르르하게 윤이 나는 진달래 화전이 완성되었다. 여럿이 둘러앉아 두런두런 이야기 나누며 화전 부치는 모습이 화기애애하고 마치 놀이처럼 즐거워 보였다. "재밌지? 이게 꽃놀이지 꽃놀이가 별 건가?" 하면서 화전을 부쳐

내는 한 교수님 얼굴에도 웃음꽃이 활짝 피었다.

산에서 뜯어온 쑥을 넣어 찐 진초록 쑥 절편과 꽃분홍 진달래 화전을 접시에 하나씩 담았다. 거기에 진달래 꽃잎에 녹말을 살짝 묻혀 익혀서 오미자 국물에 띄운 진달래 화채를 곁들여 일인용 소반에 하나씩 차려주셨다. 화전 하나를 집어 한입 베어 물자 진달래꽃 향기가 아스라히… 입안 가득 봄이었다.

겨우내 추위를 피해 강남으로 갔던 제비가 돌아온다는 음력 3월 3일이 삼월 삼짇날이다. 들판에 나가 꽃놀이도 하고, 풀을 밟으며 봄을 즐기라는 의미로 활쏘기도 하고, 시절음식도 해먹는다. 삼월 삼짇날에는 진달래꽃이 한창이라 꽃을 따서 화전花煎을 부치고, 쑥잎을 따서 쌀가루와 섞어 쪄서 쑥떡도 만들어 여럿이 함께 나누어 먹었다. 진달래꽃과 녹두가루를 반죽해서 꿀물에 띄워 만드는 수면水麵이나 녹두 반죽을 익혀 썰어 오미자물에 넣어 만드는 화면花麵을 먹기도 했다.

이천에서 진달래 화전을 얻어먹고 나도 이 기회에 지인들께 선물하려고 진달래 꽃잎 구해서 화전에 도전했다. 딱히 잘못한 부분은 없는데 꽃잎이 겹쳐버리거나 깜빡 타이밍을 놓쳐 꽃잎 색깔이 변하는 등 영 모양이 예쁘게 안 나왔다. 식구들끼리 먹을 만은 했지만 선물하기에는 부끄러운 솜씨였다.

마침 신세계백화점 본점에 가니 동병상련에서 진달래 화전을 팔고 있었다. 하나씩 예쁘게 포장해 놓아서 여러 개를 상자에 담으니 선물하기에 딱 좋았다. 몇 군데 주소를 주어 택배를 부탁하고 오후 늦게 집에 돌아와 서재에 들어갔더니 시집 한 권이 훅 눈에 들어왔다. 김소월 시인의 시집 〈진달래꽃〉. 1925년에 나온 초판본을 복원해서 몇 년 전에 나온 복원본으로 옛 표기를 그대로 써서 〈진달내ㅅ곳〉이란 제복이 붙어있다. 아, 이 잭 하나 넣어서 같이 보냈으면 좋았을 것을…. 내년엔 진달래 화전 예쁘게 부쳐서 이 시집하고 함께 묶어 선물해야겠다.

손수건

○사과

기다리겠다는 **약속**

초등학교 1학년 입학하던 날, 엄마는 이른 아침부터 나를 씻기고, 고데기로 머리를 예쁘게 구부리고, 새로 사온 옷을 입혔다. 그리곤 왼쪽 가슴팍에 옷핀으로 커다란 손수건을 달아주었다. 손수건이 어찌나 큰지 가슴의 반을 덮을 정도였다. 아무리 기억을 되짚어도 내가 코 찔찔거리며 다닌 적이 없건만 학교 가려면 다 이렇게 해야 한다며 손수건을 달고 가슴팍을 톡톡 두드려 다 됐다는 신호를 주셨다. 막상 학교에 가니 신입생들은 모두 가슴팍에 편지봉투만한 손수건을 달고 입학식에 참석했다. 휴지가 흔치 않을 때라 낯선 환경에서 콧물이라도 나오면 당황할까봐 잃어버리지 않도록 옷핀으로 고정시켜준 것.

가끔은 그때처럼 옷핀으로 고정시키고 다닐 때가 좋았다는 생각도 했다. 요즘도 그런지 모르겠지만 예전에는 환경미화 검사, 소지품 검사 등 뭔 검사를 참 많이 했는데 소지품 검사를 할 때 손수건은 필수 항목이었다. 머피의 법칙에 의해, 그 검사는 꼭 내가 손수건을 빼놓고 가는 날 했다. 지금 생각하면 손수건을 안 갖고 등교한 것이 뭐 그리 큰일인가 싶지만 당시에는 혼나고, 벌 받고, 그랬다. 참 험한 시절이었다. 옛날 선생님들은 그런 것까지 신경 쓰느라 참 힘드셨을 거다.

손수건을 쓸 일이 많기도 했다. 화장실에서 손 씻고 물기 닦느라, 선생님한테 혼나면 눈물을 닦느라, 머리 묶을 고무줄이 없으면 그걸로 묶느라, 가방에 더러운 게 묻으면 씻어내느라, 도시락에서 흐른 국물 닦느라… 손수건은 없으면 안 될 필수품이었다. 친구들 중에는 매일 색깔 다른 꽃무늬 손수건을 바꿔들고 오는 친구도 있었지만 대부분 하얀 손수건이 누렇게 변할 때까지 빨아가며 들고 다녔다. 물로 안 지워지는 물감이나 코피 같은 게 묻으면 군데군데 얼룩진 손수건을 요령껏 접어 얼룩이 안 보이게 들고 다녔다.

그렇게 요긴한 물건이라 친구나 선생님께 선물할 일 있으면 가격도 만만하고, 쓸모도 많은 손수건을 고르는 경우가 많았다. 손수건에 남녀 차이가 무슨 필요가 있을까마는 남자 선생님께는 체크무늬의 단색 손수건을, 여자 선생님께는 꽃무늬가 그려진 손수건을 선물했다. 좀 자라서는 선생님께 스카프나 넥타이를 선물했다. 세월이 흐르면서 손수건은 좀 약소하다는 생각이 들었고, 소포장 휴지가 나오면서 손수건을 들고 다니는 사람들이 줄어들기도 했다.

'손수건'이란 말 그대로의 의미로 보면 손수건은 한 손에 들어오는 크기의 수건이 맞다. 손에 들고 다니다가 땀이나 눈물 또는 더러운 것이 묻었을 때 닦거나 여름에 긴 머리를 살짝 묶기도 하고, 짧은 치마를 입었을 때 다리 위에 올려 가리는 용도로 쓰기도 한다. 그렇게 용도가 많은 게 손수건인데 사람들에게 선물로 손수건을 추천하면 어떤 분들은 손수건은 헤어지거나 슬픈 일이 있을 때 눈물을 닦기 위한 것으로 이별을 의미하니 선물로 적당치 않다고 하기도 한다.

셰익스피어의 희곡 〈오셀로〉에서 오셀로가 데스데모나에게 '사랑의 징표'로 선물한 손수건이 오해를 불러일으켜 둘의 사랑이 비극으로 끝났다는 이야기나, 우리 소설 〈사랑방손님과 어머니〉에서 옥희 엄마가 사랑방손님에게 전한 손수건에 넣은 편지가 이별을 추측케 한다는 이야기 등을 통해 손수건은 늘 이별과 슬픔을 대변하는 소품으로 사용되었기 때문일까?

믿음, 기다림, 환영

1970년대에 '샘터'에서 출간해 베스트셀러가 된 수필집 〈노란 손수건〉에는 손수건이 다른 의미로 조명되어 있다. 미국에서 있었던 실화를 기록한 '노란 손수건'의 내용은 이러하다. 오랜 수감생활을 하던 남편이 출소를 앞두고 고향의 아내에게 편지를 썼다. "날 용서한다면 마을 앞 참나무에 노란 손수건을 매어주오. 노란 손수건이 안 보이면 당신과 가족을 위해 정류장에서 내리지 않고 그대로 멀리 떠나겠다"고.

그가 난 버스가 마을 초입에 들어섰을 때 저 밀리 노란 손수건이 가득 매달린 참나무가 보였다는 해피엔딩 스토리. 이 이야기가 알려진 후 미국에서는 전쟁에 나간 남편이나 애인을 둔 이들이 나무에 노란 손수건을 매달고 무사히 돌아오기를 기원하는 풍속이 생겨 '노란 손수건'은 '믿음, 기다림, 환영' 등의 뜻을 갖게 되었다.

우리나라에서 2014년 세월호 사건이 일어났을 때, 노란 리본을 달아 아이들의 무사귀환을 기원했던 것도 이 상징의 뜻을 지니고 있다. 광화문 광장은 여러 해 동안 노란 리본과 깃발이 휘날렸고, 여전히 가방에 노란 리본을 달고 다니는 이들이 많은 것도 '노란 손수건'의 의미를 기대하기 때문이다.

세월호 이후 5년이 흘렀다. 세월호 참사 이후 출간된 〈문학동네〉 여름호와 가을호에 실렸던 작가들의 에세이를 모은 〈눈먼 자들의 국가〉를 '알라딘'에 주문하니 '세월호 이후 5년'을 기억하는 사은품이라며 '노란 손수건'이 함께 왔다. 노란 손수건을 보자 나도 모르게 가슴 한켠이 아리면서 먹먹해졌다. 〈눈먼 자들의 국가〉에 '그러니 다시 한번 말해보시오, 테이레시아스여'를 실었던 소설가 김연수 작가는 어떤 인터뷰에서 세월호 사건이 본인의 인생과 글쓰기에 큰 영향을 끼쳤다고 밝히기도 했다. 김연수 작가뿐이랴. 2014년을 살았던 대한민국 사람 중 누구 하나 마음속에 응어리 하나 들여놓지 않은 이가 있을까?

지난 겨울 이사하면서 책 정리를 하면서 알라딘 중고서점에 많이 넘겼는데 다른 중고 서점보다 꽤 많은 금액을 보상받았다. 덕분에 알라딘에 대한 신뢰가 높아져서 올해는 알라딘을 자주 이용하고 있었는데, 이 사은품을 받고 알라딘에 대한 충성도가 더욱 높아졌다. 다른 인터넷 서점에서는 아무리 비싼 사은품이 붙어도 눈도 안 돌리던 나를 돌려세운 건 한 조각 '노란 손수건'이었다.

금반지 ○ 사랑

일 종 의 **비상금**

금값이 올랐다. 괜히 입꼬리가 올라간다. 금괴를 창고에 그득히 쌓아 놓은 것도 아니고, 달랑 금반지 몇 개 있는데도 기분이 좋다. 아이 백일과 돌잔치 때 금반지 선물을 받아 IMF 때 금모으기 한다고 몇 개 나간 거 빼고는 이러지도 저러지도 못한 채 은행 금고에 넣었다 뺐다 하면서 간직하고 있다. 아이 어렸을 때는 한 돈에 5만원 정도였는데 그게 20만원을 웃돈다 하니 슬그머니 기분이 좋다. 26년 동안의 화폐 가치를 따지면 당연한 것인데 그렇다.

금이라서 그렇다. 원소기호 Au, 원자 번호 79. 누런색의 반짝이는 덩어리는 볼 때마다 든든하다. 어떤 보석보다도 환금성이 좋고 금속이 물러서 조금만 다듬으면 다른 형태로 만들어서 그대로 선물해도 가치가 있는 게 금이다. 들었을 때 느껴지는 묵직함도 한몫을 한다.

고등학교 졸업식 날, 엄마는 선물이라며 작은 상자를 내게 주셨다. 네모난 상자를 열어보니 도톰한 굵기에 아무 장식 없는 한 돈짜리 금반지가 들어 있었다. 이제 대학생이고, 서울로 학교 다니다 보면 급하게 돈이 필요한 일이 생길 수도 있으니 늘 끼고 다니라며. 순간 급하게 돈이 필요할 일이 뭐가 있을까 생각했다. 그것도 금 한 돈 어치나 필요할 일이라니.

친구들은 내 반지를 보고 자기들도 받았다며 이게 일종의 비상금이라 했다. 딸이 어느 정도 나이가 되면 엄마들이 금반지 하나씩 장만해주는 거라고. 이 반지를 끼고 있으면 짓궂은 남자 친구들이 "이 반지 진짜 금이냐, 금이면 이거 맡기고 술 더 먹자"고 농담을 하곤 했다. 다행히 한 번도 반지를 맡기지 않고 질풍노도의 시절을 잘 보냈다.

오랜만에 엄마가 준 반지를 꺼내 보았다. 그동안 반지는 표면이 긁히고 닳아 반짝임도 줄었지만 이 반지를 볼 때마다 딸을 세상에 내놓으며 불안했을 엄마 마음이 느껴진다. 그 딸이 다시 딸을 낳아 엄마의 마음으로 장성한 딸을 바라본다. 이만큼 살고서야 엄마 마음을 안다. 자식을 낳아보지 않고, 어찌 부모 마음을 다 안다고 할 수 있을까? 자식을 기르면서 부모님에 대한 고마움이 더욱 커진다.

바로 옆에 결혼반지가 있었다. 시어머님과 함께 고른 다이아몬드 박힌 반지와 먼지만한 멜리 다이아몬드를 넣고 만든 커플링. 예물로는 어머님이 추천하셔서 아무 말 없이 다이아몬드가 커 보이게 높이 세운 디자인의 반지를 골랐지만, 막상 그 반지를 끼고 출근할 일이 걱정이었다. 패션 디자이너 선생님들의 소중한 의상도 빌려다 촬영 진행도 해야 하고, 심산유곡에 사는 분들 인터뷰도 하러 다녀야 하는데 아무리 결혼반지라도 가뜩이나 덤벙대는 내 기질상 다이아몬드 반지를 끼고 일을 할 수는 없었다. 남편과 상의해서 간단한 커플링을 만들어 그걸 결혼반지로 끼기로 했다. 결국 다이아몬드 반지는 결혼식 이후에는 서랍 속에 고이 모셔두고 있다.

25주년은 은혼식, 50주년은 금혼식

오늘은 나의 결혼기념일. 결혼하고 27년이 지났다. 결혼하고 살면서 결혼기념일을 자주 잊고 살았다. 처음 두어 해는 선물과 카드도 챙기고 음식도 준비하며 유난스럽게 보냈는데 그 다음부터는 출장, 마감 등으로 새까맣게 까먹고 보낸 해가 더 많다. 같은 날, 같은 예식장에서 우리보다 한 시간 먼저 결혼했던 대학 동기가 그날 '결혼기념일 축하한다. 즐겁게 보내라'며 문자를 넣어주는 해만 확실히 챙겼다. 고맙다, 친구야.

당시 월간지 기자들의 결혼기념일은 대개 비슷했다. '결혼도, 출

눈부시지 않지만 묵직하고,

화려하지 않지만 진정성이 느껴지는

그저 동그란 금반지.

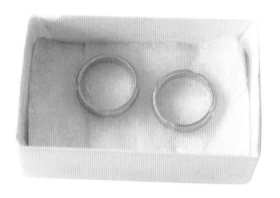

산도 마감 이후'라는 불문율 같은 게 있어서 대부분 25일에서 30일 사이였다. 마감 끝내고 모여 앉아 쉬는 자리에서 누군가 결혼기념일 이야기를 꺼내면 도미노 게임처럼 '아차' '아차' 소리가 이어지곤 했다. '결혼기념일' 특집 기사를 만들면서 결혼기념일을 맞는 부부 인터뷰도 하고, 적당한 선물 제안도 하고, 기념일에 식사하기 좋은 로맨틱한 레스토랑 소개도 잘 해놓고, 정작 내 결혼기념일은 기억노 못하고 지나가 버린 적도 있다.

나처럼 둔감한 사람도 있지만 대부분의 사람에게 평범한 일상을 보내는 중에 생일과 결혼기념일은 특별하게 지내고 싶은 날이다. 특히 결혼기념일은 지난 한 해 동안 함께한 배우자에게 감사를 전하는 날이라 더 중요하다. 늘 곁에 있어서 잊기 쉬운, 가장 가까운 사람부터 챙기는 건 살면서 깨달은 삶의 지혜다.

그래서 기간별로 1주년부터 60주년까지 해마다 결혼기념일에 의미 있는 선물을 주고받을 수 있도록 리스트가 전해 내려오는데 하나하나 나름대로 이유가 있다. 1주년은 사랑의 편지를 주고받으라는 의미로 지혼식이라 해서 종이로 만든 책이나 편지, 그림 등을 선물하고, 5주년은 가정이 어느 정도 안정적으로 뿌리를 내렸다는 의미에서 목혼식으로 나무로 만든 액자나 소품 등을 선물한다. 25주년은 자녀들이 어느 정도 성장해서 자리를 잡는 시기로 귀한 소재인 은으로 만든 제품을 선물한다 하여 은혼식이라 한다. 30주년은 장수와 건강을 의미하는 진주를 선물하는 진주혼식, 50주년은 동서고금의 보물인 금을 선물하는 금혼식, 60주년은 깨지지 않는 단단함의 대명사인 다이아몬드를 선물하는 금강혼식이라 한다.

햇수가 더해질수록 점점 선물이 고가로 변하는 모양새가 마치 보석 회사에서 일부러 만들어낸 풍습을 맹신한 건 아닐까 하는 생각도 든다. 처음 이 리스트를 만든 사람의 의도가 그것은 아닐 거라는 믿음 하에 선물의 종류보다는 해가 갈수록 소중해지는 결혼기념일의 의미에 초점을 맞춰본다.

1백세 시대로 접어든 만큼 앞으로도 오랫동안 함께 여생을 보낼 배우자에게 일 년에 한 번씩 '함께 해주어 고맙다'는 마음을 담아 작은 선물을 잊지 않고 해야겠다. 별일 없이 건강하게 50주년이 되는 금혼식을 함께 맞는다면 엄마에게 받았던 반지를 녹여 두 개를 만들어 나눠 껴볼까나.

사진 액자

자주 보아야 **예쁘다**

　5월이 되면 생각나는 사진집이 있다. 고 전몽각 교수님의 〈윤미네 집〉*이다. 1964년생인 첫 딸 윤미가 태어나는 순간부터 결혼식까지 26년 동안의 성장 과정을 흑백사진으로 기록한 아빠의 사진집이다. 사진들은 거창하지도, 화려하지도 않다. 늘 카메라를 곁에 두고, 수시로 찍었기에 아이들이 내복만 입고 있는 모습도 많고, 별 반찬 없이 먹다 만 밥상도 한구석에 찍혀 있다. 우리가 살아온 1960년~1980년대 중산층 가정의 모습들이 오롯이 거기에 있다.

　서울공대를 나와 경부고속도로 건설에 참여했고, 성균관대 토목공학과 교수를 지낸 전 교수님은 대학 4학년 때 장학금으로 카메라를 받은 걸 계기로 아마추어 사진가가 되었다. 평소에 사진 찍기를 즐겨 해서 일하는 현장에도 카메라를 들고 다녔지만, 가족들의 사소한 일상을 많이 찍었다.

1970년대는 사진이 귀하던 시절이어서 가족사진 찍으려면 온 식구가 단장하고 사진관에 가서 딱 한 번의 순간에 생애 최고의 표정을 짓곤 했다. 그 사진이 오랫동안 마루에 걸려 있을 게 확실하니 그 사진을 망치면 볼 때마다 후회할 거라며 눈을 부릅뜨고 몇 분을 버텼던 시절이다. 집에 카메라가 있어도 웬만큼 중요한 일이 아니고서는 사진을 찍지 않던 때였다.

어릴 적 내 앨범을 보면 소풍이나 운동회, 졸업식에만 특별히 필름을 끼워 사진을 찍다가 필름이 몇 장 남았을 때 겨우 얻어 찍힌 사진들이 있다. 지금 보면 소풍이나 졸업식 사진보다 평소 입던 그대로의 옷차림으로 생활하는 모습이 찍힌 이 사진들이 더 애틋하다.

〈행복이 가득한 집〉의 5월호 특집으로 '가족'에 대한 기사를 기획하다가 사진집 〈윤미네 집〉을 발견했다. 표지 사진부터 페이지를 넘길 때마다 그 시대의 추억들이 되살아나 가슴이 촉촉해졌다. 윤미 씨와 동갑이라서 같은 시기에 자라 그런지 더욱 공감 가는 사진이 많았다. 서점에서는 이미 절판이 되어 사진집을 살 수가 없었다.

바로 연락을 해서 전 교수님을 만나러 남현동으로 달려갔다. 교수님은 평소에 좋아하던 잡지에서 별 것 아닌 사진집에 관심을 가져주니 기분이 좋다며 환한 표정으로 맞아주셨다. 책에 대한 이야기와

오래 전 기억,
앨범 속에 들어가면 추억이 되지만
꺼 내 놓 으 니

일 상 의 행 복 이 된 다 .

함께 여유분으로 갖고 계시던 사진집을 한 권 주셔서 덕분에 가정의 달 5월호에 따뜻한 기사를 한 꼭지 만들 수 있었다.

　나도 딸을 낳은 지 얼마 안 되었던 터라 이 사진집을 옆에 끼고서 어설픈 실력으로 아이 사진을 열심히 찍었다. 〈윤미네 집〉의 자연스러움에 힘입어 완벽하게 세팅된 상태가 아니라도 순간순간을 기억하고픈 마음으로 수시로 사진을 찍었다. 한껏 환하게 웃는 얼굴, 하품하는 얼굴, 응가 하느라 힘쓰는 얼굴, 떼 부리는 모습, 조는 모습, 친구와 노는 모습 등. 두툼한 앨범이 꽉꽉 늘어갔다. 사진마다 스티커를 붙여 날짜를 적고, 짧은 메모도 해서 틈날 때마다 앨범을 꺼내보는 즐거움이 컸다.

데이터가 되어버린 사진

　1990년대 말에 디지털카메라가 나왔다. 필름 신경 안 쓰고 끝도 없이 사진을 찍을 수 있게 되니 사진을 엄청나게 많이 찍었다. 문제는 그 많은 사진을 인화하려면 정리를 해야 하는데 그게 큰 일거리가 되었다. 필름만 빼서 맡기면 사진관에서 해주던 일을 이제 내가 직접 해야 하기 때문이었다. 인화는 안하고, 그저 컴퓨터에 저장만 하다 보니 그때부터 앨범이 늘어나지 않았다.

　사람의 기억이란 건 묘해서 인화하여 앨범에 끼우지 않으니 기억이 잘 안 난다. 언제 여행을 갔는지, 아이 생일 파티에 친구들이 누구누구가 왔었는지, 컴퓨터를 켜고 폴더를 열어가며 사진을 찾아보는 일은 참 지루한 일이고, 재미도 없고 멋도 없다. 일부러 몇몇 기념할 만한 사진을 뽑아서 인화해서 앨범에 끼웠다. 다 끼우고 넘겨보니 아이가 어릴 적의 앨범은 다채롭고, 흥미진진한데 2000년 이후의 사진들은 전반적으로 무미건조하다. 사진이 너무 흔해지니 언젠가 〈윤미네 집〉 같은 사진집을 만들어주겠다던 계획도 색이 비레 희미해졌다.

사진이 넘쳐나는 시대다. 아이를 찍은 사진, 음식을 찍은 사진, 여행지에서 찍은 사진, 자기 자신을 찍은 사진 등 누구든 핸드폰에 사진 수백 장씩 지니고 있는 세상이다. 단순한 작동으로 전 세계 사람이 포토그래퍼인 척할 수 있다. 찍은 사진을 수정할 수 있는 프로그램도 있고, 필터를 끼워 원하는 색조로 찍을 수 있는 어플도 넘쳐나니 사진 찍는 데 그리 공을 들일 필요도 없어졌다. 전문적으로 사진을 배운 적이 없어도 감각 하나로 멋진 사진을 찍어 전시회도 하고 유명인이 되기도 한다. 흔한 게 사진이 되어버리니 사진의 소중함을 못 느끼고 산다.

잡지 에디터로 전문 사진가들과 일하며 그들이 원하는 사진을 얻기 위해서 벼랑을 기어오르고, 날밤을 새우는 걸 옆에서 지켜보며 사진 한 장에 함께 울고 웃던 나 같은 이도 이런 생각이 드는데 다른 이들은 더 그렇지 않을까?

이사를 하다가 책꽂이에 꽂혀 있던 나무 액자를 발견했다. 십 년 전에 프랑스의 코스메틱 브랜드인 클라란스 본사 회장님과 따님이 서울에 방문했을 때 편집장들과 식사하며 찍은 사진을 인화해서 액자에 넣어 보내준 것이었다. 이미지 파일로 보내주었으면 어디에 들어가 있을지 기억도 못했을 사진이다. 그 시간을 함께 했던 후배들과 키 크고 인물 좋으신 회장님 부녀를 오랜만에 기억해냈다. 당시 박남희 지사장님의 섬세한 터치로 이런 이벤트를 만들었을 것이다. 나도 모르게 입가에 미소가 지어졌다.

　희미한 기억을 소환해내기 위한 '빼박캔트' 증거물이 기념사진이다. '인증샷'이라 하지 않는가? 이 액자를 보고 힌트를 얻어서 지인들과 찍은 사진을 인원수대로 인화해서 카드에 붙여 모임의 지인들에게 보냈다. '우리의 아름다운 날을 추억하며'란 다소 촌스러운 문장을 넣어서.

　그리고 어딘가에서 상품으로 받아 챙겨놓았던 가족사진 촬영권을 들고 가서 가족사진을 찍었다. 가족사진을 벽에 거는 건 시골 촌부들이나 하는 일이라고 피하던 내가 가족사진을 크게 인화해서 벽에 걸었다. 여러 장의 사진을 넣는 액자를 사서 우리 가족의 즐거운 순간들을 찍은 사진들을 넣어 거실 장식장 위에 얹었다. 아이가 늘어지게 하품하는 사진은 앙증맞은 사이즈의 액자에 넣어 아이 방 책상 위에 올려놓았다. 얼마 전에 온 가족이 창덕궁 후원에 가서 사진

을 한 장 찍었다. 오랜만의 가족사진이라 어울리는 액자를 고민 중
이다. 이 사진은 현관에 걸어야겠다.

*〈윤미네 집〉은 출간 직후부터 아마추어 사진가뿐 아니라 6, 70년대의 추억을 갖고 있는 이들에
게 화제가 되어 복간 요청이 이어졌다. 2006년에 전 교수님이 돌아가시기 전에 아내의 사진을 더
정리해서 '마이 와이프My Wife'란 제목으로 사진과 원고를 덧붙였고, 2010년에 '그리고 사랑하는
나의 아내'란 부제의 〈윤미네 집〉으로 복간되었다.

도시락

○ 사랑

나를 키운 8할은 **설렘의 맛**

카네이션을 사도 달아드릴 부모님이 없는 고아가
되었다. 오십 넘어 '고아'란 말이 좀 이상하긴 하지만 어쨌든 이제 이
세상에는 부모님이 안 계신 건 사실이니. 하늘나라에서 늘 지켜보
고 계실 것이라는 믿음으로 하루하루를 살아간다. 친정 부모님 몫까
지 챙겨주시는 시부모님이 고마울 뿐이다. 오늘처럼 이름 붙은 날은
이런저런 생각에 머릿속이 복잡하다. 대부분 추억이다. 특히 음식에
대한 기억들.

그렇게 깨워도 안 일어나던 내가 5시부터 일어나서 입고 갈 옷과
가방을 챙긴 건 소풍날이었다. 먹을 것도, 입을 것도 풍족하지 않던 시
절이라 새 옷에 맛있는 음식 가득 넣고 나서는 소풍은 일 년에 두 번인

축제였다. 물건이 풍족해진 이 시대에서 돌이켜 생각해보면 참 멍청한 일이었다. 소풍 가면 야외에서 보물찾기하랴 게임하랴 나뒹굴 테니 옷이 더러워질 게 뻔한데 다들 소풍날은 새 옷을 입고 왔다. 몇 주 전부터 소풍 갈 때 입을 옷을 고르러 엄마와 시장을 드나들었다.

전날에는 음식을 준비하러 또 시장에 갔다. 김밥용 김과 단무지, 분홍소시지, 시금치를 사고, 새로 나왔다는 과자도 챙겼다. 이런 기회가 자주 있는 게 아니라 욕심껏 과자를 사서 아침에 가방에 담다 보면 다 안 들어갔다. 결국은 반밖에 못 갖고 가게 되어 엄마한테 잔소리를 엄청 듣곤 했다. 집에 놔두고 먹으면 될 것이지만, 엄마는 과소비에 대한 경계심을 심어주려는 맘으로 응징을 확실히 했다.

엄마가 새벽부터 일어나 밥을 해서 초밥을 만들고, 달걀지단을 부치느라 부엌은 맛있는 냄새가 가득했다. 완성된 김밥에 마지막으로 기름 솔로 참기름을 쓱쓱 문지르고, 칼로 자르는 걸 옆에서 지키고 있으면 가장 맛있는 부분인 꽁무니는 늘 내 차지였다. 똑같은 재료를 넣고 만들지만 밥보다 부재료의 길이가 길어서 그런지 매끈한 안쪽보다 울퉁불퉁한 끄트머리가 훨씬 맛있다. 선생님용 도시락은 더 신경 써서 김밥을 달걀지단 위에 한 번 더 굴려서 노란 김밥을 만들어주셨다.

매끈하게 만 김밥을 대패질한 것처럼 얇아서 후들후들한 나무도시락에 담아 소풍을 갔다. 앞뒤로 뛰어다니다 보면 어느새 점심시간이 되었다. 동그랗게 모여 앉아 다들 도시락을 꺼내면 어떤 친구는 삼단찬합에서 김밥과 과일, 푸짐한 반찬을 풀었고, 어떤 친구는 겨우 단무지와 시금치만 넣은 김밥 도시락을 뚜껑으로 반을 덮어 내려 놓았다. 아이들은 아이들인 지라 얼른 먹고 뛰어놀 생각에 뭐라 할 것도 없이 이것저것 섞어 놓고 그저 와구와구 먹었다.

그 와중에 엄마가 지극정성으로 싸준 선생님용 도시락도 그 안에 섞이곤 했다. 선생님이 도시락을 싸오지 못한 친구에게 그 도시락을 주신 것이다. 노란 달걀이 한 번 더 입혀진 김밥은 누가 봐도 표시가 났지만 누구도 그 도시락에 대해 얘기를 하진 않았다. 엄마는 선생님께, 선생님은 제자에게. 선물이 돌고 돌던 오래 전 이야기다.

어린 시절에는 늘 엄마가 정성스레 싸준 도시락을 들고 소풍을 갔던 내가 정작 엄마가 되어서는 아이 소풍날에 도시락을 제대로 싸주지 못한 적이 많다. 잡지 마감이 아이 소풍과 겹쳐서 밤샘하고 아침에 퇴근하면서 근처 상가에서 김밥을 사서 들려 보낸 적도 있고, 장을 제대로 못 봐서 단무지와 소시지에 달걀지단만 넣어 김밥을 싼 적도 있다. 시간 여유가 있을 때는 엄마가 해줬던 것처럼 정성껏 김밥을 싸고 과일을 따로 담아 아이 도시락을 챙겨 보내긴 했다. 그래도 잘한 것보다는 못해준 것만 생각나는 게 엄마 마음인가 보다. 요즘처럼 편의점이나 새벽배송 같은 거 없을 때라고 핑계를 댈 수는 있지만 아이에게 늘 미안한 기억이다.

트렌드를 담아내는 도시락

명절이나 마감 때 홍보대행사에서 잡지사에 보내주는 위문품 중 하나도 도시락이다. 잡지 편집부는 기업의 홍보실이나 브랜드들의 홍보를 대행해주는 홍보대행사와 밀접한 관계이다. 새로 나온 상품이나 전략 상품의 자료와 업계 소식들을 빠르게 전달해주고, 때로는 기획할 만한 트렌드 기사 제안노 해준다. 홍보선문가들은 세상의 모든 정보를 빠르게 수집해서 전략적으로 기획하여 담당하는 브랜드나 제품에 적용해서 잡지사에 전달한다. 홍보전문가가 추천한 맛집, 그들이 추천한 여행지, 그들이 제품을 보낼 때 함께 보낸 꽃다발을 만든 꽃집 등은 당시에 가장 인기 있는 곳이고, 유행의 첨단에 있음이 확실하다.

때로는 작은 쿠키와 초콜릿을 모양 있게 담고 음료수를 곁들여 보내거나 먹기 편하게 주먹밥을 여러 개 바구니에 담아 보내기도 한다. 이런 게 더 감격스럽다. 당시에 가장 케이터링 잘하는 집의 솜씨다. 그분들이 보내는 선물은 맛도 맛이지만 눈이 먼저 즐겁다. 어떤 물건을 어떻게 담아 보내야 받는 사람이 만족할지를 가장 잘 알고 있는 것이다.

도시락 중에 가장 거한 도시락은 호텔 도시락이었다. 대기업 임원회의 같은 거 할 때 호텔 도시락을 애용한다는 이야기를 듣고 모임의 식사를 준비해야 할 때 호텔 도시락을 이용했다. 조선호텔 스시조 도시락이 가장 인기 있었는데, 특급호텔의 셰프들이 만들었으니 맛도 좋고, 보기에도 깔끔했다. 재료의 신선도나 다채로운 구성, 입에 짝짝 붙는 맛을 고려하면 가격도 적당한 수준이다. '고메 박스'라 해서 디저트까지 구성한 것도 있고, '구절판 도시락'이라 하여 구절판에 반찬을 담아 보내거나, 손잡이 달린 바구니에 담긴 '피크닉 세트'도 있다. 당연히 아이들 용도 따로 있다.

남산 하얏트 호텔에서는 한때 '봄날의 산책' 패키지를 만들어 투숙객에게 각종 빵과 커피와 주스를 넣은 피크닉 바구니와 인형을 함께 넣어 남산을 산책하며 피크닉을 즐길 수 있게 선물하기도 했다. 걷기 좋은 봄과 가을에는 이런 패키지를 제공하는 호텔들이 지금은 꽤 있는 걸 보면 음식을 들고 하는 나들이는 누구에게도 즐거운 일인가 보다.

이제 학교에서는 단체 급식이 일반화되어 학생들은 도시락을 싸갈 일이 없는데 공유 사무실인 위워크에는 도시락을 싸갖고 오는 어른들이 많다. 다이어트를 하느라, 채식주의자라 외식이 불편해서, 사먹는 음식의 위생 상태나 조리법이 불만족스러워서 등 여러 가지 이유로 도시락을 싸온다고 한다. 도시락의 모양도 많이 변했지만 도시락을 먹는 이유도 참 많이 달라졌다.

에코백

돌고 돌아 다시 **나에게로**

어깨가 아프기 시작했다. 노트북과 소설책 한두 권은 너끈히 가방에 넣고 다녔는데, 얇디얇은 시집 한 권도 버거워졌다. 가방 속 물건들을 다 꺼냈다. 핸드폰, 지갑, 돋보기, 선글라스, 충전기, 케이블, 이어폰, 립스틱, CC쿠션, 인공눈물, 손수건… 줄인다고 줄여도 이 정도는 들고 다녀야 한다.

다 모아 들어보니 7백그램. 1킬로그램도 안되는데, 왜 이렇게 무거운가 생각해보니 문제는 가방이었다. 좋은 가죽으로 만들어서 두툼한 재질의 가방들은 모양을 내서 크기도 하고, 장식도 많아 무거울 수밖에 없다. 승용차를 운전하고 다닐 때는 가방에 묵직한 자물쇠를 달고 다녀도 별 문제가 없었지만 대중교통을 이용하니 이제 큰 가방은 나에게도, 남에게도 짐이다.

영화를 만드는 송은주 감독이 그런다. 인생의 짐이 너무 무거우니 가방이라도 가벼웠으면 좋겠다고. 가벼운 가방을 찾다 보니 에코백이 딱이다. 'I'm not a plastic bag'이라고 가방에 커다랗게 쓴 가방을 할리우드 유명 스타들이 들고 다니는 사진이 패션 잡지의 앞쪽을 장식한 적이 있다. 2007년에 디자이너 안야 힌드마치^{Anya Hyndmarch}가 화학약품으로 가공한 소재나 동물의 가죽과 털을 사용하지 않고, 캔버스 천으로 튼튼하게 만든 멀쩡한 가방에 이 문장을 쓴 이후로 패셔니스타들은 앞다투어 이 가방을 들기 시작했다. 친환경 소비생활을 제안한다는 목적으로 15달러에 한정 판매했다. 이후로 천 가방을 드는 게 환경을 우선으로 생각하는 의식 있는 사람의 행동양식이 되면서 천 가방이 유명 브랜드의 가죽 가방을 대신하는 시대가 시작되었다.

백화점에서 일하는 동안 행사 사은품 관련해서 기획회의를 하면 수많은 아이템이 테이블에 오르지만 결론은 늘 에코백이었다. 플라스틱 백 대신 천 가방을 사은품으로 제공함으로써 환경도 보호하고, 기업 이미지도 높이고, 장바구니로나 패션 소품으로나 손색이 없는 에코백으로 고객들에게 소장욕을 일으키고, 브랜드 충성도를 높이는 데 도움이 될 거라고.

남들 역시 기발한 아이디어가 없는 건지 에코백의 효용성이 그만큼 좋은 건지 어느 행사장에서나 사은품은 에코백이 가장 많다. 패션 브랜드는 물론이고, 미술관 아트숍에서, 서점에서, 공항에서 선물용으로, 소장용으로 에코백을 권하는 덕에 이제는 여기저기서 받아온 에코백이 서랍으로 가득하다. 생로랑이나 로저 비비에 등 해외 유명 패션 브랜드에서 만든 것들은 브랜드의 정체성을 담아 소재며 프린트가 세련되어서 그 자체가 패션 소품으로 손색이 없다. 생로랑에서 시즌별로 대형 뉴스레터 '매니페스토^{Manifesto}'를 담아 보낸 에코백은 검정과 흰색에 금색으로 무늬를 내서 그 자체로 멋있어서 여전히 애용한다. 로저 비비에의 에코백은 노란 미스비브 백이 실제 사이즈로 프린트된 캔버스 백으로 에코백을 들면 멀리서 볼 때 마치 미스비브 백을 든 것처럼 보이는 착시현상을 위트 있게 이용했다.

이벤트용으로 만든 것들은 맞춤형으로 사용자가 직접 글씨를 쓰거나 그림을 그릴 수 있게 해서 소장욕을 높이기도 한다. 뷰티 브랜드에서는 에코백과 파우치가 판매에 지대한 영향을 주기에 과감하게 투자해서 고급스럽게 만들기도 한다. 그러니 일회성으로 쓰고 버리기에는 에코백이 너무 예뻐서 계속 모으게 된다.

취향을 반영한 에코백

선물도 많이 받는 게 에코백이다. 브랜드 컨설팅을 하는 라니앤컴퍼니의 박정애 대표는 안쪽에 색동천이 든 시크한 에코백을 만들어서 선물해주었고, 사보와 웹진 등 다양한 콘텐츠를 만드는 채널 121의 전경미 대표는 여행 갈 때마다 독특한 에코백을 자주 사오는데 가끔 어디서도 볼 수 없었던 예쁜 걸 선물해줘서 그 덕을 본다. 월간 〈에세이〉의 아트디렉터인 권동희 씨는 어깨 끈에 성경 속 한 문장을 새긴 하얀 에코백을 만들어서 '사라K'란 개인 브랜드를 만들었다며 선물해주었다. 크기도 적당하고 예뻐서 동희씨의 에코백을 여름 내내 들고 다녔다.

이렇게 에코백이 많은데도 기능적인 에코백을 보면 또 사게 된다. 위워크에서 함께 있었던 조중현 대표가 만든 노트북 넣기 좋은 슬로아크Slo_arc 에코백은 친환경 왁스로 왁싱 처리하고 두툼하지만 가벼운 완충재가 들어있어 올 가을부터 열심히 들고 다니려고 구입했다.

해외 여행을 가서도 에코백을 많이 사게 된다. 예정에 없던 쇼핑으로 짐을 담을 가방이 필요한 경우가 많아 미술관이나 서점에 들렀다가 그곳에서 판매하는 에코백을 사는데 기념도 되고, 쓸모도 있어 좋다. 돌아와서 지인들에게 선물해도 좋은 아이템이다. 예전엔 미술관에만 가면 에코백을 샀는데, 요즘은 서점이나 옷가게에서도 산다.

에코백은 환경 보호에서 한 단계 더 나아가 라이프스타일과 취향을 표현하는 상징물이 되었다. 특히 파리의 '셰익스피어앤컴퍼니Shakespeare&Company' 에코백이나 런던의 '런던리뷰북샵London Review

더 이상 무거울 필요도 없고,
더 이상 환경을 해칠 필요도 없다.

세상에 도움이 되는
멋쟁이의 가방.

Bookshop', '돈트북스Daunt Books', '포일스Foyles', '브릭레인북스Bricklane Books' 등의 에코백은 '내가 책과 여행을 좀 즐기는 사람'이라는 취향을 표현하는 소품이 되기도 해서 젊은이들에게 인기 있는 아이템이다. 나 역시 런던에서 돈트북스 에코백을 여러 개 사 갖고 와서 나눠주는 정성을 보였다. 그렇게 에코백은 늘어만 갔다.

에코백을 컬러별로 분류해서 속옷용, 양말용, 티셔츠용 등으로 나눠 옷장 안에 나란히 걸어놓기도 하고, 여러 번 사용한 에코백들은 다용도실에 걸어 감자나 당근, 대파 등 실온보관 재료들을 따로따로 담았다. 표면을 방수 처리한 에코백은 욕실용 수건 보관함으로 쓰거나 베란다의 못생긴 화분에 씌워 장식용으로도 사용했다.

넘쳐나는 에코백으로 고민하던 차에 통의동 보안여관에서 '세모아(세상의 모든 아마추어)'란 이름의 벼룩시장을 연다 했다. 일하면서 지니게 된 수많은 패션 소품, 화장품, 문구류 등을 들고 나가 팔기로 했다. 물건을 싸서 담아줄 포장재를 준비하라기에 서랍 속의 에코백을 꺼냈다. 한두 개씩 물건을 사는 분들에게 담아주다가 해질 녘에는 아예 에코백 하나에 물건을 여러 개씩 담은 럭키 백을 여러 개 만들어 판매했다. 종이 쇼핑백과 플라스틱 백을 사용하지 않고, 에코백을 많은 이들에게 나눠주고 나니 에코백의 의미를 잘 살렸다는 생각에 가슴이 뿌듯했다.

재미있는 것은 몇 년 후에 우연히 서촌 지인에게 들렀더니 뭘 담아 주는데 눈에 익다 싶어서 집에 와서 자세히 살펴보니 내가 예전에 나눠준 그 에코백이었다. 몇 집을 돌아서 결국 다시 내게 돌아온 에코백. 에코백을 다시 만난 반가움보다 환경을 보호하겠다는 마음이 크게 한 바퀴를 돌아서 몸을 키워온 게 더 기뻤다. 핫하다는 슈프림Supreme 가방이나, 귀하다는 에르메스Hermes 가방보다 나에게 더 고마운 선물은 1백그램도 안 되는 에코백이다.

꽃

저절로 피어도, 일부러 피워도 **아름다운 꽃**

'삼시세끼'라는 나영석PD의 예능 프로그램이 있
다. 귀농에 대한 호감을 부쩍 키운 프로그램인데, 인기가 좋았던 지
라 몇 년이 지난 지금까지도 재방송을 한다. 그중 배우 박신혜가 게
스트로 왔을 때 가수 옥택연의 표정을 잊을 수가 없다. 청춘이란 게
표정이 있다면 저런 표정이겠다 싶었다. 긴 다리로 성큼성큼 걸어간
그는 밭에 만들었던 하트 모양 풀밭에서 가녀린 풀꽃 하나를 뚝 꺾
어서 박신혜에게 쑥 내민다. 국내 포털 실검 순위 1위에 스캔들이 흩
뿌려질 우려도 잊은 듯 그 순간만큼은 전 세계 수천 명의 로미오보
다 더 로맨틱한 청년이었다. 단지 풀꽃 하나로.

향수로 유명한 '조말론'에서는 해마다 5월이면 선물 상자를 만

든다. 네모난 상자 안에 카네이션을 빽빽하게 꽂고, 그 가운데 조말
론 향수를 넣은 것이다. 카네이션의 줄기는 자르고 꽃만 남겨 담으
니 평소에 보던 카네이션과 다른 모습이 보였다. 박스에 담겨 있으
니 옮기기도 좋고, 어디에 두어도 거추장스럽지 않았다. 대가 굵어
서 줄기가 짧게 잘려 있는데도 꽤 오래 보존된다.

꽃만큼 만병통치약 같은 선물이 있을까? 득히 여사에게 선물하
기에. 다섯 살 아이나 여든 넘은 노인이나 꽃을 싫어하는 이를 찾기
는 힘들다. 프로포즈를 할 때, 결혼기념일에, 생일에, 승진했을 때,
꽃은 '사랑의 전령'으로 제 역할을 톡톡히 해낸다. 여왕처럼 우아한
장미이거나 들판에 흐드러지게 핀 민들레이거나 이 세상의 꽃들은
제 각각의 아름다움으로 사람을 감동시킨다.

영화 〈닥터 지바고〉의 드넓은 노란 수선화 밭을 보며 탄성을 뱉
은 그 순간은 사십 년이 지난 지금까지도 생생하고, 〈빅 피시〉에서
다시 이완 맥그리거가 서 있는 수선화 밭에서는 현실과 이상의 사이
에 꽃을 올려놓는다. 〈위대한 개츠비〉의 여주인공 이름이 소박한 꽃
데이지인 것은 작가가 심어놓은 복선이라 주장한다. 오랜 고난의 길
을 겪은 뒤 성숙한 삶의 의미를 깨달은 이들은 '한 송이의 국화꽃을
피우기 위해 봄부터 소쩍새는 그렇게 울었나 보다'로 시작하는 서정
주의 시 '국화 옆에서'를 인용하고, '자세히 보아야 예쁘다, 오래 보
아야 사랑스럽다'는 나태주의 시 '풀꽃'은 수많은 패러디 문장을 만

들어내며 대중에게 사랑받고 있다.

그야말로 우리 모두가 좋아하는 자연의 선물은 꽃이다. 사정이 이러하니 어떤 꽃을 선물하든, 어떻게 선물하든 꽃은 최고의 선물이지만 누구나 선호하는 아이템이다 보니 주는 사람의 마음을 표현할 독특함이 없어 이름표만 뽑아버리면 누가 보냈는지 기억하기 어려운 것 또한 꽃이다. 그래서 우리는 아름다운 꽃바구니 위에 꽃을 가릴 만큼 커다란 리본으로 보내는 사람의 이름을 크게 써서 보낸다. 대표적인 것이 장례식장의 화환들이다. 장례식장에 들어서면 흰 국화와 노란 국화로 만든 2미터 높이의 3단 근조화환들이 늘어서 있다. 어떤 이들은 화환의 숫자와 보낸 사람의 직함을 보고 고인의 인생을 평가하는 가벼운 태도를 보이기도 한다.

요즘은 화환을 만드는 뼈대가 되는 각목을 절약하자는 차원에서 금속 구조물 위에 꽃만 얹은 스탠드형 화환도 있지만 리본이 꽃 자체의 미모를 덮어버리는 것은 차이가 없다. 가장 이상한 풍경은 화환에 붙어 있던 리본만 떼어 벽에 차곡차곡 붙여 놓고 화환은 받자마자 폐기 처분하는 것이다. 이리 되면 리본으로 꽃이 가려질지라도 가시는 길을 꽃으로 장식해드리겠다는 한 조각의 따뜻한 마음마저 폐기 처분된 것으로 보여 여간 쓸쓸한 게 아니다.

고급 꽃과 부자재로 세련되게 장식한 꽃바구니에도 가끔 플라워숍의 로고가 든 큰 스티커가 보낸 사람의 명함은 물론이고, 꽃까지

가리는 경우도 있다. 받은 꽃에 대한 칭찬이나 불평을 전달하기 위해 연락하라는 건지, 다음에 당신도 이곳에 주문을 하라는 건지 의심이 들 정도로 큰 스티커를 볼 때면 감동이 확 식어버린다.

생일, 승진, 이직 등 대소사에 꽃바구니 선물은 시기적절하고 감동적이다. 하지만 받은 뒤에 하루하루 시들어가는 꽃을 지켜보는 게 쉽지 않다. 그나마 대가 굵은 꽃들은 건조한 사무실에서도 며칠 더 버텨주지만 대개는 일주일 안에 꽃잎이 누렇게 변하며 쪼그라든다. 혹자는 시드는 것을 보기 싫어서 꽃 선물이 반갑지 않다고도 한다. 그럴 수도 있겠다.

화려했던 꽃이 그렇게 시들어 화무십일홍花無十日紅을 증명하는 순간 그 시든 모습에서 '메멘토 모리Memento Mori(죽음을 생각하라)!' 철학적 깨달음을 얻는다. 시드는 동안의 추함까지도 감수하는 게 꽃에 대한 사랑이라고 생각해 모양을 흉내 낸 조화를 보면 이마를 찌푸리고, 흉보며 생화만 반겼던 게 불과 몇 년 전이다.

생명을 뺏지 않으려고 만들기 시작한 궁중채화

그러다가 조화에 대한 편견이 깨졌다. 여러 인연으로 조선시대 궁중의 음식과 의례들을 공부하면서 조선시대에는 궁중의례에 꽃을 만들어 사용했던 사실을 알게 되었다. 살아 있는 꽃을 꺾어서 생명을 빼앗지 않으려고 만들기 시작한 것이 조선왕조 궁중채화이고,

시들지 않는 꽃을 만들어 그 꽃을 통해 왕조의 영원불멸을 기원하는 마음도 담겨 있다는 것을 배웠다. 궁중음식연구원의 한복려 원장님은 조선왕조 궁중음식을 재현할 때면 고임상에 꽃을 궁중채화에도 큰 비중을 두고 챙기셨다. 국가무형문화재 제124호 궁중채화 기능보유자인 황수로 박사님과도 친분이 있어서 큰 행사 때는 두 분이 함께 작업할 방법을 의논하곤 하셨다. 황 박사님의 아들인 최성우 대표님 덕분에 2014년에 고궁박물관에서 궁중채화 전시를 보기도 했지만 얼마 전에 문을 연 경남 양산에 있는 '한국궁중꽃박물관'을 미리 보면서 조선시대에 꽃피운 화려한 궁중채화의 세계를 다시 이해하게 되었다.

비단으로 꽃잎을 만들고, 꿀과 밀랍으로 술을 만들어 벌과 나비가 진짜 꽃인지 알고 날아들 정도로 아름다운 꽃을 만들었다. 조선은 유교를 숭상한 의례의 국가여서 궁궐 안팎에서 일어나는 모든 일에 법도를 중요시해 궁중 잔치와 행사에 많은 기물과 절차를 갖춰서 행했다. 왕과 왕비 등의 생일이나 기념일에 잔치를 할 때는 궁중채화로 잔치 상과 무대를 장식하고, 왕과 신하들도 머리에 꽃을 꽂고 잔치를 즐겼다. 왕의 자리 양 옆에는 커다란 화준을 두어 거기에 홍백 오얏꽃 수천 타를 만들어 꽂아 마치 오얏나무가 서 있는 것처럼 꾸몄다. 바로 앞에 가서 봐도 눈으로는 만든 꽃인지 식별하기 어려울 정도로 섬세하게 만든다.

수천 송이의 꽃이 의례에 필요한데 그것을 꺾어 쓰지 않고 똑같이 만들어 행사에 쓰고, 공들여 만든 귀중한 것이니 잘 갈무리해서 재사용하게 한 마음이라니. 그저 '사람이 만든 가짜 꽃'이라 치부할 수 없는 품격 있는, 진정한 꽃 사랑이다. 우리 선조들이 꽃을 대하는 진지한 자세를 알게 되면서 조화에 대한 편견은 눈 녹 듯 사라졌다.

조화에 대한 편견은 조악한 플라스틱 꽃 때문에 생겼다. 차라리 없는 게 더 나을 정도로 플라스틱임이 확실한 꽃으로 공공 건물이나 상업 공간을 장식하고, 아트 인테리어를 했다고 하는 모양새가 꼴사나웠다. 설치와 유지 비용을 줄이려는 꼼수가 확연하기 때문이다.

요즘은 사회 전체적으로 미적 수준이 높아져 조화도 종류가 다양하고, 생화와 구분하기 힘들 정도로 섬세하게 만드는 것들이 많다. 프랑스 파리에서 매년 열리는 메종오브제Maison Object 같은 대형 장식 박람회에는 조화가 한 카테고리로 되어 있을 정도로 인테리어에서 꽤 중요한 아이템이다.

비아케이ViaK 스튜디오의 안윤경 대표는 한국의 규방문화가 지닌 아름다운 정서를 표현해보고자 꽃과 나비 등 자연을 모티브로 한 제품을 만든다. 장미와 카네이션, 튤립 등 향기나는 조화를 볼펜 끝에 붙여 편지나 일기를 쓸 때의 섬세한 감성을 돋우고, 수국이나 모란 꽃에서 환한 빛이 나오는 무드등으로 실내 공간을 은은하게 밝히기도 한다. 우리 주변의 소소한 것들에 꽃을 더해 감성적 라이프스타일을 제안하는 것이다.

그럼에도 불구하고 굳이 생화를 사용하고 싶어하는 이들을 위해 만들어진 게 프리저브드 플라워다. 생화를 특수 보존 처리 용액으로 가공해서 최장 5년까지 모습이 유지되도록 가공한 것이다. 꽃의 일생에서 가장 화려한 때의 모습과 빛깔로 그대로 보존되는 것. 생화는 관리하기가 번거롭고 금세 시든다는 점에서, 조화는 사람이 아무리 정성들여 만들어도 꽃과 1백 퍼센트 똑같이는 만들 수 없다는 점에서 프리저브드 플라워의 자리가 생겼다. 한 송이를 예쁘게 포장해 선물용으로도 많이 쓰지만 상업 공간에서의 효용이 더 크다. 한번 설치하면 5년 동안 그 모습을 유지한다니 생화를 쓰는 것보다 저렴하고 관리가 수월하다. 설치해놓으면 생화와 다르지 않아서 비주얼적으로도 좋은 선택이다.

내가 다녔던 백화점에서는 생화 사용을 원칙으로 하는데, 생화만 사용하다 보니 천장이나 벽 위쪽에 꽃을 설치하면 자잘한 꽃봉오리나 꽃가루가 상품 진열대 위에 떨어지는 경우가 종종 있었다. 직원들이 수시로 청소하는 불편을 감수해왔는데, 몇 년 전에 그 부분을 프리저브드 플라워로 바꾸니 그 번거로움이 사라졌다. 고유의 아름다움을 고스란히 지키며 사람의 수고를 줄여주었으니 향기는 좀 덜하지만 지혜로운 선택이라 여겨진다.

여름 선물

수건 ㅇ감사

나를 **기억해줘**

지난밤부터 비가 많이 왔다. 자다 일어나서 열어놓은 창문을 닫고, 다시 잠을 청했는데 투둑투둑 빗소리를 세다가 스르륵 잠이 들어 버렸다. 아침이 되었어도 빗줄기는 가늘어질 기미가 없다. 하루종일 비를 끌어안고 지내야 하는 날이다. 비는 시원스레 쏟아지는데 살갗이 축축해서 견딜 수가 없다. 하루에도 서너 번씩 샤워기를 부여잡지만 욕실을 나오자마자 눅눅한 공기의 공격에 속수무책이다. 일 년 중 수건을 가장 많이 쓰는 계절이 시작되었다. 욕실 드나드는 횟수가 많으니 수건을 만질 때마다 그 촉감에 예민해지고, 어린 시절의 뻣뻣한 수건이 떠오른다.

어릴 때 엄마 손을 잡고 남의 결혼식에 많이 다녔다. 잔치에 가면 평소보다 좋은 음식을 먹게 되니 엄마가 낸 축의금만큼은 먹고 와야한다며 꼭 나를 데리고 갔다. 물론 당시에는 입이 심하게 짧아서 엄마의 목적을 달성한 적은 없지만. 잔치 음식보다 나를 유혹한 것은 답례품으로 주던 종이 상자에 담긴 카스텔라였다. 가끔은 답례품으로 카스텔라 대신 수건을 주는 곳도 있었다. 나와는 달리 엄마는 '축결혼' 신랑 신부의 이름과 날짜가 크게 적힌 수건을 더 반가워했다.

카스텔라를 기대했다가 수건을 받았을 때의 실망감도 그렇지만 매일같이 욕실에서 그 수건을 대할 때마다 얼굴도 모르는 신혼부부의 결혼이 떠오르는 게 싫었다. 어떻게 하면 이 수건을 빨리 닳게 할까 하면서 빨래할 때 유독 세게 문질러 빨거나 가끔은 잘 안 지워지는 얼룩을 묻혀서 걸레로 신분 하락을 시키기도 했다. 그때만 해도 낡은 수건을 여러 개 엮어서 욕실 앞 발 매트를 만들거나 오븐용 장갑을 만들 생각은 미처 못했다.

여행이나 출장을 가면 호텔에 있는 도톰하고 폭신하고 아무 장식 없이 눈처럼 하얀 수건이 쌓여 있는 걸 보면서 하얗고 도톰한 수건에 대한 로망이 생겼다. 순면이나 불순물을 제거한 코마사, 뱀부얀 등 가는 실 40수 1백 90그램으로 만든 호텔 수건은 피부에 닿는 감촉부터 달랐다. 호텔 로고도 눈에 띄지 않게 압인으로만 표시한 센스까지.

왜 사람들은 가정에서 사용하는 수건에 눈에 잘 띄게 자기 회사

로고를 새기고, 기념일을 표시하는 걸까? 외국 잡지에 보면 그런 표시 있는 수건이 걸려 있는 욕실은 하나도 없던데. 우리도 글씨 없는 수건을 사서 쓰자고 하니 엄마는 장롱 서랍에 가득 찬 수건을 보여주면서 이거 다 쓰면 그러자 하셨다. 그 양이 어마어마했다.

좀처럼 물건을 버리지 못하는 엄마는 수건이 닳고 닳아 얇아지고 뻣뻣해져도 줄기차게 수건을 쓰다가 급기야 구멍이 나면 그때부터 또 두어 번 더 쓰고 걸레용으로 따로 보관했다. 그렇게 오래 쓰니 흡수성이 떨어져 손만 한 번 닦아도 수건이 푹 젖어버렸다. 이 수건들을 그대로 물려받을지도 모른다는 불안감이 들었다.

결혼하자 양가에서 이런 수건들이 박스로 날아왔다. 수건은 많을수록 좋고, 신혼에 돈 들어갈 곳이 많으니 이런 거라도 절약하라는 어른들의 말씀을 거역하기가 어려워 순순히 받았다. 식구가 적으니 수건은 쉽게 줄어들지 않았고, 살면서 우리도 여기저기서 수건을 받게 되어 수건 서랍은 늘 꽉꽉 채워져 있었다.

시간이 지나면서 'ooo여사 고희 기념', 'ooo 선생님 정년퇴임 기념'이 써 있는 수건들보다 'oo 모임 야유회 기념', 'oo 회사 이전 기념', 'oo 식당 개업 기념'이 써 있는 수건들, 내가 주체가 되어 받아온 수건이 더 많아졌다. 시각적으로 아름답지 않다고 생각했던 수건 위에는 내가 기억하는 축하의 순간들이 적혀 있었다. 아침에 수건을 보면 그 식당에서 먹었던 음식을 기억하거나 그 회사는 이사 후 어찌 되었을지, 야유회에서 같이 발 묶고 달리던 동료는 뭐하고 지낼지 떠올리기도 한다.

참 영리한 사람들이다. 좋은 일에 박수를 보내며 도와준 이들에게 보답하는 선물에 그 일을 새겨넣어 오래오래 기억하게 하는 것. 심지어 매일매일 쓰는 요긴한 물건을 선물하면서 그 사실을 찰지게 찍어 넣어 오랫동안 보게 하는 것. 이런 목적에 맞는 답례품으로 수건보다 더 좋은 것은 없다. 어른들만 쓰는 만년필도 아니고, 아이들만 쓰는 장난감도 아니고, 남녀노소 할 것 없이 누구나 사용하는 수건 아닌가. 집에서 쓰는 물건이라 없어질 일은 거의 없고, 서서히 낡아가며 존재감으로 버틴다.

크기별로, 색깔별로, 원하는 대로

생각해보면 수건만큼 요긴한 선물도 없다. 남녀노소 불문하고 매일 사용하는 물건이고, 똑같이 네모난 모양으로 크기만 조금씩 다른데 세면타월이 가장 무난하니 선택장애를 가진 이에게도 별 문제가 안 된다. 색과 무늬가 다양하지만 흰색이나 파스텔 톤이면 무난하니 고르기 그리 어렵지도 않다. 가격도 적당하고, 무게도 그리 나가지 않아 전달 또한 용이하다. 센스 있는 사람들은 배스타월과 세면타월, 핸드타월 등을 섞어서 세트를 만들어 선물하기도 한다. 내돈 내고 수건을 사지 않는 사람에게 이 선물은 참으로 요긴하다.

아침마다 남의 기념일을 축하하던 어느 날, 김유라 대표를 알게되었다. 감각 있고, 실력 있는 김유라 대표는 1949년 창사 이래 우리나라의 타월 역사를 써온 국내 시장 점유율 40퍼센트의 국내 1위 타월 생산업체인 송월타월의 디자인을 맡고 있다. 우리 집에 있는 수많은 기념 타월의 80퍼센트 이상이 '송월'이란 라벨을 달고 있다. 색깔과 무늬가 다르고, 준 사람과 기념 문안이 다 다르지만 대부분 송월타월이다.

김유라 대표는 디자이너답게 신제품 개발을 위해 수많은 리서치를 하고, 자주 여행을 다니며 일상에서 영감을 얻으려 노력한다. 김대표는 주변 사람들에게 요긴한 선물을 자주 한다. 새로 디자인한 세련되고 품질 좋은 수건을 써보라고 주는 건 물론이고, 만나기만 하면 자신의 홈앤리빙 브랜드인 '유라K콜렉션'에서 만든 패션 액세서리를 하나씩 챙겨준다. 스타일도 좋고 착용하기 편해서 자주 애용한다. 김 대표 덕분에 우리 집 욕실에는 글씨가 없는 톡톡한 수건들이 채워지기 시작했다.

또 여러 해 동안 김유라 대표의 SNS를 보다 보니 수건에 대한 여러 가지 상식이 생겼다. 수건 고르는 법, 수납하는 법, 세탁하는 법 등. 다른 옷들과 따로 빨아야 하고, 섬유유연제를 쓰면 안 되고, 건조기로 말리는 게 더 좋고, 세면타월 여러 개를 쓰는 것보다 큼직한 배스타월 한 장을 쓰는 게 효율적이고 여유롭다는 것도 유라 대표에게 배운 팁이다.

　이사를 하면서 수건을 좀 정리해서 흰색부터 파스텔 톤의 수건들을 나란히 수납장에 쌓았다. 수납장을 열었을 때 수건이 색연필처럼 나란히 쌓여 있는 모습을 보면 큰 짐승 한 마리 잡아 일주일치 식량을 확보한 원주민처럼 뿌듯하다. 여전히 버리기 아까운 수건들은 창고에 쌓아 여러 가지 용도로 사용하고 있다. 수건은 어떻게 쓰더라도 가성비 좋고 요긴한 선물이다.

캐모마일차 ○사랑

유럽 사람들의 **가정상비약**

요즘 커피를 많이 못 마신다. 커피를 좋아해서 하루에 열 잔을 마셔도 밤에 잠드는 데 아무런 문제가 없었는데 몇 년 전부터 오후 늦게 커피를 마시면 잠을 설치게 된다는 걸 알게 되었고, 커피의 양도 영향이 있다는 걸 확인했다. 그후 아침에 딱 한 잔이 내게는 오늘의 유일한 한 잔이 되었다.

고등학교 때 학교에 자판기가 들어오면서 시작된 커피 중독이다. 50원짜리 동전을 넣으면 커피 조금, 설탕 적당히, 프림 듬뿍 섞여 나오는 자판기 밀크커피는 콘크리트 건물에 갇혀 죽어라 공부만 해야 했던 나에게 유일한 위안이었고, 그 향기는 천국의 향기였다. 등교하자마자 한 잔, 점심 먹고 한 잔을 뽑아 한 방울 한 방울 아껴가며 마셨다. 그때 시작된 커피 중독은 자판기에서 다방 커피로, 커피믹스에서 에스프레소 커피로 세월이 변하며 스타일은 조금씩 바뀌어갔다. 하지만 아침에 한 잔으로 시작해 틈날 때마다 한 잔씩 마시는 것은 사십 년 동안 일상의 즐거움이었고, 하루를 살아내는 원동력이기도 했다. 하루의 원동력이었던 커피를 마시지 못하게 되니 대체할 무엇이 필요했다.

캐모마일의 꽃말은 '고난 속의 힘'

커피만큼 녹차도 좋아해서 커피 아니면 차를 마시면 되겠지 했는데 커피와 차에 든 카페인의 종류는 다르지만 둘 다 숙면에는 도움이 안됐다. 오후 늦은 시간에 마실 만한 차를 찾아보니 우엉차, 보리차, 옥수수차 등 곡물차들과 루이보스, 캐모마일 등의 허브차들이 있었다.

레스토랑에서 여럿이 식사를 하고 나면 식사 후에 어떤 차를 마실지 묻는데, 예전에는 아메리카노와 에스프레소를 고민하던 친구들이 이제는 루이보스와 캐모마일 사이에서 고민한다. 다들 숙면에 연연해하는 나이가 되었다. 난 향이 있는 루이보스차보다는 퐁퐁 노란 꽃이 보이는 예쁜 캐모마일차를 고른다.

그렇게 캐모마일과 친해졌다. 캐모마일차를 자주 마시면서 약초연구가 전동명 교수님의 홈페이지에서 캐모마일에 대한 여러 가지 이야기를 알 수 있었다. 난 뭘 보면 이름의 유래부터 찾아보는 습관이 있는데, 캐모마일 역시 꽃에서 싱그런 사과향이 엷게 난다 하여 고대 그리스어로 '작은'이란 뜻의 '캐미chami'와 '사과'란 뜻의 '멜론melon'이 합쳐져 '땅에서 나는 사과'란 뜻의 '캐모마일Chamomile'이란 이름이 붙었다 한다.

꽃만 예쁘고 향기로운 게 아니라 세상에 이로운 풀이다. 미국 메릴랜드대학 의료센터 연구 결과 신경을 이완시켜주는 진정효과가 있어 불면증과 스트레스에 좋은 작용을 한다 하고, '아피제닌'이란 항산화성분이 들어 있어 노화를 늦춰주고, 몸을 따뜻하게 해주는 효능이 있다고 한다. 방충 효과도 있어 병충해에 걸린 식물 곁에 캐모마일을 심으면 병든 식물이 회복하는 현상을 보이기도 한다. 양지바른 곳에 심으면 추운 겨울도 잘 이겨내고 별 어려움 없이 잘 자라서 일주일 정도 예쁜 꽃을 피우고 시들어버린다.

한 해 살이 풀치고, 참으로 많은 일을 하고 간다. 그래서 꽃말이 '고난 속의 힘'인 듯. 영국의 대 문호 셰익스피어도 이런 캐모마일의 속성을 보고 〈헨리4세〉 1부에서 팔스타프의 대사에 "캐모마일은 밟으면 밟을수록 잘 자라고, 젊은이는 청춘을 낭비하면 할수록 빨리 소모된다"는 명문장을 남기기도 했다.

서양 사람들은 이미 5천 년 전부터 애용한 약초로 집집마다 캐모마일차를 가정상비약으로 구비해 놓고 잠들기 전이나 몸이 피곤하고 감기기운이 느껴질 때 캐모마일차를 마신다는 이야기를 듣고, 좋은 캐모마일차를 구하려고 이것저것 좋다는 캐모마일차를 하나씩 마셔보던 중이었다.

'5월의 아침'이란 뜻을 가진 시크한 패션 브랜드 '마땅드메Martin de mai'를 만든 디자이너 코니 송이 작은 상자를 들고 나타났다. 집 마당에서 심어 만든 캐모마일차라며. 집에 와서 상자를 여니 깨끗한 부직포에 나눠 담고, 마실 때의 팁을 손글씨로 써서 넣은 메모까지 들어 있었다. 캐모마일 향과 함께 감동이 진하게 퍼져 왔다. 서둘러 한 팩을 따뜻한 물에 우렸다. 유명하다는 캐모마일차를 연달아 마시고 있던 참이었는데 어느 브랜드의 것보다도 향이 싱그럽고 맛이 그윽했다. 한 팩씩 꺼낼 때마다 남은 팩의 개수를 셀 만큼 아까웠다. 아까운 만큼 알뜰히 정성들여 차를 마셨다.

이 얘기를 쓰려고 코니에게 캐모마일차 만드는 사진이 있느냐고 물었더니 마침 꽃 딸 때 찍어두었다며 여러 장을 보내왔다. '2016년 5월 9일'에 찍은 사진에는 한 송이 한 송이 손으로 캐모마일 꽃을 따서 널어 말린 흔적이 다 들어 있었다. 사진을 보니 갑자기 뭉클해졌다. 파리로, 밀라노로, 베를린으로 날아다니며 패션의 첨단을 섭렵하던 그 시크한 도시 여자가 자기 집 마당에서 캐모마일을 길러 손톱만한 꽃을 따서 말린 정성이라니… '5월의 아침'을 만드는 여인이 만든 '5월의 캐모마일'이었다.

바쁘다는 핑계로 소중한 이에게 선물할 때조차 인터넷에서 물건을 골라 두어 줄 휘리릭 적어 '선물하기' 버튼으로 선물하던 나의 행태가 일순간 부끄러워졌다. '온갖 성의를 다하려는, 참되고 거짓이 없는 성실한 마음'을 뜻하는 '정성'이란 단어의 참뜻을 다시 한 번 새기게 된 소중한 선물이었다.

비누
○ 사과

깨끗하게, 유쾌하게, 개운하게

　　　명동이나 가로수길을 지나다 보면 어디선가 상쾌한 비누 냄새가 난다. 냄새를 따라가면 늘 '러쉬Lush' 매장이다. 매장 앞에 놓인 큰 볼에는 거품이 가득하다. 종업원들은 수시로 나와서 놀이하듯 거품을 만들면서 "안녕하세요, 신선한 러쉬입니다" 하고 거리에 러쉬의 신선한 향기를 흩뿌린다.

　향기에 이끌려 매장으로 들어가면 화려한 색깔과 향의 제품들이 현란하게 존재감을 보인다. 슈퍼마켓의 청과물코너처럼 생생한 색감의 둥글고 네모난 제품들이 잔뜩 쌓여 있다. 울퉁불퉁 잘라놓은 덩어리들과 벽면 초크보드에 거칠게 쓰인 필체도 요즘 얘기하는 '무심한 듯 시크chic한' 모양새다. 곳곳에 제품 설명과 함께 '향기를 맡아 화려한 색으로 눈이 즐겁다.
싱큼힌 향으로 코기 즐겁다.
커다랗게 일어나는 거품으로 손이 즐겁다.

여름 선물

봐라', '만져봐라' 등 나를 잡아당기는 문구들이 박혀 있다.

한 번 들어가면 그냥 나오기 힘들게 유혹적이다. '트와일라잇', '봄페리뇽', '다녀왔어, 어서 와!' 등 이름만 들어도 스트레스가 풀리는 파스텔 톤의 배스 밤이 박스마다 넘쳐난다. 비누처럼 생겼지만 거품 풍부하고 모두에게 착한 샴푸 바, 초콜릿처럼 생긴 고체 파운데이션, 단어가 쓰인 향수인 워시 카드, 틴 케이스에 담긴 마사지 바 등 고정관념을 깨뜨리는 아이디어 상품들이 즐비하다. 이 모든 것들이 내 일상을 즐겁고, 향기롭게 할 거라는 문구들이 눈에 띈다. 당연히 그럴 것 같다.

게다가 친환경 재료로 수작업으로 만들었고, 재활용 가능한 검정 플라스틱 통에 담긴 샤워 젤이나 포장 없는 비누를 사는 것이니 환경보호요, 수익금을 인권보호나 공정거래 등에 기부한다니 가치소비요, 제조자의 얼굴 스티커가 제품 라벨에 붙어 있어 믿을 수 있으니 신뢰소비요, 필요한 만큼 비누를 잘라서 살 수 있으니 합리적 소비다. 내가 쓸 것도 러쉬로, 선물할 것도 러쉬로. 하나를 사는 것보다 여러 개를 함께 사면 화려한 선물용 박스에 담아주는 서비스도 매력적이다. 활기찬 느낌을 주는 패턴의 박스에 메시지카드를 달아주는데 그 단어 자체가 선물이다. 그런 이유로 러쉬는 나의 선물 목록 상위에 기록되어 있다.

톡톡 튀는 감성의 러쉬 박스

러쉬는 1995년에 영국인 허브 테라피스트 마크 콘스탄틴Mark Constantine과 뷰티 테라피스트 엘리자베스 위어Elizabeth Weir가 함께 자연친화적인 헤어와 미용 제품 사업을 시작하며 만든 브랜드다. 아보카도 버터, 바닐라 열매, 로즈마리 오일, 자몽 즙 등 자연에서 얻은 신선한 재료를 갖고 채식주의자의 조리법을 기본으로 수작업으로 비누와 샴푸, 로션, 치약 등을 만든다. 제조 공장을 '주방'이라 부르는 것도 이런 이유에서다. 파스텔 톤의 배스 밤, 고체 샴푸, 오일 바 등 기존 제품들의 형태를 바꾸는 혁신적 아이디어로 히트 상품을 만들기도 했다. 런던의 치즈가게 '닐스야드Neal's Yard Dairy'에서 영감을 얻어 비누를 치즈처럼 무게로 잘라 팔고, 환경보호를 위해 별다른 포장 없이 얇은 종이에 싸서 준다.

다양한 캠페인을 통해 친환경 브랜드의 가치를 높여온 걸로도 유명하다. 재활용 가능한 폴리프로필렌 플라스틱 통에 제품을 담아 팔고, 빈 통을 모아오면 사은품을 제공하는 정책을 비롯해 '채러티 팟' 판매 수익금을 환경보전이나 동물복지를 위한 단체에 기부하고, 공정거래, 인권보호, 포장 최소화 등을 위한 캠페인도 펼친다.

누가 이사를 하거나 사무실을 열었을 때 러쉬 박스는 아주 요긴한 선물 아이템이다. 요즘은 집을 방문하는 일이 많이 줄었지만 예전엔 이사를 하면 가족과 친구들은 물론이고 직장 동료를 불러 집들이를 하는 게 당연하게 여겨졌다. 집들이 초대를 받으면 불처럼 살림이 일어나라는 의미로 성냥과 양초를 선물하기도 하고, 모든 일이 술술 풀리라고 두루마리 휴지를 선물하기도 했다. 거품처럼 좋은 일이 크게 일어나라는 뜻에서 비누와 세제도 고정 아이템이었다.

내가 잘못했을 때, '내가 잘못했으니 이 비누로 나쁜 기억 다 잊고 새로 잘 지내봅시다'라는 의미로 비누를 선물하기도 한다. 이래저래 비누는 좋은 선물이다. 집들이를 하고 나면 적어도 2~3년 동안은 휴지나 비누 살 일이 없을 정도였으니. 비누는 보통 오래 쓰라고 단단한 '다이알' 비누를 선물해서 창고에 황금빛 포장의 다이알 비누가 여러 박스씩 있던 기억이 있다.

러쉬의 제품들은 색깔도 예쁘고, 모양도 재미 있는 데다가 몇 개를 잘 구성해서 박스를 만들 수 있어 좋다. 헤어케어 제품만 모아서 선물하기도 하고, 배스 밤만 여러 개 과일처럼 포장해서 선물하기도 한다. 겨울이면 마사지 바와 배스 밤을 섞어서 욕조에서 촉촉하고 여유 있는 시간을 보낼 수 있게 구성하기도 한다. 미처 사용하지 못하더라도 상자를 열어놓으면 제품에서 나오는 천연 향기가 욕실에 퍼져 방향제 역할까지 하는 백전백승의 선물 아이템이다.

명화 퍼즐

○ 위로

마음은 **차분하게**, 두뇌는 **활발하게**

아이가 어릴 때 놀잇감으로 퍼즐을 자주 샀다. 두뇌발달에도 좋고, 함께 할 수 있어서 좋은 장난감이었다. 9조각짜리에서 시작해 25조각, 64조각 등으로 늘어났다. 그림은 대부분 만화 캐릭터와 관련된 그림이었다. 지구본 모양의 퍼즐은 여러 나라의 위치를 가르쳐줄 때 도움이 되었고, 완성 후에는 멋진 장식품이 되었다.

아이는 유아기를 지나자 더 이상 퍼즐에 흥미를 보이지 않았고, 그 퍼즐은 어느새 내 장난감이 되어 있었다. 완성했다 부수고, 다시 완성하고. 무료할 때 만지작거리며 맞추면 기분이 좋아졌다. 아이가 크면서 장난감들과 함께 퍼즐도 정리하다가 손에 익은 퍼즐 한 상자를 남겼다. 아이 시험기간 동안 함께 깨어 있어야 할 때 이 퍼즐은 나에게 좋은 놀잇감이 되었다.

퍼즐이 치매 예방에도 효과가 있다는 이야기는 좋은 핑계거리가 되었다. '조각 하나하나에 집중하다 보면 집중력과 끈기가 생기고, 다 맞추면 성취감에 기분이 좋아진다. 작은 조각들이다 보니 집어 들고 맞추는 과정이 손의 소근육 강화에도 도움이 되고, 소근육을 많이 쓰면 머리가 좋아진다'는 정광진 교수님의 연구 결과에 힘을 얻어 자주 퍼즐을 했다.

퍼즐에는 직소, 3D큐빅, 칠교놀이, 구슬 퍼즐, 스도쿠, 크로스워드 퍼즐, 루빅스 큐브 등 다양한 종류가 있다. 스도쿠와 크로스워드 퍼즐은 어른들 대상으로 신문이나 잡지에 실리는 것들이고, 루빅스 큐브나 구슬 퍼즐 등은 게임용 도구들을 이용해 색과 모양을 맞추는 게임이다. 그중 남녀노소 모두 편하게 즐길 수 있는 것은 직소 퍼즐이다.

직소 퍼즐은 원래 나무판 위에 그림을 그린 후 실톱^{jigsaw}으로 잘라내서 만들어 직소 퍼즐이라 이름 붙은 것이다. 1760년에 영국의 지도 제작자인 존 스필스버리^{John Spilsbury}가 2세 교육용으로 지도를 판지에 붙여서 국경선을 따라 잘라 제작 판매한 것이 대중적 직소 퍼즐의 시작이다. 조각이 한 개라도 아귀가 안 맞으면 제 그림이 만들어지지 않는다. 수백 개의 조각이 모두 크기와 모양이 다르고, 큰 그림을 쪼개놓은 것이라 예측이 쉽지 않다.

문제는 아동용 만화 퍼즐 게임을 하다 보니 완성 후 감상하는 즐거움이 좀 적었다. 그래서 명화 직소 퍼즐을 시작했다. 드가의 '발레수업 동안에', 고흐의 '카페테라스', 키스 헤링의 '회상', 마티스의 '여인' 등 세기의 명화들은 웬만하면 직소 퍼즐 5백~1천 조각짜리 상품이 있다.

잡생각을 없애는 직소 퍼즐

그후, 식구들은 내 생일에 명화 직소 퍼즐을 선물한다. 보통 5백 조각짜리는 두어 시간이면 완성할 수 있어 저녁 식사 후 뉴스를 보면서 퍼즐을 맞추고, 완성하면 다시 해체해서 상자에 담고 잠자리에 든다. 여러 번 하면 위치가 외워져서 속도가 빨라지지만 매번 의외의 복병이 있어서 지루하지는 않다. 하루 종일 사람들 사이에서 시달리고, 해결 못한 일들로 머릿속이 복잡할 때 잡생각을 잊으려고 퍼즐을 한다. 한 조각 한 조각 만지면서 집중하다 보면 머리가 맑아지고, 완성한 퍼즐을 보며 만족감을 느끼게 되어 하루를 마무리하기에 딱 좋은 상태가 된다.

직소 퍼즐을 맞추는 법에 대해 친구들과 얘기를 나눠보니 여러가지 습관들이 있는데 대부분 가장자리 테두리를 먼저 맞추고 안을 채워 나간다고 얘기한다. 나는 우선 퍼즐 전용 판지를 놓고, 그 옆에 퍼즐조각을 다 쏟아놓는다. 완성 그림을 살펴보고 나서 조각들을 색깔별로 분리한다. 여러 색깔이 섞여 위치를 추정할 수 있는 것, 단색만 있는 것, 애매모호한 것 등 서너 덩어리로 분리하고, 위치 추정이 가능한 것부터 하나하나 자리를 만들어간다. 다른 사람들은 이렇게 맞추고 나면 접착제를 이용해 배경판에 붙여서 액자에 끼우거나 벽에 붙여놓는 것으로 마무리를 하는데, 나는 그것을 부숴서 틈날 때마다 다시 맞춘다. 맞추는 과정을 즐기겠다는 마음이라서.

무더운 여름날 저녁에는 빈센트 반 고흐의 노란 '해바라기'를 맞추기 위해 노랗고, 누렇고, 연하게 노랗고, 반만 노랗고, 반만 누런 조각들을 이리저리 돌려가며 맞춘다. 가을이면 반투명의 튀튀 모양을 따라서 드가의 '발레수업 동안에'를 맞추려고 발끝에 힘을 주고 퍼즐 조각을 빙글빙글 돌리며 자리를 찾아 헤맨다. 연말이면 '최후의 만찬' 퍼즐을 자주 꺼낸다. 밀라노 산타마리아 델레 그라치에 교회에서 봤던 흐릿한 템페라화 '최후의 만찬' 원본을 떠올리면서 예수님과 열 두 제자의 이름을 맞춰가며 조각을 찾아 붙이면서 성탄절을 기다린다.

요즘 서점이나 문구 편집숍에 가면 명화 외에 아름다운 일러스트 퍼즐도 있고, 원통형이나 네모난 상자 등 모양도 다양하고, 지구본이나 램프, 액세서리와 연계하는 등 기능적 상품도 많다. 자신의 사진을 보내면 직소 퍼즐로 만들어주는 곳도 있으니 가족의 기념사진을 퍼즐로 맞추는 재미도 얻을 수 있다.

12간지 소품

무슨   **띠세요?**

　작년, 재작년에 젊은 주부들 사이에서 난리가 났었
다. 동양철학의 근간인 육십갑자에 따르면 2018년이 무술년, 2019
년이 기해년인데, 마침 황금의 기운을 가진 해라서 황금 개띠, 황금
돼지띠 해가 되니 그 해에 아이를 낳으면 재물운도 좋고, 복 있는 아
이가 될 것이라는 이야기가 돌면서 너도 나도 아이를 갖는 것에 대
해 진지하게 고민을 한 모양이다. 근거를 따지기보다는 국내 출산율
이 바닥을 치는 시점인지라 언론도 합세해서 여기저기 이야기를 실
어 날랐다. 결론적으로 2018년 출산율은 2017년보다 7.9퍼센트 감
소했고, 2019년도 전년보다 감소할 전망이라니 '황금 띠'의 유혹도
젊은 세대의 출산과 육아에 대한 부담을 이기지는 못한 모양이다.

기사를 보면서 '띠'가 젊은 세대에게는 그리 와 닿지 않는 심볼이겠다는 생각이 들었다. '오늘의 운세' 같은 것을 봐도 일간지에서는 여전히 12간지인 '띠'로 표시하지만, 젊은 층이 선호하는 인터넷 사이트나 잡지, 타로 점보기 등에서는 서양의 '별자리'를 선호한다. 여성들의 액세서리에 다는 펜던트를 봐도 '띠'의 심볼인 동물 모양보다는 '물고기자리' '사수자리' 등 별자리의 심볼을 더 많이 달고 다닌다. 12간지와 별자리를 비교하자는 게 아니라 세상이 그렇다는 얘기다.

　　위워크에서 일하다 보면 이십 대 청년들과 이야기할 기회가 자주 생기는데 처음 소개하는 자리에서 "전 '쌍둥이자리'입니다"라고 인사하면 "어머, 봄에 태어나셨군요. 사교적이시겠어요"라던가, "저도 천칭자리라서 사람들과 어울리는 걸 좋아해요" 같은 이야기를 한다. 난 내가 '처녀자리'인 건 알지만 어떤 별자리가 몇 월인지도 잘 모르는지라 이럴 때 좀 머쓱하다. 언니들과 모이면 '기해년'이냐 '신축년'이냐 손가락을 접었다 폈다 하면서 떠드는 나인데. 이런 게 세대차이인가 싶어서 얼른 테이블 밑에서 핸드폰으로 별자리를 검색해보고, 대화에 참여하니 좀 궁색하다.

스토리텔링의 보고

　　오랫동안 잡지사에서 기획하는 일을 해서 뭐든 꼬투리를 잡으면 그걸 갖고 어떻게 이야기를 펼쳐 나갈지를 고민하는 습관이 있다.

기획의 꼬투리는 주변을 둘러보면 한도 끝도 없이 나오지만 뭐니 뭐니 해도 우리 조상들이 오랫동안 스토리텔링을 만들어 놓은 24절기와 12간지가 스토리텔링의 보고다.

매달 잡지를 내야 하는 월간지라서 우리나라의 24절기는 늘 고마운 꼬투리였다. 〈동국세시기〉를 들추면 5월 단오에는 창포물에 머리 감고, 화전 부쳐 먹는다고 하니 '헤어 케어' 기사와 '절기음식' 기사를 만들 수 있었다. 어린이날, 어버이날, 성년의 날, 부부의 날, 스승의 날 등이 줄줄이 있는 5월에는 아이디어가 넘쳐났고, 크리스마스와 연말이 있는 12월 역시 기획이 어렵지 않았다. 12간지 역시 1월호의 단골 꼬투리였다.

어느 해인지 1월호에 역시 12간지에 대한 기사를 맡았다. 12간지 상징을 사용해 집을 꾸미는 기사였는데, 정보를 모으던 중 크리스털로 유명한 스와로브스키에서 12간지 소품을 판매한다는 걸 알게 되었다. 백화점에 가서 실물을 확인하고, 몇 개를 대여해서 촬영에 들어갔다. 담당 사진기자는 촬영할 품목 리스트만 보고 질색을 했다. 찍기 어려운 크리스털을 군이 해야 하냐고 투덜거리며 촬영을 시작했는데 사진기자만 어려운 게 아니었다. 크리스털로 만든 호랑이의 표면에 붙은 작은 티끌도 선명하게 보이니 지문이 남지 않게, 자칫 깨질까봐 조심하며 닦느라 뜨거운 조명 밑에서 있노라니 한 겨울인데도 진땀이 났다.

나의 띠에 맞는 동물이

늘 책상 위에서 나를 지켜준다.

햇빛을 받으면 더욱 눈부시게 빛나며……

겨우 촬영을 마치고, 반납하기 전에 제품 설명서를 확인하려고 창문 옆에 잠시 물건을 올려놓았다. 마침 해질 녘이어서 창문을 통해 길게 들어온 햇빛이 크리스털 제품에 닿자 오만 개의 빛 그림자가 사방으로 퍼져 나갔다. 마치 성당 안의 스테인드글라스 창문을 통해 빛이 들어온 듯 크리스털 호랑이를 통해 굴절된 빛이 화려하고 신비로웠다. 아주 잠깐 호랑이의 눈이 살아 있는 것처럼 반짝거렸다는 건 아마도 나의 잘못된 기억이겠지만 그 정도로 호랑이의 아우라는 눈이 부셨다. 이 촬영 이후, 선물할 일이 생기면 그 사람의 '띠'에 맞는 스와로브스키 12간지 동물을 선택했다.

스와로브스키의 시작은 1891년 다니엘 스와로브스키가 '모두를 위한 다이아몬드'를 만들겠다고 다짐하면서 시작되었다. 납 성분이 있어 굴절률과 투명도가 높은 그저 '납유리'였던 크리스털을 정교하게 커팅하고, 유럽의 안목 있는 디자이너들과 콜라보레이션하여 '크리스털'을 준보석의 대열에 끌어올렸고, '스와로브스키'는 크리스털의 대명사가 되었다. 영화 〈신사는 금발을 좋아해〉, 〈티파니에서 아침을〉 등에서 마릴린 몬로와 오드리 헵번 등 여배우의 액세서리로 등장해서 패션계에 새로운 창의적 가능성을 보였고, 매년 크리스마스 에디션을 한정판으로 제작하는 등 수집 욕구를 불러 일으켜 '스와로브스키 컬렉터'라는 새로운 장르를 만들었다.

크리스털 액세서리에서 주얼리, 워치, 홈 데코레이션의 영역에까지 제품군을 확장해서 스와로브스키 매장에서는 크리스털로 만든 거의 모든 것을 볼 수 있다. 당연히 어떤 용도, 어떤 대상의 선물도 쉽게 고를 수 있다. 스와로브스키의 상징인 '스완' 펜던트를 비롯해 별자리인 조디악 펜던트, 크리스털이 들어간 샴페인 글라스, 디즈니 캐릭터 소품, 액자, 볼펜, 열쇠고리 등 다양한 제품이 저마다의 이야기를 갖고 주인을 기다리고 있다.

영양제

건강이 **제일이라며**

아침이 바빠졌다. 아침에 물을 한 컵 마시고 자리 잡고 앉아 마음이 쉬는 숲, '코끼리명상 앱'에 접속해 헤드 티처 혜민 스님의 목소리를 따라 십여 분 아침 명상을 하고, 차 한 잔 마신 후 아침 식사를 한다.

성인이 된 이후로 아침 식사를 거의 안 했는데 플레이트의원에서 유전적 체질 검사를 받은 이후 아침을 먹기 시작했다. 약보다 식품을 처방하는 의사로 유명한 이기호 원장님이 내 체질에 따른 식품과 영양제를 처방해줘서 그걸 먹으려니 간단하게라도 아침 식사를 해야 한다.

일 년 넘게 꾸준히 하루 세 번 영양제를 먹는 걸 보더니 남편이

나의 성실함에 놀란다. 한 번도 같은 시간에 출근한 적이 없을 만큼 규칙적으로 뭘 못하던 내가 약을 안 놓치고 먹는 게 신기했나보다. 내가 먼저 실토한다. '오죽 몸이 안 좋으면 이러겠어'.

갱년기라는 게 잠시 땀만 나다 마는 줄 알았다. 회사를 다니다 그만둬서 '회사 독'이 빠지는 과정이라 그런 줄 알았다. 내과, 이비인후과, 정형외과, 산부인과 등 '병원 셔틀'이 시작되었다. 온몸에서 돌아가며 부위별로 크고 작은 신호를 보내왔다. 여태까지 한 번도 들여다보지 않았던 몸이 이제는 내색을 해야겠다고 다짐한 듯했다. 몸을 전체적으로 돌아보는 건강검진을 하고, 유전적 체질을 고려한 영양제가 필요해서 플레이트의원에 들렀다. 아니나 다를까 부족한 영양소가 너무 많아서 이걸 먼저 채워야 그 다음 진도를 나갈 수 있었다. 채우기 위한 영양제만 쇼핑백으로 하나 가득이었다.

또래들을 만나면 누구 하나 빠짐없이 다들 아픈 이야기 한 보따리씩이다. 그 병엔 뭐가 좋다더라며 민간처방도 오가지만 요즘엔 어떤 영양제가 더 효과적인지를 놓고 서로 정보 대결을 할 정도다. 누구는 글루코사민을 꼭 먹어야 한다 하고, 누구는 오메가3가 더 중요하다 하고, 누구는 프로바이오틱스라 한다. 노안이 오면 루테인을 먹어야 한다는 정도만 알고 있었는데 이름 외우기도 쉽지 않은 영양 성분들을 줄줄 잘도 얘기한다. 옛날부터 '병은 알리라'고 했다. 비슷한 환경의 사람들과 질병에 대한 이야기를 나누다 보면 타겟팅 확실한 집단지성의 위력을 확인할 수 있다.

진시황도 찾아 헤맨 산삼

아픈 이야기 나누다 보면 꼭 나오는 게 산삼 이야기다. 사돈에 팔촌에 팔촌이 산삼을 먹고 암을 이겼다는 이야기부터 산삼인 줄 알고 샀는데 장뇌삼이었다는 등, '~카더라'가 난무하는 게 산삼 이야기다.

나이 마흔에 전 중국을 통일하고 중국 최초의 황제가 된 진시황이 찾아 헤맨 불사약이 한국의 산삼이라는 설이 유력한 걸 보면 산삼이 용하긴 용한가 보다. 만리장성을 쌓아 나라를 지키고 분서갱유로 사상을 통제하고 아방궁과 병마용을 지어 황제의 위용을 보인 진시황이 죽음을 막고 싶어 산삼을 찾아 헤맸을 정도니.

진시황의 불사약 이야기는 중국 사마천이 쓴 〈사기史記〉에 나온다. 진시황이 장생불사를 원해서 서복徐福이란 이를 동쪽으로 보내 불사약을 구해오게 했는데 어린 남녀 5백 명을 끌고 동쪽 삼신산으로 간 서복은 끝내 돌아오지 못했다는 이야기다.

이렇게 귀한 산삼을 구하기가 쉽지 않으니 나라에서 정책적으로 인삼사업을 해서 국민 건강에 일익을 담당하고 있다. 1899년 대한제국 궁내부 삼정과 설치까지 1백 20년을 거슬러 올라가는 고려삼의 전통을 이어가고 있는 곳이 KGC인삼공사이다. 국내산 6년근 인삼만 골라 쪄서 만든 홍삼을 '정관장'이란 브랜드로 유통, 판매하고 있다. 정관장을 비롯해 인삼 관련 제품들이 점차 늘어나고 있다. 설이나 추석 등의 명절에는 부모님께 드리는 선물로 상위에 기록되곤 하는 베스트셀러 선물이다.

살기가 나아져서 그런지 명절에 설탕이나 치약을 선물하던 시절과는 확연히 다른 모습이다. 예전엔 설이나 추석 명절 무렵 기차역 근처에 가면 양손에 쇼핑백을 들고 걸음을 재촉하는 사람들을 쉽게 볼 수 있었는데, 이제는 고향에 선물을 택배로 미리 보내거나 상품권이나 현금 등 가벼운 것으로 준비해서 그런지 명절에도 쇼핑백 들고 다니는 사람이 그리 많지 않다.

사회 전반적으로 경제상황이 나아지면서 선물의 종류가 확 달라졌다. 어릴 적에 지푸라기를 펴고 그 안에 계란 10개를 나란히 담아 묶은 짚꾸러미를 들고 심부름 갔던 이야기를 하면 나이 든 티가 확 나겠지만 기억 속에 남아 있으니 어쩌겠는가? 설탕과 비누, 치약세트가 고급 선물로 오가던 시절은 좀 덜 나이 들어 보이려나? 인스턴트 커피와 통조림 선물 정도로 요즘도 선물하는 것들을 떠올려 시대를 확 당기니 요즘과 뭐 그리 멀지 않아 보인다.

1990년대부터는 백화점 상품권이, 2000년대부터 웰빙 바람이 불며 건강을 생각하는 홍삼, 수삼과 수입 식품인 와인, 올리브유 등이 등장했다.

2019년 설에 빅데이터로 '설날' 연관 검색어를 분석해 보니 1위는 과일, 2위는 홍삼, 3위는 한우로 나왔다 한다.* 과일은 차례상에 올려야 하니 사과나 배를 선물하는 게 실용적이기도 한데, 2위가 역시 홍삼이었다. 부모님의 건강을 고려한 선물로 홍삼만한 것이 없긴 하다. 기사를 보고 물어보니 주변에 홍삼을 먹는 분들이 많았다. 요즘은 쭉쭉 빨아먹을 수 있게 편하게 나와서 부모님이나 아이들 먹이고 본인들도 먹는다며 입을 모았다. 늘 현금으로 가볍게 선물했는데 이번 설에는 시부모님께 정관장 홍삼세트를 선물해야겠다. 효심의 상징인 산삼을 구하긴 어려우니 홍삼이라도.

*노컷뉴스 2019년 2월 1일 기사 참조.

네일케어

나에게 주는 **선물**

　　학교에 다니고, 직장에 다닐 때는 친구나 동료들이 챙겨줘서 내가 잊고 있다가도 알게 되는 게 생일이었다. 결혼 전에는 엄마가 아침에 미역국 끓여주니 모를 수 없었고, 학교나 직장에서는 생일이면 작은 카드와 선물들이 책상 위에 놓여 있거나 단체로 생일 파티를 해주기도 하니 생일을 잊을래야 잊을 수가 없었다.

　　결혼하고, 워킹 맘으로 일하니 하루하루가 시간과의 전쟁이었다. 아침에 눈뜨기 전부터 오늘 꼭 해야 할 일이 평균 열 개씩 주루룩 떠오르는 일상이었다. 아이, 업무, 살림 순서로 우선 순위가 정해졌고, '나를 위한 시간'은 아예 순위에도 들어가지 못했다. 어쩌다 우연히 짬이 나면 평소에 가보고 싶던 공간을 찾아가기에 바빴다.

그러다가 잠시 휴직을 하고. 전업주부로 생활하던 어느 아침, 식구들이 다 나간 후 달력을 들여다보니 그날이 내 생일이었다. 살면서 가장 바쁜 삼십 대였기에 친구들 모아놓고 파티하는 일은 꿈도 못 꿀 시기였다. 오전을 허허롭게 보내고 슈퍼에서 장을 봐서 나오던 길이었는데 상가에 처음 보는 가게가 눈에 띄었다. 'OO네일숍'.

몇 년 전에 뉴욕에 출장 갔다가 봤던 장면이 떠올랐다. 헨리벤델 백화점 꼭대기층에 계단형 매장이 있었다. 맨 위에는 푹신한 의자가 줄지어 놓여 있고, 거기에는 마치 여성지 화보에서 쏙 빠져나온 듯 완벽한 메이크업과 화려한 의상으로 차려 입은 여인들이 앉아 있다. 그 아래쪽에 점원들이 낮은 의자에 앉아서 의자에 앉은 이들의 손과 발을 손질하고 있었다. 영화 〈클레오파트라〉에 나오는 한 장면 같았다. 다른 한쪽에선 흰 가운을 입은 전문가들이 수십 개의 매니큐어가 든 진열장을 배경으로 손님들의 손톱을 칠하고 있었다. 그 모습은 나에게 신세계였다. 혼자 매니큐어를 칠하다 보면 옆으로 빗나가기도 하고, 매끈하게 발라지지 않아 몇 번 실패하곤 아예 포기해버렸는데 남이 발라주면 편하겠다 생각했다. 딱 거기까지였다. 그건 그저 남의 나라 그림이었으니.

그로부터 몇 년 후, 우리나라에도 네일숍이 생기기 시작했다. 그때까지만 해도 손톱이란 모름지기 상처나지 않을 정도로 짧게 잘라 깨끗하게 씻고 다니면 되지 유난스럽게 돈 들여서 깎고 칠할 일 있냐 싫었지만 외국에서 네일숍을 이용해본 이들은 두 손 들어 환영하며 단골 네일숍을 만들기 시작했다. 아파트가 많은 우리 동네에도 드디어 네일숍이 생긴 것이다. 창문에는 손톱을 예쁜 색으로 칠도 하고, 구슬로 장식한 사진도 붙어 있었다. 유리창 너머로 안쪽에 앉아 있는 이들의 여유가 부럽고 궁금했다.

'그래. 오늘은 내 생일이잖아. 그동안 바쁘게 열심히 살았으니 내가 나 자신에게 선물을 하나 하면 어떨까?' 쇼핑할 때도 가족들 필요한 물건 먼저 챙기고, 내 것은 가격표 먼저 보고 고르던 내가 갑작스레 '자기애'를 발휘한 것.

손톱 끝에 내려앉은 하늘

호기롭게 문을 밀고 들어갔다. 얼른 벽에 붙어있는 가격표를 보니 회원제인 데다가 예상보다 가격이 비쌌다. 살짝 갈등이 일어났다. '죄송하다 하고 나갈까?' 아니면 '딱 한 번인데 해볼까?'. 장바구니 들고 들어와서 고민하는 내 모습을 보더니 사장님이 벌떡 일어나 회원 가입하지 말고 한 번 해보고 나서 결정하라고 권해주었다. 그한 마디를 기다렸다는 듯 얼른 자리에 앉아서 '하늘색으로 칠해주세요' 했다. 평소에 생각했던 바도 아니었고, 내 손에 어울릴지도 몰랐다. 오늘은 생일이니까 내가 좋아하는 색으로 손톱을 장식하고 싶다는 게 다였다.

막상 자리에 앉으니 칠하는 것보다 기본 손질에 시간과 공을 더 들였다. 네일 아티스트가 손톱에 딱 붙어 있는 큐티클을 불려 일으켜서 잘라버리고, 손톱 주변의 군살들을 섬세하게 잘라나갔다. 30분쯤 지나자 한동안 집안 일 하느라 거칠고 지저분했던 내 손이 아기 손처럼 깨끗해졌다. 목욕탕에서 세신사의 솜씨로 때를 싹 밀어낸 느낌이었다. 깨끗해진 손톱 위에 맑은 하늘 같은 하늘색이 곱게 칠해졌다. 손끝에 가을 하늘이 조각조각 열 조각 내려앉았다. 기대했던 것보다 만족감이 컸다. 오후 내내 손가락을 치켜들고 이리 보고 저리 보며 즐거움을 만끽했다.

손톱을 예쁘게 칠하고 나니 저녁 준비할 게 큰일이었다. 손을 망가트리고 싶지 않았다. 요리할 작정으로 장봐 온 재료들을 냉장고에 잘 쌓아두고, 가족들에게 '생일 기념 외식'을 선언했다. 식구들은 생일을 잊고 있었던 것에 미안해서 순순히 따라와 주었고, 내 손톱에 파란 하늘이 내려앉은 걸 알아차린 건 한참 식사를 하고나서였다. 그 다음날부터 사람들을 만나면 자연스럽게 내 손톱 이야기가 나왔고, 덕분에 서먹한 자리를 녹일 이야깃거리가 하나 더 늘어났다.

그 이후로 손톱 관리는 나에게 중요한 일상이 되었다. 바빠서 한동안 관리를 못 받으면 자꾸 눈에 거슬려 조바심이 났다. 2주에 한 번씩 최신 유행하는 스타일로 손톱을 장식하는 일이 즐거움이 되었다. 우울할 때면 평소 하던 것에 붓 터치 한 번 더 올리는 네일 아트를 한다. 예쁜 손톱이 눈에 띌 때마다 기분이 좋아져서 어느새 우울함이 가시기도 한다.

샌들이나 슬리퍼를 많이 신게 되는 여름이 오면 페디큐어가 또하나의 즐거움이 되었다. 손과는 달리 발톱에는 과감한 형광색도 발라보고, 반짝거리는 스톤을 붙여서 화려하게 장식하기도 했다. 발끝이 예뻐지니 내딛는 걸음도 괜히 신이 났다.

후배 중에는 면접 볼 때 예쁘게 관리된 내 손톱을 보고, 손톱을 저 정도로 관리하는 사람이라면 일 처리도 깔끔하고, 스타일에 대한 안목도 높겠다 싶어서 같이 일하겠다고 마음을 먹었다는 이도 있었다. 모임에 나가면 테이블 위로 보이는 손톱의 장식이 센터 피스처럼 식탁 위의 화제를 만들어냈다. 다 네일숍의 전문가들 덕분이었는데. 어쨌든 '수고한 나에게 내가 준 생일 선물'이었던 네일케어는 그날 하루를 즐겁게 만들기만 한 게 아니라 그 이후 나의 사회적 이미지에도 긍정적 기여를 했다.

책

가장 주고 싶은 선물, **가장 받기 싫은 선물**

어느 조사기관에서 2년 동안 소셜 플랫폼에 올라온 빅데이터를 분석해보니 어버이날 받고 싶은 선물은 현금이 1위, 2위는 화장품, 3위는 건강식품이었고, 받기 싫은 선물 1위는 책, 2위는 케이크, 3위는 꽃다발이라는 결과가 나와서 화제가 되었다.* 자녀들에게는 책을 많이 보라고 권하면서 정작 본인들은 책을 선물 받기 싫어한다는 반전 포인트 때문에 더욱 그랬다. 어른들의 설명은 점점 시력도 나빠지고 집중력도 떨어지는데 책을 받으면 부담스럽다는 것. 이해는 가지만 평생 틈만 나면 연령에 관계없이 주변 지인들에게 책 선물을 즐겨 해온 나로선 쓸쓸한 조사 결과이다.

나는 책을 읽는 걸 좋아하기도 하지만 관심이 가는 분야의 책을 보면 갖고 싶은 소유욕이 불끈 솟아 무조건 사들이는 타입이다. 키케로가 그랬다. '책이 없는 집은 문이 없는 가옥과 같고, 책이 없는 방은 혼이 빠진 육체와도 같다'고. '혼을 채우기 위해서'란 명분으로 책을 사들인다. 얼마 전에 〈밥보다 책〉을 쓴 김은령 편집장은 자기소개란에 '책은, 보기 위해 사는 것이 아니라, 산 책 중 골라 읽는 거'라는 굳센 신념으로 끊임없이 책을 구입하는 매서광'이라고 적었다. 20년 넘게 가까이에서 그 친구를 보아온 바, 그 친구가 읽은 책이 '오거서五車書'를 넘는 수준인데 '산 책 중 골라 읽는 거'라니 입이 딱 벌어진다. 매서광이란 말이 이렇게 좋게 보인 건 처음이다.

김은령 편집장에겐 비교도 안되는 양이지만 책장에 책을 꽂아놓고 제목을 쳐다보는 것만으로도 뭔가 지식이 채워진 듯한 착각을 즐긴다. 한창 일할 때는 책꽂이의 책들 제목만 노려보아도 기획안 아이디어가 생각나곤 했었다. 내가 이렇게 좋아하니 남들도 당연히 좋아할 것이고, 이 기회에 책을 좋아하게 될 것이라는 믿음으로 열심히 선물했다.

조사 결과를 보고 되짚어보니 어떤 장르이든 책이라면 무조건 반기는 나도 책 선물을 받고 난감했던 기억이 떠올랐다. 한번은 이미 내가 읽었는데 기대와 달라서 좀 실망했던 책을 선물 받았을 때이고, 또 한번은 서점에서 몇 번을 들었다 놓았다 하며 망설였을 정도로 어려운 책을 선물 받았을 때였다. 첫 번째 책은 정보 모으기를 좋아하는 후배에게 바로 넘겼고, 두 번째 책은 '이 책을 읽어야 할 운명인가 본데 좋은 기회로 생각하고 읽어보자' 하고 시작했으나 역시 몇 년째 30쪽을 못 넘기고 있다.

그런 찝찝한 경험이 있음에도 난 여전히 책 선물하는 걸 즐긴다. 책을 살펴보기 좋게 잘 꾸며진 쾌적한 서점에 가거나, 주인의 안목으로 소신 있게 고른 독립서점에 가거나 나의 도서구매 내역이 한눈에 보이는 인터넷 서점에 가거나 내 눈길이 닿는 순간 제목이 툭 튀어나올 듯이 두 손 들어 반기는 책들이 있다.

"저를 알아보셨군요. 맞습니다. 저예요. 단언컨대 제가 당신의 인생을 더 빛나게 해드릴 거예요. 좋은 선택입니다. 얼른 저를 집어드세요." "반가워요. 내일이 생일인 그 후배, 요즘 힘들어하던데, 제가 그분께 위로가 될 거예요. 저를 보내주세요." "저를 보니 그 선생님이 생각나시죠? 그분도 이런 말씀하셨던데… 제가 대신 날아가서 그분께 안부 전할게요." "광고에서 절 보셨다구요? 제가 좀 유명하죠. 따님 공부에 도움이 될 겁니다. 가격도 그리 비싸지 않고, 사은품도 있으니 따님도 좋아할 겁니다."

출간된 지 얼마 안 되어 따끈따끈한 책들은 통로에 배치된 진열대에 눕거나 기댄 채로 나에게 각자의 언어로 엄청난 유혹을 보낸다. 이 책들은 그래도 어깨를 쫙 펴고 하고 싶은 말들을 앞가슴에 달고 선거 후보처럼 허리춤에 띠지도 차고, 최선을 다해 매력적인 자세를 취하고 있어서 누구라도 쉽게 눈이 가고 손이 간다.

　나온 지 좀 시간이 되어 잉크 냄새도 가셨고, 책꽂이로 이동한 책들도 나를 향해 소리친다. 마치 만원버스 속 사람처럼 숨을 들이마시고 측면으로 빽빽하게 끼여 서있는 책들은 책등의 기다란 제목밖에 가진 게 없고, 두 팔도 뒤로 묶였는데도 목청껏 나를 향해 소리친다. "전에 제 얘기 듣고 관심 있으셨죠? 저 여기 있어요."

　첫 책이 나왔을 때 출판사의 이동은 대표님이 나에게 그랬다. "책이 누워 있을 때 바짝 홍보를 해야 해요. 책꽂이로 들어가 세워지면 아무래도 관심이 줄어들거든요." 전보다 책의 순환이 빨라져 나온 지 얼마 안되어 책꽂이로 들어간 책들에게 동병상련의 애달픈 마음이 일어나 굳이 책꽂이로 걸어 들어간다. 책꽂이로 들어가면 제목의 방향대로 내 머리도 오른쪽으로 90도 기울이는 수고를 해야 하지만 책이 누워 있든, 서 있든 나는 책에 관해서는 귀도 얇고, 손도 빠르다.

　게다가 주변에 책을 내는 지인들이 많다. 예전에는 소설가, 시인, 교수 같은 전문가들만 책을 낼 수 있었던 게 글을 쓰는 것부터 책을 만드는 과정이 아주 복잡했기 때문이다. 표지를 달고 나오는 '책'에 대한 진입장벽이 높았다고 할까? 유명인사나 책을 낸다고 생각했는데 워드프로세서가 나오고, 전 국민이 글을 쓰는 시대가 되면서 누구든 맘만 먹으면 책을 낼 수 있게 되었다. 모래 속에서 진주를 찾기가 더 어렵기에 저자의 유명세, 지인의 추천, 출판사와 서점의 마케팅에 점점 더 의지해서 독서를 하게 된다.

내가 일해온 분야가 각계각층의 사람들을 만날 수 있고, 특히 음식이나 책, 여행, 인테리어, 세상을 살아가는 방법 등 라이프스타일 관련해서 좋은 안목을 제공하고, 취향을 공유한 분들이 많아 그분들이 각자의 전문 분야에서 책을 내곤 한다. 친한 분들이 책을 내면 응원의 의미로 책을 몇 권씩 사서 나도 읽고 주변에 선물도 한다. 아는 분들이 만든 책은 읽고 또 읽고, 오래 보관하게 된다. 이사 다니면서 그렇게 정리를 해도 버리지 못하는 책들이 이런 것들이라서 내 책꽂이의 1할은 지인의 책이다.

첫 책 〈언니의 아지트〉를 내고 놀랐던 건 유명인도 아닌 내 책이 나오자마자 판매율이 올라갔다. 그때만 해도 내가 글을 잘 써서 그런 줄 알았다. 시간이 가면서 사람들을 만나다 보니 내 책을 열 권씩 사서 주변분들과 나눴다는 지인들이 많았다. 나보다 배포가 큰 지인들이 많다는 걸 새삼 느꼈고, 너무 고마웠다. 나도 받을 사람이 좋아하든 말든 앞으로 책을 넉넉히 사서 나누겠다고 다짐했다.

얇은 책 우선, 책 소품도 함께

장르를 가리지 않는 오랜 다독의 경험이 책을 고르는 안목을 만들어줬다. 물론 전적으로 내 취향에 따른 안목이지만. 내가 읽을 책과는 달리 선물할 책을 고를 때 몇 가지 기준이 있다. 우선 책을 선물

책을 읽는 즐거움.

문득 책을 덮고 하늘을 보며 생각하는 즐거움.

오래오래 기억하는 즐거움.

할 때는 보통 세 권을 기본으로 한다. 선물 받을 사람의 취향을 잘 알 때는 좋아할 장르의 책을 세 권 고른다. 책을 잘 안 읽는 사람에게는 글씨가 적고, 그림이 많은 얇은 책을 세 권 고른다. 짐작이 잘 안가는 사람에게는 내가 감명 깊게 읽은 쉬운 내용의 책 한 권, 요즘 트렌드를 담은 내용의 책 한 권, 마지막은 예쁜 책 한 권, 이렇게 세 권 한 세트를 만든다.

둘째, 두꺼운 책보다는 얇고, 가벼운 책을 고른다. 선물이 부담이 되면 안 된다. 한두 시간 안에 읽고, 다시 읽을 수 있을 정도가 좋고, 이왕이면 가벼워야 자주 들고 다니며 읽게 된다. 장 지오노의 〈나무를 심은 사람〉이나 파올로 코엘료의 책들, 고 신영복 선생님의 〈청구회 추억〉, 피천득 시인이나 법정스님의 에세이집 같은 책이 좋다. 추억을 되살리고, 실용성을 감안해서 요즘 많이 나오는 문고판 형태의 책들을 선물해도 좋다.

셋째, 책이 선물로서의 가치도 있어야 하기에 그냥 선물해도 좀 꾸민 듯한 양장본을 고른다. 요즘은 북 디자인이 전보다 훨씬 세련되게 변했고, 제본의 종류도 다양해서 고서처럼 제본한 것도 있고, 띠지처럼 커버를 씌운 것도 있어서 그대로 비닐에 넣어 선물해도 될 만큼 예쁜 책들이 많다.

넷째, 책을 선물할 때 책과 관련된 소품을 함께 선물하기도 한다. 북마크나, 얇은 노트, 연필 등. 북마크로는 프랑스 명품 브랜드인 크리스토플Christofle의 실버 북마크를 비롯해 헝겊으로 만든 동물모양의 인형이 달린 북마크, 가죽공예가가 무늬를 내어 만든 북마크, 책 속의 좋은 문장을 인쇄해 만든 북마크 등 다양한 북마크가 나와 있다. 예쁜 북마크는 아이들에게 독서 습관을 길러주는 동인이 되기도 한다. 책을 세워둘 때 지탱해주는 북엔드도 좋다. 돌이나 쇠 등 무거운 소재로 된 것도 있지만 구조적으로 디자인해 가볍지만 잘 지탱하는 것도 있다. 북클립이나 독서대, 페이지 스토퍼, 스페셜 북커버, 휴대용 독서등 등 관련 용품을 함께 선물하면 받는 분의 감동이 더 커진다. '꼭 읽어야 하는구나' 하는 부담도 함께 커질 게 뻔하지만.

책을 선물 받았어도 보관하기가 어려워 읽고 바로 중고서점에 판매하는 이들도 많다. 내가 깨끗하게 읽은 책을 다른 사람이 또 읽게 되니 환경보호나 자원 절약 차원에서 좋은 시스템이다. 나도 이사할 때마다 책을 추려서 중고서점에 판매해봤는데, 책의 상태에 따라 환급 액수가 크게 차이가 난다. 책에 원래 붙어 있던 띠지가 있고, 책에 밑줄이나 세모 접기, 얼룩 등이 없어야 최고의 가격을 받을 수 있다. 나는 책을 사면 세워놓고, 윗면에 사인을 해서 내 책임을 표시하는 습관이 있었는데, 이런 책은 아예 판매 불가다. 또한 책을 읽을 때 밑줄 치고, 접어놓고, 쪽지도 붙여놓아야 내용이 쏙쏙 머리에 들어온다 생각했는데 평생 보관할 책이 아니라면 그럴 것도 아니어서 이제는 책의 중요한 대목은 사진을 찍거나 스캔해놓는 습관이 생겼다.

또 하나의 예외가 표지를 열면 나오는 페이지로 '면지'라고 한다. 저자에게 사인을 받거나 지인에게 선물 받은 책들은 면지에 간단한 메모가 적혀 있는데, 이런 책들은 평생 보관하는 게 답이다. 부득이 버려야 한다면 면지만 찢어 보관하고, 책을 처분하면 된다. 중고서점에서는 면지가 없으면 가격이 훅 떨어진다. 만일 사인이 된 면지가 있는 채로 책을 버리거나 누군가에세 주었을 때 우연히 사인을 한 당사자가 그 책을 만나게 된다면 당신에게 크게 실망하게 될 것이다.

전에는 가을이 되면 독서의 계절이라 해서 책을 소개하는 콘텐츠들이 많았는데, 요즘 서점 성수기는 오히려 여름이란다. 더위에 무슨 독서냐 싶지만 여름휴가에 들고 가기 위해서, 시원한 실내에서 읽기 위해서 여름에 책을 구매하는 비율이 더 높다고 한다. 여름 선물로 책을 추천하는 이유다. 오랜만에 만나서 맛있는 음식 먹으며 밀린 이야기 나누는 것도 좋지만 여의치 않을 때는 '마음의 양식'인 책을 선물하는 것으로 양식을 나누는 방법도 있다는 것.

*SK텔레콤이 2016년 1월부터 2018년 4월 15일까지 소셜 분석 서비스 플랫폼인 스마트 인사이트를 통해 모두 5만7천1백86건의 빅데이터를 분석한 결과다.

소금

변치 않는 **우정의 상징**

신라호텔 일식당 아리아케에 앉아 있는데 박경재 셰프님이 소금을 꺼내 내 앞에 덜어놓으셨다. 일행이 잠시 자리를 비운 터라 멍하니 소금을 바라보고 있는데, 그 정교한 결정이 아름답게 보였다. 넷째 손가락에 살짝 침을 묻혀 소금을 찍어 먹어보았다. 짤 줄 알았는데, 짠맛은 순간이고 달콤함과 함께 입안에 침을 고이게 하는 상큼한 맛이 났다. 소금과 함께 침을 꿀꺽 삼키니 입안 가득 부드러움이 채워졌다. "이거 무슨 소금이에요?" 하고 셰프님께 여쭈니 "박사님이 갖고 오신 소금이라 저도 잘 모릅니다"고 하셨다.

자리로 돌아오다가 내가 하는 모양새를 본 대치동 '김재찬 치과'의 김재찬 박사님은 "신 편집장도 참 살기 힘들겠어. 그렇게 궁금한 게 많아서. 하하하" 하며 웃으셨다. 멋쩍었지만 궁금한 건 어쩔 수 없어 무슨 소금이냐 물으니 "먹어봤으니 알 거 아냐? 아님 먹으면서 맞춰보던가" 하고 대답을 안 하셨다. 초밥 집에서 웬 소금인가 싶었지만 미식에 관해서는 내가 박사님 앞에서 명함 내놓을 처지가 아니라서 묵묵히 하시는 대로 따라 먹었다. 초밥 종류에 따라 간장과 소금을 따로 찍어 먹었고, 어떤 것은 한번은 간장에, 하나 더 날라 해서 다시 소금에 찍어 먹어가며 맛을 보았다.

평소에 '초밥은 간장이지' 하면서 초고추장의 새콤달콤한 맛으로 초밥의 담백한 맛을 다 가려 먹는 이들을 안타까워해왔지만 '초밥에 소금'은 처음이었다. 오래 묵힌 간장의 진득한 짭조름함이 생선의 맛을 더 올려주긴 했지만 소금은 깔끔한 짠맛으로 초밥의 맛과 질감을 더 돋워주었다. 특히 흰살 생선. 새로운 경험이었다.

그날 식사를 다 하고 나서 박사님은 "신 편집장 공부 좀 시키려고 그런 거야. 무슨 소금인지는 중요하지 않아. 그런 것까지 가려 먹기 시작하면 인생 더 고달퍼진다구" 하면서 끝까지 소금의 이름과 출처는 안 가르쳐주셨다. 사실 박사님 말씀대로 무슨 소금인지가 중요한 건 아니었다. 그날부터 내 입이 소금에 트였다.

우물 안 개구리가 따로 없어서 나만 소금에 트였는 줄 알았는데, 그런 사람이 또 있었다. 2000년대 초, 압구정동에서 '테이스티 블루버드' 할 때부터 세간에 '파스타 잘하는 미남 셰프'로 유명했던 최현석 셰프. 파스타 맛에 반해 자주 들렀는데 2010년에 가로수길에 새 식당을 열었다는 소식을 듣고 친구들과 함께 가보았다. 이번엔 스테이크에 신경을 썼다기에 스테이크를 주문했다. 먼저 다섯 개의 작은 유리잔에 뭔가 담겨 나왔다. 소금이었다. 함초 자염에 각각 깻잎, 레몬, 적후추, 장미, 트러플을 넣어 다른 맛을 낸 것으로 기호대로 뿌려 먹으며 맛을 비교해보라 했다. 초록, 노랑, 주황, 분홍, 잿빛으로 색연필처럼 나란히 들어 있는 소금은 보기에도 예쁘고, 스테이크에 뿌리니 소금에 따라 다른 맛이 느껴졌다. 젊은 셰프가 거침없이 새로운 시도를 하고, 음식을 맛있게 하니 일행이 다 함께 감동했다.

최 셰프는 이후 방송에 출연하면서 더 유명해졌다. 스테이크 구울 때 소금을 높은 곳에서 기운차게 뿌리는 퍼포먼스가 시청자들 사이에서 화제가 되어 '소금 셰프', '허세 셰프' 등의 별명을 얻으며 스타 셰프가 되었다. 2017년에 자신의 이름으로 문을 연 '쵸이닷'에서도 그의 소금 사랑은 이어지고 있었다. 메뉴 중에는 바닷가재를 소금으로 감싸서 오븐에 구운 뒤 서빙할 때 소금그릇을 깨고 후추크림을 곁들여 내는 랍스터 요리와 소금으로 단맛을 더 끌어올린 솔티드 캐러멜이 있었다. 한때 포털사이트에서 최현석을 검색하면 연관 검색어로 소금이 함께 나올 만큼 최현석 셰프는 소금의 홍보대사 역할을 톡톡히 했다.

내 소금을 만드는 사람들

인류 역사상 소금은 인체에 꼭 필요한 식재료이자 방부제로 우리 옆에 있어 왔다. 오래 두어도 썩지 않고, 부패를 막아준다. 오래되어 묵을수록 좋고, 썩지 않으니 변하지 않는다. 이런 본성 덕분에 소금은 '좋은 친구', '변하지 않을 약속'의 상징으로 쓰여 왔다.

그리스의 현자 아리스토텔레스는 '상당한 양의 소금을 함께 먹지 않으면 서로에 대해서 알 수가 없다. 급히 친해진 두 사람이 얼른 친구가 되기를 바라지만, 서로에 대해 잘 알고 사랑하기 전까지는 친구가 될 수 없다'라는 말로 우정의 진정성에 대해 이야기할 때 소금을 인용하기도 했다.

독일에서는 집들이 때 꼭 필요하고 귀한 것으로 소금과 빵을 선물하고, 폴란드에서는 결혼을 약속하는 자리에서 신랑신부와 하객들에게 소금을 나눠준다. 인도에서는 중요한 계약을 맺을 때 물에 소금을 타서 한 잔씩 나누어 마신다 한다.

우리나라에서도 최근 들어 식재료로서의 소금에 대한 중요성이 더욱 부각되고 있다. 각계에서 '소금'에 대한 재조명이 이뤄졌고, 예전에는 김장할 때 자루로 쏟아붓던 천일염에 대한 관심도 높아졌다.

전국 방방곡곡의 식재료 명인들을 찾아다니며 그들이 만든 제품을 브랜딩하고 스토리텔링을 보태 널리 소개하는 '명인명촌' 정두철 대표님이 찾아낸 전남 신안 박성춘 님의 토판천일염은 명절 때마다 선물용으로 인기가 높은 상품이 되었다. 갯벌을 다진 토판 위에서 햇볕과 바람만으로 청정해수를 건조해서 만들고, 3년 이상 저장해서 나온 제품이다. 명품 소금을 만들기 위해 30년째 소금을 연구하는 박성춘 님의 공로는 기본이다.

정두철 대표님처럼 좋은 소금을 찾아 브랜딩해서 지인들과 나누는 이들도 늘어났다. 우선 도산공원 옆에서 십 년 넘게 이탈리안 레스토랑 '그랑씨엘'과 브런치 카페 '마이쏭'을 운영 중인 박근호, 이송희 부부가 예쁜 캔 세 개를 보내왔다. 캔에 3, 5, 8 숫자가 크게 써 있었다. 요리를 하다 보니 좋은 소금에 욕심이 나서 아예 자기들만의 소금을 만들었다는 '팩토리 마이쏭 솔트'였다.

유네스코 생물권 보전지역, 람사르 청정 습지로 선정된 세계 유일의 청정 해역, 신안군 증도의 염전에서 생산된 갯벌 토판 천일염 중 전통 방법으로 간수를 뺀 소금을 찾았다고. 오랫동안 간수를 뺀 천일염은 풍미가 좋고 칼슘과 칼륨, 마그네슘 등 천연 미네랄이 풍부해 건강에도 좋다는 걸 알아냈다. 또 이 소금들을 위생적으로 처리해서 다양한 요리에 적용해보니 3년 동안 간수를 뺀 것과 5년, 8년 간수를 뺀 소금의 맛이 다 달라 이 숫자를 콘셉트로 해서 만들었다 했다.

직접 요리를 하는 부부가 3년산은 국물요리나 조림류, 요리 간을 맞출 때, 5년산은 피클, 김치 만들 때 절임용으로, 8년산은 소금 자

소금 한 단지를 함께 먹어야

진정한 친구가 된다.

이 왕 이 면   좋은 소금을 친구와 먹고 싶다.

체가 단맛과 감칠맛이 뛰어나 스테이크, 구이류, 숙회 등에 곁들이거나 찍어먹으면 좋더라는 설명서를 곁들였다. 설명대로 요리할 때 사용해보니 음식 맛이 더 좋아지고, 패키지도 세련되어 그 다음부터는 선물용으로 자주 사용했다.

두 번째는 노영희 셰프가 '인생 소금'을 만났다며 나눠 먹자고 보내온 '금수레 구운소금'이다. 소금이 좋았다. 소금만 넣고 시금치를 무쳐도 조미료 넣은 듯 맛이 났다. 음식에 대한 관심이 비슷한 뒤박당 모임에서 그 소금 이야기가 나왔고, 소금가마가 궁금해서 비노컨설팅의 남윤정 대표를 앞세우고 그곳으로 여행을 갔다. 충청도 단양에서 '금수레 구운소금'을 만들고 있는 이학주 사장님을 만났다. 이십여 년 동안 기업을 운영하다 건강 문제로 단양으로 이사한 뒤 우연히 '구운 소금'에 관심이 생겼다는 게 고행의 시작이었다. 신안군에 가서 일 년을 살면서 제대로 된 염전을 찾아 천일염을 확보한 뒤 월악산으로 돌아와 직접 황토 가마를 만들어 실험을 계속했다고 한다.

과정은 이러했다. 해발 7백 50미터의 월악산 자락에 천일염 보관 장소를 만들어 3~4년 자연 건조시켜 간수를 뺐다. 황토 도자기에 나눠 담아 직접 만든 황토 가마에 넣고 참나무와 소나무로 섭씨 8백 도 이상 열을 올려 14시간 이상 정성껏 구웠을 때 가장 품질이 좋은 소금을 얻을 수 있다는 결론을 얻었다. 세계적 브랜드의 상품들의 성분을 분석 조사하는 독일의 유비에프UBF-GmbH에 보내 검사를 받았더니 해외의 고가 소금과 비슷한 수준이라는 결과가 나왔다.

'좋은 소금' 맛보겠다고 단양으로 일부러 찾아간 우리 일행에게 소금을 만드는 모든 과정이 다 중요하지만 소금을 구울 때의 온도가 중요하다고 강조하셨다. 중금속이 기화하는 온도까지 올리고 기다려줘야 소금 빛이 깨끗하고 몸에도 좋다는 것.

세상에 없어서는 안되는 소금이지만 그농안은 품질에 대한 확신도 없고, 굵은 왕소금과 꽃소금밖에 몰랐고, 포장도 거칠어서 선물한다는 게 이상했지만 이제는 SSG푸드마켓이나 현대식품관 등에 가면 벽 하나가 소금일 정도로 종류도 다양하고, 포장도 산뜻해서 선물하기에 좋다. 보석처럼 예쁜 모양의 암염, 천연 미네랄 성분이 풍부한 각종 브랜드의 천일염들, 허브를 넣어 영양과 향기를 더한 허브 솔트 등 기호에 맞게 골라서 선물할 수 있어 편해졌다.

8. 16

나무 도마
○ 사랑

남편의 요리를 **기대하며**

남편이 변했다. 결혼해서 이십여 년을 함께 사는 동안 할 줄 아는 요리는 라면 끓이기가 유일했던 그가 부엌을 들락거리며 이것저것 주방기구에 손을 대기 시작했다. 파스타를 만들어 보겠다 하고, 방송에서 본 간단 만두를 해보겠다 한다. 이 모든 게 백종원 대표 덕분이다.

'백종원의 집밥' 프로그램을 재미있게 본 남편이 요리에 관심이 생긴 것. 순서에 맞춰 재료를 손질하고, 다른 재료들과 섞고 조리하는 과정이 과학 실험 같은 체계가 있고, 약간만 다르게 해도 완전히 다른 결과가 나오는 정직한 결과에 매료된 건지는 모르겠지만 어쨌든 남편은 요리에 관심이 생겼다.

보통 남자들이 부엌에 들어오는 것이 주부 입장에서 그리 반갑지는 않다. 익숙하지 않은 솜씨로 재료 손질과 조리를 하다 보면 그릇도 많이 나오고, 싱크대 주변은 난장판이 되는 경우가 많기 때문이다. 요리 하나를 하고 나면 바로 부엌에서 나가기 때문에 후속 처리는 온전히 아내가 해야 한다.

내 남편은 다행히 요리에 대한 원대한 꿈은 없어서 아주 간단한 것만 도전했고, 마무리도 깔끔하게 했다. 남편의 도전에 날개를 달아주고 싶었다. 마침 후배인 김은령 편집장의 SNS에서 그녀의 남편이 도마를 만든다는 정보를 입수하고, 남편의 생일 선물로 수제 도마를 주문했다. 이 기회에 부엌을 넘겨버리겠다는 음흉한 속셈은 아니었으니 오해 없기를.

몇 년 전부터 남자들에게 목공이 인기다. 제 2의 인생은 목수로 살겠다는 이도 있을 정도다. 자연에서 온 나무를 재료로 자르고 깎고 다듬어서 생활에 필요한 소품을 만드는 즐거움이 커서 취미로 목공을 하는 이들이 많다. 도마, 상자로 시작해 나중에는 식탁, 책상, 옷장까지 만든다. 아예 집까지 목공으로 짓는 이들도 있는데 이건 대목大木의 영역이다. 목공으로 가구 및 소품 만드는 사람은 소목小木이라 한다. 교외에 창고를 마련해 일주일에 한 번씩 동호회 회원들과 함께 나무를 만지는 이들도 있고, 목공 카페라 해서 차도 마시고 목공 체험도 할 수 있는 곳들도 점점 늘어나고 있다.

후배의 남편인 더랩에이치^{TheLabh}의 김호 대표는 커뮤니케이션 컨설턴트이자 〈나는 왜 싫다는 말을 못할까〉와 〈쿨하게 생존하라〉 등의 인기 자기계발서를 쓴 분이다. 목공을 배우러 영국으로, 미국으로 날아다니며 목공 아카데미에 참석하고, 프로필에 목수라 소개할 정도로 진지한 취미다. '우드크래프트h'의 첫 작품으로 작은 서빙 도마를 몇 개 만들었다고 했다. 치아바타 한 개 정도 썰어 올리면 좋을 작은 도마가 왔다. 나뭇결이 고급스럽고 단단해 보였다. 호주산 캄포^{Camphor} 나무를 골라 자르고 다듬어 견과류에서 추출한 리베론 퓨어 텅 오일$^{Liveron \, pure \, tung \, oil}$을 24시간 간격으로 4회 칠했다는 내용의 손편지와 함께 배달된 박하 향 은은한 서빙 도마를 남편에게 선물이라 내밀며 자주 사용해보라고 부추겼다.

조리대에 서빙 도마를 세워놓으니 고운 나뭇결이 볼 때마다 멋지게 보였다. 괜히 한 번 만져보는데 부드러우면서도 따뜻한 촉감이 좋았다. 〈나무의 시간〉을 보기 전까지 그 도마는 그렇게 그냥 도마였다.

내촌목공소에서 만난 나무의 시간

이정섭 목수는 예전부터 알고 있었다. '미.니.멀'하고 써놓은 듯 단정하고 군더더기 없는 나무 테이블과 가구를 만드는 분이라고 어디선가 들었고, 2015년에 신세계백화점 본점 갤러리에서 전시할 때

그저 잘 벼린 칼의 배경이었던 도마가
이제 앞에 나섰다.
쓸 때마다 나무의 결과 향이 느껴지는 도마.

가서 작품도 보고, 인사도 했다. 서울대학교 서양화과를 졸업하고 화가로 지내다 한옥 짓는 일을 배웠고, 다시 가구를 만드는 소목이 되어 강원도 홍천에 집과 작업실을 짓고 들어가 나무로 가구를 만들고 집을 짓고 있는 이 시대의 대표적 '목수'다. 시간 여유가 생기면 내촌목공소에 한번 가 봐야지 하고 벼르던 중에 김민식 고문의 책을 보게 되었다.

사십 년간 목재 딜러, 목재 컨설턴트로 전 세계의 나무를 찾아 다니던 김민식 고문은 이정섭 목수를 만나 2006년부터 내촌목공소에 적을 두고 목재 컨설팅과 강연을 하는 분이다. 이분이 나무 이야기를 책으로 쓴 게 〈나무의 시간〉인데 역사와 건축, 과학과 문학, 예술을 넘나드는 나무 이야기가 다채롭고 흥미진진해서 단숨에 책을 읽었다. 책을 읽고 나니 내촌목공소에 가보고 싶어졌다. 인터넷으로 투어 신청을 하고, 남편과 함께 내촌에 도착했다.

이정섭 목수의 작업실과 김민식 고문의 집, 내촌에서 지은 집들을 둘러보고 차 한 잔 앞에 두고 나무에 대한 이야기를 들었다. 우리나라는 국토의 면적에서 산림이 60퍼센트 이상을 차지하고, 일인당 임목 수량도 1백26입방미터로 OECD 국가 중에서도 평균을 웃돌고, 현재는 산림 보유 비율이 세계 4위라는 이야기를 들으니 초등학교 때 헐벗은 산에 나무 심기 캠페인을 벌였던 시절이 생각나며 감개무량해졌다. 엘리자베스 여왕의 마차에서 시작해 박경리 선생님의 느티나무 좌탁, 대통령의 의자, 반 고흐의 여름 나무까지 이야기는 흥미진진했다. 타고르, 샤토 브리앙, 라 트라비아타, 길가메시 등을 언급하며 포플러부터 오동나무, 편백나무, 잣나무 등 전 세계의 다양한 나무를 설명하던 필력만큼 입담이 대단하셔서 한참 이야기를 들었다.

이야기만큼 매력적이었던 것은 이정섭 목수의 가구들. 외형은 어디 한 구석이라도 흠잡을 데 없이 간결하고, 연결 부위는 천의무봉이다. 원목을 판재로 잘라 5년 이상 말려서 가구를 짜서 그런지 가구에 손을 대면 표면이 매끈하기가 비단결인데 느낌은 따뜻하고 심지어 촉촉함도 느껴졌다. 좋은 나무를 구하는 것도 쉬운 일이 아닌 데다가 제작 과정이 까다롭고 오래 걸려서 가격은 넘사벽이었다. 창 앞에 놓인 탁자 하나가 마음에 꽂혔다. 한참을 만지작거리다 나왔다.

서울에 돌아와서 SNS에 내촌목공소 다녀온 이야기를 올리며 그 탁자 사진을 하나 올렸더니 효자동의 '우물갤러리' 이세은 관장이 바로 댓글을 달았다. "소박함의 힘, 써보시면 압니다. 십 년 넘는 시간 동안 단 한 번도 눈에 거슬린 적 없는 그런 좋은 물건입니다. 지금이라도 장만하세요." 이정섭 목수의 가구를 써보아서 아는 거다. 정말로 이 탁자를 위해 적금을 부어야겠다는 생각이 든다. 언젠가 남편과 이 탁자에 차 한 잔 놓고 앉아 내촌에서 보낸 반나절을 추억하고 싶으니.

향수

다섯 번째　　**액세서리**

　　구반포에서 횡단보도를 건너는데, 어디선가 까무라칠 정도로 강력하고 화려한 향기가 불어왔다. 자연스럽게 향기를 따라서 고개를 돌렸고, 나 말고 다른 사람들의 고개도 그렇게 향기를 따라 반쯤 돌아가 있었다. 향기의 주인공은 항공사 유니폼을 입은 늘씬한 여성이었다. 그녀가 횡단보도를 건너 한참을 걸어갔는데도 그녀의 향기가 내 코끝에 계속 매달려 있는 느낌이었다. 이십여 년 살면서 그렇게 정체성 강한 향기는 처음이었다.

　　몇 달 후, 이웃집 언니에게 놀러 갔는데, 그 언니 방에서 그 향기가 났다. 감각이 좋아서 옷도 세련되게 입고, 아는 것도 많은 언니였다. 이게 무슨 향기냐고 물으니 '쁘아종Poison'이란 향수라고 했다.

‘독약’이라고? 크리스챤 디올에서 나온 향수로 이름이 그렇다고 했다. 언니도 선물 받았는데, 향기가 너무 강해 자주 쓰진 못하고 있다며 스튜어디스들이 좋아하는 향수라고 알려주었다. 이브생로랑에서 1977년에 ‘아편’이란 뜻의 ‘오피움Opium’ 향수를 내놓고 히트를 치자 디올에서도 생각의 방향을 바꿔 ‘쁘아종’이란 이름을 지었다는 이야기도 있다나며. 결국 ‘쁘아종’은 그 해 향수업계에서 디올의 위상을 바꿔놓을 정도로 대 히트를 쳤다는 것도 알게 되었다.

1988년에 우리나라에서도 해외여행이 자유로워졌다. 그 전에 라디오를 통해 배낭여행에 대한 로망을 키워왔던 터라 첫 직장에 사표를 내고 1990년 봄, 별 준비 없이 비행기를 탔다. 지금도 종로 2가 YMCA건물에 여전히 있는 탑항공사의 부장님이 호주 친구들과 함께 팀을 엮어줘서 한 달 동안 코치 버스를 타고 다니며 런던부터 암스테르담, 잘츠부르크, 로마 등 10여 개 도시를 거쳐 마지막으로 파리에 입성했다. 잠자리는 텐트, 방갈로, 모텔 등 다양했지만 코치 버스를 타고 편하게 다녔으니 진정한 배낭여행이랄 수는 없지만 어쨌든 베를린 장벽이 서 있던 시절에 서유럽을 수박 겉핥기로 훑었다.

마지막 도시인 파리에서 혼자가 되어 이곳저곳을 돌아다니다 길거리에서 다시 그 향기를 맡았다. 향기를 따라 가보니 오페라 근처의 시내 면세점이었다. ‘금단의 열매’를 닮은 보랏빛 유리병에 담긴 ‘쁘아종’이 거기 있었다. 남들이 뿌리고 다닌 향기는 맡아봤어도 막상 시향을 해보니 향기가 너무 강했다. 이국적인 향기(러시안 코리앤 더)가 먼저 날아왔고, 고급스런 꽃 향기(튜브 로즈)가 퍼지면서 마지막엔 신비하고 그윽한 열매 향기(오포파낙스)가 남았다. 80여 개의 향이 조합된 이 생경한 향기에 눌려 숨이 막힐 것 같았다. 향수 이름처럼 '쁘아종'은 향수 초보자인 나에게 '독약'처럼 강했다.

한 달 동안 여행자로 다닌 터라 꼬질꼬질한 몰골로 향수 매장에 들어선 나로서는 도저히 이 도발적인 향기를 감당할 수 없을 듯해서 비슷한 느낌의 다른 향수를 추천해달라 하니 점원은 까사렐의 신제품이라며 '룰루Lulu'를 꺼내 왔다. 패키지 컬러부터 내가 좋아하는 하늘색에 플라스틱 케이스라 가져갈 때도 안전할 것 같았다. 여행 내내 아껴두었던 돈을 톡톡 털어 나의 첫 향수 '룰루'를 샀다.

나만의 향수, 오늘의 향수

향수를 뿌리면 '다른 나'가 된 듯했다. 아침마다 화장을 하고 옷을 입고 향수를 뿌렸다. 향수 뿌리기가 일상이 되니 어쩌다 향수를 뿌리지 않은 날은 옷 하나를 덜 입고 나온 기분이었다. 스파이시한 향의 '룰루'에서 꽃 향기 부드러운 '아나이스아나이스Anais anais'로, 선배들의 조언에 따라 중성적인 CK의 '이터너티Eternity'를 거쳐 향수의 대명사 샤넬의 'No.5', '코코 마드모아젤Coco Mademoiselle'로, 마케팅에 매료되어 에스티로더의 '뷰티풀Beatiful'로 갔다가 파리 출장의 여운을 간직하려고 에르메스의 '뱅꺄트르 포부르24Faubourg'로. 그렇게 시간이 흘러갔고, 나의 향수 연대기도 늘어갔다.

　우리나라에서 해외 유명 뷰티 브랜드들의 마케팅이 본격적으로 시작된 1990년대부터 잡지 기자로 일을 해서 20년 이상 세상의 모든 화장품이 국내에 밀물처럼 몰려들어오는 장면을 목격했다. 잡지를 통한 뷰티 마케팅이 절정이던 시기라서 매일같이 책상 위에 신제품이 쌓였지만 나의 관심은 유독 향수에만 몰려 있었다. 다른 제품들은 보도자료 읽어보고 텍스처만 확인하고 주변에 나눠주었지만 새로운 향수가 도착하면 옆에 쌓아두었다. 먼저 향수의 스토리를 읽어보고, 향기를 맡고, 옆으로 밀어놓았다가 다음 날 다시 향기를 맡았다. 그렇게 며칠을 보내고, 향기가 익숙해지면 그 향기가 어울릴지인에게 선물하기도 하고, 내 서랍 속에 밀어넣기도 했다. 홍보 담당자를 만나면 향기에 대한 코멘트를 전하고 궁금한 걸 물어보기도 했다.

　아침마다 날씨와 스케줄에 따라 향수를 골라 뿌리기 시작했다. '샤넬의 코코 마드모아젤'을 메인으로, 비 오는 날엔 '에스티로더의 뷰티풀', 더운 날엔 '이세이미야케의 오디세이', 중요한 날엔 '에르메스의 운자르댕수르닐' 등으로 나만의 향수 TPO를 만들어갔다.

　2010년 이후에는 조말론, 크리드, 딥티크, 르라보, 펜할리곤스 등 향수 전문 브랜드들이 들어오면서 향수는 그야말로 춘추전국시대가 되어 향기는커녕 브랜드 이름 외우기도 힘든 시대가 되었다. 백화점에 있을 때 리서치 결과를 많이 봤는데, 여러 결과를 조합해보면 니치 향수 브랜드별로 가장 많이 팔리는 향수는 조말론 잉글리시페어앤프리지아, 크리드 어벤투스, 딥티크 오로즈, 바이레도 블랑쉬, 펜할리곤스 아르테미지아, 세르주루텐 로, 르라보 베르가못22, 메종 프란시스 커정 아미리스팜므, 아닉구딸 쁘띠드쉐리, 프레데릭 말 윈로즈, 아틀리에코롱 포멜로파라디 등이었다.

지인들에게 향수를 선물할 때 이 리스트를 활용한다. 남자보다는 여자들에게 향수를 선물하는데 누가 쓰든 무난하면서도 흔하지 않은 향기들이고, 용기나 포장이 환상을 심어줘서 늘 환영받는 아이템이다. 아틀리에 코롱 같은 경우는 원하는 향기에 가죽 케이스의 색상도 고를 수 있고 이니셜도 새길 수 있어서 선물할 때마다 격한 반응을 얻곤 했다.

오늘은 오후에 비가 온다기에 바이레도의 집시워터를 장착하고 나갔다. 지하철역으로 가는 발걸음이 가벼웠다. 발이 땅을 밟는 느낌을 알아채면서 걸을 때마다 머리카락 사이로 집시워터 향기가 나풀거렸다. 하루 종일 상큼한 숲 속을 거니는 느낌이었다. 프랑스의 시인 폴 발레리Paul Valéry는 '향수가 영혼의 독'이라 했지만 나에게 향수는 일상을 행복하게 해주는 영혼의 묘약이다.

독서등 ○감사

밤을 잊은 **독서가에게**

아침에 눈 뜨자마자 창문을 활짝 열어젖혔다. 절대 물러가지 않을 듯 기승을 부리던 무더위가 어느새 사라지고 불어오는 아침 바람이 소슬하다. 세상이 시끄럽거나 말거나, 우리네 머릿속이 복잡하거나 말거나 시간은 언제나 멈추지 않고 흘러간다. 시골 할머니 댁 대청마루에 걸려 있던 벽시계의 시계추처럼. 똑딱똑딱. 고마운 일이다. 서늘한 가을바람을 맞으니 문득 작년 이맘때 내 책을 냈던 게 떠올랐다.

잡지 기자와 편집장으로 일하면서 다녀본 좋은 공간들과 나에게 의미가 있는 공간들에 대한 이야기를 써서 〈언니의 아지트〉란 제목으로 출간했다. 처음에 버튼북스 출판사의 이동은 대표님이 책을 내

자고 제안했을 때 좀 망설였다. 평생 글을 쓰며 살아왔으니 어찌 어찌 글이야 쓰겠지만 그게 책으로 묶여서 서점에 놓였을 때 살 사람이 있을지가 가장 큰 의문이었다. 유명인도 아니고, 글을 엄청나게 잘 쓰는 문필가도 아닌 내가 책을 쓴다?

주변에 책을 쓰는 분들은 많았다. 생업으로 글을 쓰는 소설가, 시인, 수필가를 비롯해 전문 영역의 지식을 나누고자 의사, 변호사, 교사, 예술가, 요리사, 여행가 등의 직업을 가진 분들이 책을 내면 보내주시기도 하고, 내가 사보기도 하면서 그분들의 지성에 감탄하고, 필력에 기죽어 책은 이런 분들이 써야 한다는 데 고개를 주억이며 두 손 무겁게 책을 사 들고 오는 게 나았다.

또 서점에 가면 빽빽하게 꽂혀 찾기도 쉽지 않은 수십만 권의 책을 보면서 세상에 이렇게 좋은 책들이 많은데, 나까지 이 빼곡함을 더할 필요가 없다는 생각도 컸다. 방송과 인터넷에 밀려 책을 찾는 이들이 줄어들면서 이십 년째 '종이책의 미래'에 대한 세미나가 열리지만 늘 뾰족한 결론 없이 끝나고, 중소서점이 몰락하고, 출판사와 총판이 도산하는 상황을 보면서 출판에 대한 부정적 전망을 가질 때였다.

이동은 대표님은 특유의 부드러움과 단호함으로 내가 책을 써야 하는 이유를 조목조목 설명했고, 그동안 일해온 경력을 볼 때 내가 그리 겁먹을 일이 아님을 확인시켜주었다. 고래를 춤추게 하는 칭찬에 순간 자신감이 솟아났다. 세상에 도움이 되는 정보를 공유하자는 데 동의하면서 계약서에 서명을 했다. 그리고 한동안 폭 박혀 글을 썼다.

가을 밤을 밝히는 따뜻한 빛

본문을 어느 정도 마무리할 무렵 이동은 대표님이 추천사를 어찌 할 건지 물었다. 대중이 나를 모르니 좀 유명한 분들이 추천사를 써주면 좋겠다고 의견을 모았다. 그때부터 나의 고민이 시작되었다. 먼저 생각난 분은 전 아나운서이자 여행작가로 현재 라이프스타일 콘텐츠 회사인 '손미나앤컴퍼니'를 운영 중인 손미나 대표. 학교 선후배 관계로 만나면 눈인사만 하는 정도였는데 그녀가 '인생학교서울'의 대표가 되어 나에게 인생학교 강의를 의뢰하면서 몇 해 전부터 가깝게 지내고 있었다. 첫 일년은 '좋은 친구가 되는 법' 강의를 했고, 다음 일년은 '문화적인 사람이 되는 법'을 강의했는데 선생님들이 늘 하시는 말이 맞았다. 2년 동안 수업하면서 가르친 것보다 배운 게 더 많았다.

글도 잘 쓰고, 내 스타일도 잘 아는 데다가 누구라도 알 만한 유명인인 그녀는 말을 끝내기도 전에 써줄 테니 걱정 말라고 했다. 그녀가 추천사를 써준다니 나로선 천군만마를 얻은 기분이었다.

또 한 분은 〈윤광준의 생활명품〉, 〈심미안 수업〉 등의 책을 통해 존경하던 윤광준 선생님. 책을 읽고 사진과 예술은 물론 일상의 물건에서도 아름다움의 가치를 끌어내는 안목에 반해 팬이 되었고, 그즈음 지인들과 함께하는 자리에서 연달아 직접 만날 수 있었다. 마침 이동은 대표님이 윤광준 선생님의 첫 책인 〈소리의 황홀〉 편집자였다는 인연도 나를 부추겼다. 파주에서, 서촌에서 옷깃이 닿은 인연을 빌미로 추천서를 부탁드려도 될지 여쭈었다. 누구보다도 안목이 좋고 문화적 공간에 대한 개념과 트렌드를 잘 아실 만한 분이었다. 선생님은 흔쾌히 원고를 보내라고 하셨다.

원고를 보내고 혼자 얼굴이 달아올랐다. 두 분 다 여러 권의 책을 냈고, 책이 화제를 모으며 사회적 반향도 불러 일으켰던 유명 저자들에게 중학교 때 일기를 펼쳐 보인 것 같은 느낌이었다. 일 잘하는 사람은 일을 오래 껴안고 있지 않는다더니 두 분 다 일찌감치 짧지만 강력한 추천사를 보내주었다.

손미나 대표는 '인터넷에서는 절대 찾아내지 못할 주옥 같은 장소들과 그녀가 전하는 생생한 느낌 덕분에 언제든 짬이 날 때 카메라 하나 둘러메고 집을 나설 용기가 생긴다'고 추켜 세웠고, 윤광준 선생님은 '스마트폰 없이 아무데도 가지 못하는 이들이라면 이 책을 끼고 살아야 한다. 대한민국의 멋진 곳은 다 들어 있기 때문'이라고 근사하게 평을 써주셨다. 게다가 선생님은 먼저 책을 내본 선배의 마음으로 이동은 대표와 나에게 디테일한 제작과정에 대한 진

반딧불을 모아 책을 읽던 정성을
떠올리게 하는 은은한 빛,
의미 있는 문장을 비춰주는 따뜻한 빛.

심어린 조언도 해주셨다.

　고마웠다. 첫 책을 세상에 내놓고 불안한 나에게 내 편이 생겼다는 위안을 받았다. 마음을 표현하기 위해 준비한 선물이 루미오Lumio 북램프다. 두 분 다 책을 좋아하니 책과 관련된 걸 고르려고 서점을 몇 군데 돌아봤는데 눈에 띄는 물건이 없었다. 선물은 해야 하는데 어떤 걸 하면 좋을지 고민이 될 때 자주 가는 SSG푸드마켓 청담점으로 갔다. 1층 마이분을 한 바퀴 도는데 얼마 전 싱가포르 여행길에 레드닷디자인뮤지엄Red dot design museum에서 봤던 물건이 거기 있었다. 모양은 책의 모양인데, 기능은 독서등이었다. 3백 60도로 펼쳐서 조명등으로 쓰고, 사용하지 않을 때는 접으면 코트 주머니에 들어갈 크기의 수첩만한 LED램프로 무게도 3백그램 남짓이고 핸드폰 충전기 역할도 하니 여행을 자주 다니는 분들에게 유용한 물건이었다.

　책과 함께 선물을 드리고 얼마 후, 윤광준 선생님은 당시에 연재하던 중앙선데이 '윤광준의 新 생활명품'에 내가 선물한 루미오 이야기를 쓰셨다. 나도 이 물건이 생활명품인 이유를 칼럼을 통해 알게 되었다.

　윤광준 선생님의 루미오 북램프 설명을 빌려본다. '마치 몰스킨 수첩만한 크기와 분위기의 미니 사이즈다. 책의 등에 해당되는 세네카는 주황색 덮개를 덮어 시각적 강조점으로 삼았다. 한눈에 물건임을 직감했다. 램프는 펼치기만 하면 불이 들어온다. 책장의 종이 같은 비닐 재질에 확산된 부드러운 불빛이다. 색온도 2700K 정도로 낮춘 불빛은 한옥의 장지문을 투과한 불빛 마냥 정감 있고 따스하다. 두꺼운 책 표지 같은 커버 안에 자석 처리가 되어 있어 철판에 붙여놓으면 의외의 장소를 밝히는 유용한 도구가 된다. 중간에 바를 찔러 넣어 관통시키면 줄에 매어 공중에 매달 수도 있다. 평평한 면 위에 펼치고 반쯤 열어 세워놓아도 된다. 끝까지 들러붙어 둥그런 형태가 된다. 테이블 위에선 펼치고 더 좁은 공간에선 세워두며 둥글게 말아 공중에 매달아도 된다. 똑같은 용도의 물건이라도 어떻게 사용하느냐에 따라 활용도가 달라진다. 실내와 실외를 넘나드는 사용 편의성이 돋보인다. 루미오는 한 번 충전으로 10시간 불빛이 지속된다. 계속 켜놓더라도 하룻밤은 충분히 버틴다. 실제 써보니 일주일에 한 번쯤 충전하면 된다는 걸 알았다. 야외에선 휴대폰의 예비 배터리로도 쓸 수 있다.' 일상 속 건축이나 음악, 미술 등의 가치를 일깨워주는 선생님에게 제대로 선물한 듯해 안심이 되었다.

선물은 꼬리에 꼬리를 물고 좋은 일을 가져온다. 윤광준 선생님은 내 책의 추천사를 써 주셨고, 나는 고마움에 루미오를 선물했고, 그 선물을 전하는 자리에서 선생님은 나의 다음 책 주제를 제안하셨다. 첫 책이 서점에 들어가기도 전에 다음 책 이야기를 하셔서 당시에는 손사래를 쳤지만 시간이 흘러 나는 지금 선생님이 제안한 그 주제로 원고를 쓰고 있다. 그 주제는 '선물'이었다.

질시루에 담긴 **솔잎 향기**

엄마는 손이 컸다. 떡을 할 때 특히 그랬다. 봄이면 뒷산에서 쑥을 캐다가 쑥 절편을 많이 만들었고, 겨울이면 널따란 평상 가득 찹쌀 반죽을 펼쳐 놓고, 손을 호호 불어가며 찹쌀떡을 만들었다. 추석에는 송편을 만들었다. 봄부터 시작한 쌀농사가 잘 되면 가을에 거둔 햅쌀로 송편을 빚어 한 해의 농사를 돌봐 준 조상님께 올리며 감사드리는 게 추석의 오래된 풍습인데, 우리 집은 아버지가 월남하신 분이라 조부모가 살아 계실지도 모른다며 차례를 지내지 않았는데도 송편은 꼭 만들었다.

추석이면 깨랑 콩, 밤 등 갖은 소를 넣어 색색으로 송편을 빚는데 밤이 깊도록 반죽이 줄어들지 않았다. 온 가족이 둘러앉아 처음에는

161

예쁜 딸 낳겠다고 정성들여 예쁘게 빚지만 밤이 깊어 갈수록 송편은 주먹만하게 커져갔고, 막판에는 이북식이라며 꾹꾹 눌러 던져도 끝이 안 보일 정도로 양이 많았다.

떡을 하면 우리 식구만 먹는 게 아니라 앞집, 뒷집에 옆 동네 친척들까지 나눠 먹어야 한다는 게 엄마의 원칙이었다. 결국 초저녁에 빚은 예쁜 것들은 나 나른 집으로 갔고, 우리는 큼직하고 못생긴 송편을 먹을 수밖에 없었다. 하지만 막 쪄내서 펄펄 김이 나는 송편을 호호 불며 먹을 때의 그 비견할 데 없이 훌륭한 떡의 식감과 달콤한 맛은 수십 년이 지난 지금도 또렷하기만 하다. 특히 송편을 찔 때 사이사이에 넣었던 솔잎의 은은한 향이 가끔 기억이 난다.

나라가 발전하면서 먹는 게 좀 나아지자 다행스럽게도 엄마의 손은 급격히 줄어들기 시작했다. 더 시간이 지나자 먹을 사람도 나눠줄 사람도 없으니 엄마는 이제 떡은 안 만들겠다고 기분 좋게 허리를 폈다. 밤새며 떡 만들 일도 없어졌고, 엄마의 앓는 소리도 줄어든 건 다행이지만 아쉬운 건 동료들이 결혼식 답례품이라며 돌린 떡을 한 입 베물었을 때 잔칫날처럼 시끌벅적하던 그 날들이 생각난다는 점. 특히 떡이 이 맛도 저 맛도 아닐 때는 더욱 그렇다.

24절기에서 영감받는 전통 병과

동병상련에서 보내온 거슬거슬한 표면의 질시루 안에 가득 담긴 오색송편을 보자 오래 전 떡 만들던 날의 그 시끌벅적함이 떠올랐다. 호박, 흑미, 쑥, 대추로 색을 내고 고소한 깨를 넣어 곱게 빚은 오색송편이 시루 속에 가득했다. 오래 전에 내다 버렸던 질시루도 반가웠고, 그 안에 그림같이 예쁜 송편은 더욱 감동적이었다. 게다가 진회색 질시루는 송편을 다 먹고 나서 거기에 다시 떡을 쪄 먹을 수 있는 도구였다.

오색송편도 놀라웠다. 원래 오색은 오방색, 성리학의 음양오행설과 직결된 다섯 가지 색을 말한다. 음양오행설이란 우주만물의 현상을 음양으로 구분해 설명하는 음양설과 이 영향을 받아 만물의 생성 소멸을 목木·화火·토土·금金·수水의 변화로 설명하는 오행설을 묶어 이르는 말로 목은 청색靑色, 화는 적색赤色, 토는 황색黃色, 금은 백색白色, 수는 흑색黑色과 연결하여 설명하곤 한다.

조선은 유교를 숭상하였고, 그 기본 학문이 성리학이었던지라 나라의 모든 의례를 행할 때 이 오방색을 기본으로 운영했고, 백성들도 그에 따라 대소사에 이 오방색을 사용하며 액을 막고, 무병장수를 기원하곤 했다. 아기의 색동옷이나 잔치 음식인 국수나 잡채에 올리는 오색 고명 등이 그 예다. 오색송편도 이 오방색에 맞춰 만든 것이다. 멥쌀은 그대로 써서 흰색을 내고, 치자나 송화가루, 호박물로 노란색을 내고, 대추나 오미자로 붉은색, 쑥이나 녹차가루로 초록색, 흑미나 검은깨가루로 검은색을 낸다.

손안에서 꼭꼭 쥐어 모양낸 정성의 맛,

질박한 시루 위에 피어난

오 색 꽃 처 럼 예 쁜 맛.

동병상련의 박경미 대표는 국가중요무형문화재 제38호 '조선왕조 궁중음식' 이수자로 궁중음식연구원에서 궁중음식을 배우고, 궁중병과연구원에서 궁중병과를 더 배워 1999년부터 '동병상련'이란 병과점을 운영하고 있다. 떡이라 하면 한 말 단위로 집에서 불린 쌀을 방앗간에 가져가서 동네 전체가 나눠 먹을 양을 해야 한다는 고정관념을 갖고 있던 시기에 국내 최초로 50그램 미만의 소포장, 선물 개념을 시도했다.

24절기의 특성과 제철 재료를 갖고 전통 조리법을 기본으로 하되 새로운 재료와 기술을 적절하게 조합해 정성을 다해 병과를 만든다는 동병상련만의 독특한 병과문화를 만들어가는 것도 특징이다. 설기를 서양 케이크 시트처럼 만들어 차곡차곡 쌓고, 윗면을 견과류와 과일 등으로 아름답게 장식한 맞춤 떡케이크나 고임 떡, 야채 부각과 과일 말랭이, 누룽지 스낵 등 다양한 시도로 만들어낸 한과와 주전부리를 끊임없이 개발해 선보이고 있다.

동병상련의 시그니처 상품이 된 질시루 송편세트 외에 팥찰 시루떡, 물호박 시루떡, 수수 팥단지 등도 질시루에 담아서 판매한다. 집이나 회사가 이사를 하면 붉은팥과 쌀가루를 번갈아 뿌려서 쪄낸 시루를 앞에 놓고 고사 지내던 풍습, 아기가 백일이 되면 액을 면하게 하고, 돌이 되면 넘어지지 말고 건강하게 자라라고 만들어 먹이던 수수경단 등 시절음식들을 시루에 담아 선물할 수 있게 했다.

질시루에 담긴 오색송편의 감동은 어린 시절의 추억을 되살렸고, 그후 매년 추석이 되면 이 시루 송편이 떠올라 일찌감치 주문해서 이곳저곳에 선물한다. 내 선물을 받아본 분들 특히 일하는 며느리들은 주문처를 알려달래서는 그 다음부터 시루 송편 하나로 시부모님의 마음을 녹여버리곤 한다.

귀걸이 　　　　　　　　　　　　　　　　　　　○ 격려

30퍼센트 더 예쁘게 만드는 **마법의 장신구**

　　책 준비를 위해 유럽 여행을 갔던 김영주 선배가 어느 날 SNS에 네덜란드 덴하그 마우리츠하위스Mauritshuis 미술관에 있는 요하네스 페르메이르Johannes Vermeer의 '진주 귀걸이를 한 소녀' 사진을 올렸다. "'북구의 모나리자'라 불리는 '진주 귀걸이 소녀'는 다빈치의 '모나리자'보다도 더 작다. 불과 45x39cm 그림이 뿜어내는 신비로운 힘"이란 코멘트와 함께 올라온 페르메이르의 그림은 옆에 함께 찍은 관람객의 얼굴 크기에 비교가 되어 정말 작다는 게 실감이 났다.

　　페르메이르의 그림을 미술사 강의나 서적에서 보면서 네덜란드의 화가 중 하나로 생각했는데 2000년 무렵, 뉴욕의 파라마운트호텔에 묵었을 때 내 방에 걸린 태피스트리에 그의 작품인 '레이스 뜨는 여인'이 그려진 것을 보고 관심을 갖게 되었다. 당시 파라마운트 호텔은 당대 최고의 디자이너 필립 스탁이 디자인한 부티크호텔이라고 소문이 난 화제의 장소였기에 그런 곳에 있는 그림이 뭔지 달라 보이는 건 당연했다.

페르메이르가 대중직으로 유명해진 건 '진주 귀걸이를 한 소녀'에 얽힌 이야기를 쓴 소설과 영화가 나오면서다. 트레이시 슈발리에가 1999년에 쓴 소설 〈진주 귀걸이를 한 소녀Girl with a Pearl earring〉가 2003년에 피터 웨버 감독에 의해 콜린 퍼스와 스칼렛 요한슨 주연의 〈진주 귀걸이를 한 소녀〉로 영화화되면서 우리나라에도 번역본 〈진주 귀고리 소녀〉가 나왔다. 책을 읽고 영화를 보고 요하네스 페르메이르란 화가의 다른 작품들을 찾아보면서 네덜란드 델프트 지방의 빛과 색을 표현한 그의 작품들에 나도 점점 더 매료되었다.

검은 배경에 노란 옷을 입고 푸른 천을 머리에 두른 '진주 귀걸이를 한 소녀'의 눈빛은 어디에서건 눈에 띈다. 그 눈빛에 홀려 한참을 바라보다 정신을 차리고 주변을 둘러보면 아주 큰 진주 귀걸이가 보인다. 귀걸이는 커다란 진주를 매달고 있는데 그 진주의 색깔 또한 오묘하다.

주얼리 컨설턴트이자 칼럼니스트인 윤성원 작가는 〈보석, 세상을 유혹하다〉에서 '페르메이르의 작품에 등장하는 여인들 중 열한

명이 진주 귀걸이를 하고 있는데 그중 여덟 명은 똑같은 물방울 모양의 귀걸이를 하고 있다. 소녀가 하고 있는 귀걸이는 소녀의 얼굴과 비교하자면 최소 2.5센티미터 폭에 세로로 5센티미터는 될 법한 크기로, 당시 네덜란드에 이 정도의 커다란 천연 진주가 존재했을 가능성은 희박하다. 17세기는 진주 양식 기술이 발명되기 전이니 모조 진주였거나 화가가 상상해서 진주 귀걸이를 그렸다는 결론이 나온다'고 했다.

그림 속에서 진주 귀걸이는 회색과 흰색, 검은색 등으로 입체감과 반짝임을 표현하고 있다. 이 그림의 주연은 눈빛이지만 제목부터 진주 귀걸이는 존재감을 확실히 드러내고 있다. 귀걸이 덕분에 이 소녀가 더 아름다워 보이는 걸 수도 있다.

여성의 얼굴을 볼 때 귀걸이를 했을 때가 안 했을 때보다 30퍼센트 정도 더 예뻐 보인다는 이야기를 들은 적이 있다. 얼굴에서 양쪽으로 돌출되어 있는 귓불에 뭔가 반짝이는 것이 달려 있으면 착시현상을 일으키며 반짝임이 얼굴 전체에 반사되어서일까? 귀걸이가 가성비 좋은 액세서리임은 확실하다. 특히 부와 건강, 장수를 의미하는 진주로 장식한 것이니 더할 나위 없다.

진주로 만든 독특한 주얼리를 자주 선보이는 주얼리 브랜드 미네타니의 김선영 실장이 얼마 전에 스텔라 컬렉션을 보여줬다. 기존의 진주와는 달랐다. 울룩불룩한 모양의 큼직한 진주 표면에 별모양으로 일부러 흠을 내고 가운데 아주 작은 다이아몬드를 박은 것이었다. 1800년대 빅토리안시대부터 전해 내려온 별 세공법이라는데, 작업 공정이 어려워 점점 이걸 구현할 장인들이 줄어들어 걱정이라 했다.

진주는 있는 그대로 주얼리로 만드는 게 전부인 줄 알았는데 세상 어느 구석에서는 진주의 변신을 꾀하는 사람들이 있었던 거다. 일반적인 진주 주얼리와 좀 다른 선물을 찾는 이들에게 스텔라 컬렉션은 딱 맞는 아이템이다.

삼청동의 '세계장신구박물관'에서 보니 귀걸이는 기원전 3천 년경 서아시아에서 처음 사용했다고 한다. 그 전에는 조개껍데기나 반들거리는 조약돌로 귀를 장식했다는 기록도 있다고. 고대 이집트에서 귓불이 심하게 늘어진 미이라가 발견된 것이나 아프리카 사람들이 남녀 모두 귓불을 크게 늘려 커다란 귀걸이를 달고 있는 모습을 보면 인류가 아주 오래 전부터 귀를 장식하는 풍습을 가졌음이 확인된다.

런던의 대영박물관이나 경주의 천마총을 관람하다 보면 1천 년 전의 귀걸이나 지금의 귀걸이나 기본 구조가 그리 다르지 않음을 발견할 수 있다. 귓불을 집거나 귓불에 뚫린 구멍 또는 귀 전체에 걸어서 귀걸이를 착용했던 수천 년 전 조상들이 했던 방식을 지금도 그대로 따라 하고 있는 것이다.

현 인류가 달나라에 가고, 우주를 탐사하는 첨단 기술을 구가하며 엄청나게 문명이 발달했다고 하지만 귀걸이 거는 방식은 여전한 걸 보면 두 가지 생각이 든다. 그 방법이 재고할 여지없이 훌륭한 것이든가, 아니면 1천 년 정도로는 인간의 사고방식이 확연히 달라지지 않는다는 걸 증명하는 것이든가.

그러면서 박물관 아트숍에 가서 유물의 복제품 귀걸이를 사곤 한다. 신라시대 금 귀걸이 복제품은 착용했을 때 찰랑거리는 소리와 빛을 받았을 때 반짝임이 요즘 여느 귀걸이보다 훌륭하기 때문이다. 외국 친구들에게 선물해도 환영받는 아이템이기도 하다.

'진주 귀걸이를 한 소녀'를 보니 오랜만에 귀걸이를 하고 싶어 화장대 서랍을 열었다. 결혼 예물로 받은 진주 귀걸이 옆에 딸이 만들어준 귀걸이가 놓여 있다. 유학 시절, 학교에서 수업시간에 사용하던 부자재들을 모아서 만들었다며 생일 선물로 준 것이다. 아이가 어릴 적에 해마다 내 생일 선물을 뭘로 할지 고민하는 걸 보고 귀걸이는 많을수록 좋으니 앞으로 엄마 생일선물은 귀걸이로 통일하라고 했다. 그게 여전히 지켜지고 있어서 내 서랍에는 딸이 선물한 귀걸이가 꽤 있다. 전에는 그냥 사다 주더니 요즘은 기성품을 조금 리뉴얼해서 주기도 하고, 아예 새로 만들어 주기도 하는데 내다 팔아도 될 정도로 쓸 만하다. 그렇긴 해도 언젠가는 딸에게 진짜 진주 귀걸이를 받을 수 있을 거라는 기대를 아주 살짝 해본다.

오페라 글라스

아름다움을 **자세히 보려면**

'어머니를 뵈러 미국에 갈 때 친한 친구로부터 '오페라 글라스'를 사다 달라는 부탁을 받았다. 여러 해 빚에 쫓기는 친구가 1백 달러를 주며 부탁하기에 미국에 가서 줄곧 오페라 글라스를 사러 돌아다녔다. 어마어마한 부와 자유를 누리는 사람들의 모습에 주눅이 들었고, 그곳에서 고달픈 이민 생활을 하는 오빠 부부를 보면서 어느새 나도 오페라 글라스에 대한 꿈을 갖게 되었다.'

소설가 서영은의 에세이집 〈내 사랑이 너를 붙잡지 못해도〉에 '독창獨唱'이란 단편은 대략 이렇게 시작된다. 거기에 '오페라 글라스'에 대한 이야기가 나온다. 오페라 글라스는 고단한 서민의 삶과는 동떨어진 세계에 대한 환상을 상징적으로 표현한다. 이 소설을 읽으며 '로터스 이터Lotus eater'라는 단어가 떠올랐다.

로터스 이터는 향락에 빠져 제 본분을 잊은 사람을 일컫는 단어다. 이 단어의 시작은 그리스 신화의 영웅 오디세우스다. 오디세우스가 트로이 전쟁을 이기고 고향으로 돌아가던 중 로터스 열매를 먹고 사는 '로토파기Lotophagi' 부족을 만났다. 그들로부터 로터스를 대접받았는데 이 로터스는 먹고 나면 세상사를 다 잊고 그 섬에서 편안하게 살고 싶다는 생각만 하게 되는 효력을 갖고 있어서 부하들이 고향에 돌아가지 않으려고 했다. 오디세우스가 이들을 억지로 끌고 가서 배에 묶어 나왔다는 신화에서 비롯된 말이다.

오페라 글라스는 내게 로터스 같은 물건이기도 했다. 그 물건을 지니면 땅에서 발을 떼고 허황하게 돌아다닐 것 같았다. 용도 자체가 안경이나 선글라스가 아니라 종합 예술 '오페라' 무대를 자세히 보기 위한 '망원경'이니 한 달에 두어 번은 오페라를 보러 갈 정도로 공연 마니아에게나 필요한 물건이니 말이다. 하릴없이 갖고 싶다는 생각만으로 내 책상 서랍에 넣어둘 만큼 저렴하지도, 무의미하지도 않은 물건이었다.

하지만 에드가 드가Edgars Degar의 '오페라 글라스를 쓴 여인', 피에르 오귀스트 르누아르Pierre-Auguste Renoir의 '관람석' 같은 명화를 보며 한 구석에 등장하는 화려하고 눈부신 오페라 글라스를 보며 나 혼자 꿈은 꿀 수 있는 그런 물건이다. 그 물건 하나로 내가 예술애호가가 된 듯한 즐거운 착각에 빠질 수 있는 상징성 강한 물건이다.

미술보다는 영화가 좀 더 현실적으로 느껴졌기 때문일까? 마틴 스콜세지 감독의 영화 〈순수의 시대The Age of Innocence〉에서 미셸 파이퍼Michelle Pfeiffer가 오페라 글라스를 들고 있는 장면, 영화 〈프리티 우먼Pretty Woman〉에서 줄리아 로버츠Julia Roberts가 〈라 트라비아타La Traviata〉를 보러 가서 오페라 글라스 사용법을 몰라 부러졌다고 하는 걸 리처드 기어Richard Gere가 고정시켜주는 장면을 보면서 언젠가 나도 오페라 글라스를 하나 갖고 싶다는 꿈을 살짝 갖게 되었다. 뉴욕 브로드웨이에서 〈팬텀 오브 디 오페라Phantom of the Opera〉를 보던 날, 주변의 관객들이 오페라 글라스를 들고 있는 것을 보고 꿈이 현실적 소유욕으로 변했다. 부러웠던 것 같다. 그런 삶이. '나는 영원히 아름다운 걸 질투한다'는 오스카 와일드Oscar Wilde처럼 오페라 글라스를 지닌 삶에 대한 질투가 나에게는 소유욕으로 현신했다.

로네트와 비노큘러스

오페라 글라스에 로망이 생기니 도대체 어떤 물건인지 궁금해졌다. 오페라 글라스는 원래 오페라 극장과 객석이 멀어서 무대 위 등장인물의 얼굴 표정이나 악기들의 연주 모습을 가깝게 관찰하려고 만들어졌지만 이것으로 다른 관객의 표정이나 옷차림을 관찰하는 도구로 사용되기도 했다. 쌍안경 한쪽에 손잡이가 달려 한 손으로 들고 보는 로네트Lorgnette, 두 손으로 들고 보는 극장용 쌍안경Theater Binoculars이 있고, 유럽 상류층에서는 오페라 글라스에 진귀한 보석이나 상아로 장식해서 서로 선물하는 풍습도 있었다. 손잡이에 보청기를 달거나, 로네트에 부채 손잡이를 붙이기도 했고, 체인을 달아 목에 걸거나 허리띠에 걸기도 한다.

영화에 나온 것과 비슷하게 생긴, 18세기 유럽의 오페라극장에서 쓸 것 같은 오페라 글라스를 찾아다녔다. 파리 여행길에 빈티지 인테리어 소품을 파는 가게에서 검은 색에 금색으로 장식한 고풍스런 오페라 글라스를 찾았다. 예상대로 가격이 좀 비쌌지만 이 물건으로 인해 내가 좀더 적극적으로 문화예술 공연을 찾아다닐 것이고, 내 인생이 좀 더 윤택해질 거라며 위안을 삼았다.

공연을 갈 때마다 들고 갔는데, 주변에 아무도 이런 걸 쓰는 사람이 없으니 쑥스러워서 꺼낼 수가 없었다. 몇 번을 들고 갔다가 그냥 들고 왔다. 뮤지컬 공연에는 괜찮겠지 하고 들고 갔더니 다들 공연장에서 대여한 플라스틱 망원경을 꺼내 들고 있었다. 뮤지컬이나 아이돌 콘서트 같은 공연을 자주 다니는 후배 말로는 요즘 공연은 운동 경기장에서 하는 경우가 많아 전광판으로 보여줘서 따로 망원경이 필요 없지만 열성 팬들은 모양보다는 실용적으로 배율이 좋은 진짜 망원경을 들고 다닌다고.

세상은 앉아서 지구 반대편을 들여다볼 수 있게 변했는데 삼백

가까이, 좀더 가까이.

오페라 〈카르멘〉에서 '하바네라'를 부르며
등장하는 카르멘을 자세히 보려고.

년 전에 유용하던 물건에서 눈을 못 떼는 나는 퇴보하는 인간일까? 74억 명의 지구촌 사람들 중 절반인 37억 명이 인터넷을, 37퍼센트인 27억 명이 SNS를 쓰는 세상이란다.* 그런 세상에서 나는 기능이 한참 떨어지는 18세기의 유물 망원경을 들고 손으로 렌즈를 돌려가며 초점을 맞춰 무대 위를 보려고 애쓰고 있다. 그런데 그게 즐겁다. 키보드 두들기기 시작한 게 수십 년인데 여전히 손글씨에 미련이 있듯 손맛이 느껴지는 물건들이 좋다.

　내가 가까이 본 무대, 내가 들어보니 편리했던 오페라 글라스. 공연을 좋아하는 후배들이 떠오른다. 내가 좋으니 남도 좋을 거라고 또 착각에 빠진다. 여행지 벼룩시장 같은 데서 오페라 글라스를 다시 만난다면 주저 없이 여러 개를 살 것이다. 내 즐거움을 내가 좋아하는 분들과 나누기 위해, 그들도 이 오페라 글라스 덕분에 더욱 문화예술의 아름다운 세상에 푹 빠지시라고. 그건 누구에게 선물할지 기대하시라.

* 영국 소셜미디어 전문기업 위아소셜닷컴 Wearesocial.com 조사 결과이다.

흔들릴 때마다　　　**행복해지기**

　　산길을 계속 올라갔다. 전에 남의 차를 타고 올 때는 비포장이라 덜컹거려도 옆자리에서 편히 앉아 올라가서 몰랐는데 직접 운전하니 길이 좁고, 구불구불해서 쉽지 않았다. 급한 일 없으니 천천히 가자 하고 조심해서 올라갔다. 일주문 앞 주차장에 차를 대고, 20분쯤 걸어야 했다. 겨울에는 산 아래 조안보건지소 근처에 주차하고 한 시간 반 정도 걸어 올라오는 게 안전하다. 바닥에서 올라오는 흙 냄새 맡으며 슬슬 누렇게 변해가는 나뭇잎에 마음을 얹었다.

　　운길산 수종사. 조선시대에 제 7대 임금 세조가 지병을 치료하려고 강원도에 다녀오다가 양수리에서 하룻밤을 묵었는데 어디선가 은은한 종소리가 들려서 찾아가 보니 토굴 속에 나한상이 있고, 바위 틈에서 물이 떨어지는 소리였다고. 신라시대에 창건되었다는데 그동안 쇠락했던 듯. 이에 세조가 이곳을 손질해서 다시 절을 짓고 이름을 수종사라 하였다는 이야기가 전해온다.

이곳을 좋아하는 이유는 셀 수 없이 많지만 첫째는 경치가 좋다는 것이다. 대웅전 앞마당에서 내려다보면 멀리 북한강과 남한강이 만나는 두물머리가 한눈에 들어온다. '절경'이란 이럴 때나 쓰는 단어다. 둘째는 유명한 해우소 가는 길에 서 있는 우람한 5백년 수령의 은행나무. 신발을 벗고 들어가 볼일을 봐야 한다는 해우소에 간 일행을 기다리며 앉아 있다가 뜻밖에 무념무상의 순간을 맞은 적이 있어서 이후에는 수종사에 가면 은행나무 옆에 한참을 앉아 있곤 한다. 셋째는 '절경'을 내다보며 마시는 차. 십여 년 전, 차실 삼정헌에서 처음 차를 마실 때는 몰랐다. 그후로 수종사가 유명해져서 내가 갈 때마다 차실에 사람이 많아 다시 차를 못 마셨다. 매번 오늘은 꼭 삼정헌에서 차를 마실 수 있기를 기대하지만 여전히 실패 중이다. 다음에는 마실 수 있기를.

계단을 거의 다 올라가자 강바람이 휙 불어오며 멀리서 맑은 쇳소리가 묻어온다. '땡그렁 땡그렁'. 소리를 따라 가니 대웅보전에 달린 풍경風磬이 바람에 흔들리며 낸 소리다.

수종사 풍경

양수강이 봄물을 퍼 올려
온 산이 파랗게 출렁일 때
강에서 올라온 물고기가
처마 끝에 매달려 삼선을 시작했나
햇볕에 날아간 살과 뼈
눈과 비에 얇아진 몸
바람이 와서 마른 몸을 때릴 때
몸이 부서지는 맑은 소리
  공광규

'몸이 부서지는 맑은 소리'. 밤에도 눈을 뜨고 절을 지키는 물고기가 햇볕과 눈과 비에 얇아진 몸으로 바람을 맞아 몸이 부서지는데도 처마 끝에 매달려 참선을 한다. 물고기는 양수강을 바라보며 참선을 하고, 나는 그 물고기를 보며 참선을 한다. 마른 물고기 풍경에 반해 풍경 하나를 사 들고 왔다. 아파트 베란다에 걸어놓으니 바람 불 때마다 그 소리가 너무 요란해서 참선이고 뭐고 안 되어 바로 떼어버렸다.

가벼워서 좋은 종이 모빌

대림미술관의 '페이퍼 프레젠트Paper Present' 전시에 갔더니 아트숍에서 종이 모빌을 팔았다. 처마 끝에 매달려 있던 수종사 물고기 풍경이 계속 눈에 어른거렸는데 소리가 없으면 괜찮겠다 싶어서 새장과 새가 들어있는 종이 모빌을 사서 천장에 달았더니 바람 불 때마다 새가 날아다니며 뱅뱅 돈다. 새장에 실로 묶어서 새에게 좀 미안하긴 하지만 식탁에 앉아서 멍하니 새를 바라보고 있으면 마음이 안정되는 걸 느낀다.

딸이 어렸을 때 출산 선물로 예쁜 모빌을 여러 개 선물 받아 걸어두었는데, 이런 효과가 있었구나 싶다. 두뇌교육 전문가인 가톨릭대학교 소아청소년과 김영훈 선생님의 말에 따르면 아이들 방에 모빌을 걸어놓으면 두뇌 발달에 도움이 된다고 한다. 누워 있는 아기의 눈에는 한 조각 바람에도 흔들리는 모빌이 시각을 자극하고, 사물의 균형 감각을 알게 하고, 공간과 도형의 원리를 터득하게 해서 두뇌 발달에 도움을 준다고 한다. 아기의 첫 장난감이 모빌인 데는 다 이유가 있었던 거다.

모빌이 사람들에게 화제가 된 건 1932년 미국의 조각가 칼더가 '오브제 모빌Object Mobil(움직이는 오브제)'을 발표했을 때였다. 원래 조각가였던 칼더는 바닥에 고정시켜서 움직이지 않는 덩어리에 움직임이 느껴지게 표현하는 조각을 하다가 실제로 움직이고 변하는 입체 구성을 고민하다가 '모빌'을 만들어냈다. 회현동 신세계백화점 본점 본관 6층 트리니티 가든에는 칼더의 고정된 조각인 스테빌stabile 의 하나인 '버섯Le Cepe'이 설치되어 있다. 육중한 철판을 갖고 유려하고 나풀거리는 듯한 착각이 들게 하는 작품이다. 멀리서 보면 날아오르려는 새 같기도 하고, 두 팔을 흔드는 풍선인형 같기도 하다. 어쨌든 바닥에 단단히 고정되어 있는데도 흔들리는 듯이 느껴진다. 이 과정을 거쳐서 전 세계의 아이들이 좋아하는 모빌이 탄생한 것이다.

아이를 키우면서 얻은 경험으로 후배들이 아이를 낳으면 모빌을 선물했다. 이왕이면 고운 색상의 나비나 벌 인형이 달려 있는 것이나 하트와 별 등 사랑스러운 문양의 장식이 달린 것으로 골랐다. 요즘은 인테리어 장식용으로도 모빌이 인기가 있어 자개로 만든 모빌이나 열기구 모양의 모빌도 인기라고 한다.

미국 원주민인 인디언들이 악몽을 걸러주고 좋은 꿈만 꾸게 해준다는 의미로 만들었던 토속 장신구인 드림캐처도 선물용으로 잘 팔린다고 한다. 악몽을 잡아준다는 거미와 좋은 꿈을 꾸게 하는 깃털을 이용해 만든 것이다. 거미줄처럼 색실로 엮은 동그란 고리 아래 알록달록한 구슬과 나풀거리는 깃털이 바람에 날리는 모양이 예뻐서 불면증 치료와 인테리어 장식이라는 두 마리 토끼를 잡을 수 있어서라고.

불면증도 알고 보면 마음의 불안과 스트레스에서 기인되는 것이니 잠을 잘 자려면 마음이 평안해야 하고, 마음을 평안히 하는 데는 어딘가에 집중하는 게 좋다. 혜민스님이 운영하는 '코끼리명상 앱'의 매일명상을 듣다가 2010년에 하버드대학교에서 2천여 명을 대상으로 조사를 했더니 주의 산만한 사람이 집중을 잘하는 사람보다 행복지수가 낮게 나왔다는 이야기를 들었다. 즐겁고 신나는 일 때문에 주의가 산만해도 결과는 마찬가지라고. 현재의 내 상태를 온전히 느끼고 알아차릴수록 행복지수가 올라간다는 게 그 조사의 결론이었다.

내가 하는 일, 내가 생각하는 것에 집중하는 것이 내 행복지수를 올리는 지름길이라니. 새 모빌을 바라보면서 얻었던 그 순간의 조용한 나, 평온한 나를 기억한다. 앞으로는 '흔들릴 때마다 한 잔'이 아니라 '흔들릴 때마다 한 번씩' 모빌을 바라보아야겠다.

와인   ○ 축하

함께 나이 드는   **맛**

푸르디푸르던 나뭇잎들이 서서히 누런색으로 변해간다. 눈을 크게 뜨고 걸어다녀야 할 계절이 다가온다는 신호다. 앞으로 몇 주 동안은 바닥을 잘 살피며 걸어 다녀야 한다. 자칫 잘못해서 은행 열매를 한번 밟으면 그 독한 은행 냄새가 하루 종일 나를 따라다닐 테니까. 다른 감각은 그리 예민한 편이 아니지만 후각은 좀 예민하다는 말을 듣는 편이라 악취에 유난을 떤다. 다행히 후각은 빨리 무뎌지기는 하지만 공격 자체가 너무 강력하다. 와인 공부를 할 때는 내 후각이 남보다 조금 예민한 것이 고마웠지만, 이럴 때는 코를 막고 싶다.

와인은 처음 만났을 때부터 어려웠다. 포도를 따서 만든 술이니

마시고 취하면 그만이지 어렵고 쉬울 게 뭐가 있을까마는 와인은 이름부터 어려웠다. 불어 전공자 아니면 읽기도 쉽지 않은 불어인 데다가 대부분 필기체로 써놓아서 더 어렵게 느껴졌다. 게다가 와인을 설명하는 말도 드라이하다, 탄닌 맛이 많다, 크리스프하다, 리치하다, 바디감이 좋다, 버터리하다 등 도대체 외계어 같은 이야기들을 나누는 게 이해가 안 갔다.

일하면서 외국 대사관저를 취재하거나 외국에서 살다 온 분들의 집을 촬영할 때, 수입 브랜드의 행사에서 와인을 마셔볼 기회는 많았다. 하지만 이름도 어렵고, 맛도 구분이 잘 안 되는 데다가 가격도 비싸서 당시 이십 대의 나에게 와인은 머나먼 나라의 이야기였다. 그런데 1990년대 후반 들어 청담동에 '시안', '궁', '와사비 비스트로' 등 퓨전 레스토랑들이 속속 문을 열면서 미식의 시대가 태동했고, 와인에 대한 관심이 급격하게 증가했다.

1960~1970년대에도 서울의 몇몇 특급호텔에서는 와인이 있었지만 외국인이나 마셨다. 1988년 올림픽 개최 직전인 1987년에 와인 수입 자율화가 되면서 와인 수입업체가 생겼고, 1989년 해외여행 자유화로 인해 해외여행을 가서 와인을 마셔본 이들을 중심으로 서서히 와인에 대한 정보가 많아졌고, PC통신과 인터넷의 발전으로 와인 동호회가 늘어났다.

그 즈음 요리 전문잡지 〈쿠켄〉의 편집장이 되어 출근하고 있었다. 당시 홍성철 사장님이 사회 전반적으로 와인에 대한 관심이 늘어나고 있으니 〈쿠켄〉 편집장이면 와인을 좀 알아야 하지 않겠냐며 와인 동호회 '이너파일즈Oenophiles'를 소개해주셨다. 우리나라 제 1회 소믈리에 대회에서 1등을 한 허동조 소믈리에가 와인에 대한 강의를 하고, 4~5병을 함께 시음하는 곳이었다. 교수, 사업가, 디자이너, 의사, 변호사 등 다양한 직종의 회원늘이 한 달에 한 번씩 모였다. 허동조 선생님은 같은 와이너리에서 나왔지만 연도가 다른 와인 다섯 병의 빈티지 시음, 각기 다른 지역의 동일 연도 와인 네 병의 토양별 시음, 포도 품종별 대표 와인 다섯 병 품종별 시음 등 매번 색다른 구성으로 우리를 와인 맛의 세계로 천천히 끌고 들어갔다.

어느 병을 따도 같은 맛이 나는 맥주나 소주와 달리 와인은 병마다 다 맛이 달랐다. 와이너리와 빈티지에 이름까지 같아도 병마다 미세한 차이가 있었다. 선생님과 같이 마실 때만 그 미세함을 지각했다. 블라인드 테이스팅으로 방송에도 출연했을 정도로 와인 테이스팅의 전문가인 허동조 선생님은 코와 혀를 훈련시켜야 한다며 아로마 키트를 들고 와서 여러 가지 향을 맡아보게 하기도 하고, 토양의 차이를 설명해서 머리로 와인의 맛을 상상하게 하기도 했다.

체질적으로 알코올 분해효소가 남들보다 적어 도수에 관계없이 '술'이란 이름이 붙은 음료는 뭐든 한 잔만 마셔도 얼굴이 빨개지고 졸음이 쏟아진다. 와인 모임에서도 한두 모금씩 두어 잔 정도 마시는 게 보통이었다. 그런 내가 십 년 넘게 매달 와인 모임에 나간 것은 회원들의 끈끈한 정이 우선이었고, 거기에 와인 공부가 재미있기 때문이었다. 특히 와인 병 앞에 붙어 있는 라벨에 관심이 많았다.

와인보다 라벨

와인은 우리나라의 가양주처럼 와이너리를 가진 이는 누구든 만들 수 있는 술이다. 토양이나 기술, 브랜딩과 마케팅에 따라 와인의 품질과 가격이 천차만별이라서 와인마다 각각의 스토리가 있다. 오래된 곳은 오래된 곳대로, 새로 떠오르는 곳은 떠오르는 곳대로 자기만의 스토리텔링이 있다. 그 스토리텔링은 와인 라벨에 고스란히 담겨 있다.

프랑스, 이탈리아, 미국 등 나라별로 와인 라벨에 적는 내용이나 디자인은 다르지만 기본 구성은 다 비슷하다. 먼저 와인 이름, 생산국과 생산지역, '빈티지'라고 하는 생산 연도, 알코올 함량 등은 기본적으로 들어가고, 나라별로 정한 등급 기준에 따른 등급 표시, 와이너리의 수준, 병입한 곳, 여기에 수상 경력까지 들어간다. 라벨을 잘 읽으면 원하는 와인을 잘 고를 수 있다는 것. 문제는 이 언어들이 불어나 이탈리아어, 좀 낫다 해도 영어인데, 전문용어들이 들어 있어 살펴보는 게 쉽지는 않다.

십수 년 동안 와인을 공부하고 마셔봤다는 나도 대형 슈퍼마켓

같은 곳에서 와인을 고를 때는 진득하니 살펴보기가 싫어서 아는 와인을 찾거나 라벨 예쁜 걸로 고르는 경우가 많다.

이제는 와인이 대중화되어 굳이 프랑스 그랑 크뤼 와인을 고집하거나 로버트 파커의 점수에 연연해서 선물하기보다는 저렴하면서도 대중적으로 인기 있는 와인을 선물하는 분들이 많다. 3만원짜리 와인도 불고기와 함께 먹을 때 이렇게 근사하게 어울릴 걸 2000년엔 왜 몰랐을까? 가격보다는 선물 받을 사람의 입맛에 따라 와인을 고르는 이들이 늘어나는 걸 보면 이제 우리 사회에서도 와인에 대한 호기심이 어느 정도 해소되어 와인의 유명세보다는 맛과 향에 더 집중하게 된 것이다. 드디어 와인 세상에서 거품이 빠진 것이다. 맥주가 아니라 얼마나 다행인지.

최근에는 결혼식이나 축하 파티 등을 할 때 행사용 와인을 정하고, 라벨에 행사의 주제를 쇄해서 붙여주는 곳들이 늘어나고 있다. 예비 신랑 신부가 함께 와서 와인을 고르면 그 와인을 병에 담고 신랑 신부의 사진과 함께 감사의 인사를 라벨에 인쇄해서 하객들에게 나눠주는 것. 아이를 낳은 해의 와인을 따로 담아서 아이가 성년이 될 때 열어 마시겠다는 스토리를 라벨에 담아 인쇄하는 신혼부부도 있다. 인생의 중요한 순간을 시간에 따라 숙성이 되는 와인에 기록해서 그 시간의 소중함을 함께 음미하는 일은 꽤 멋진 일이다.

빈티지 백

○ 사랑

건너온 시간에 대한 **헌사**

       여행 중이라 해도 주말에는 조금 뭉기적거리고 싶은 게 사람 마음인데 이날은 그럴 수 없었다. 아침 일찍 일어나 지하철을 탔다. 파리 14구의 남쪽 끝, 방브 벼룩시장 Puces de Vanves은 오전 7시에 시작이라 일찍 출발해야 좋은 물건을 만날 수 있다는 이야기를 들어서다. 시간이 늦을수록 흔한 모조품밖에 없다는 지인들의 경험담이 발길을 재촉하게 했다.

    지하철에서 올라와 사람들을 따라 걷기 시작했다. 벌써 길 좌우로 좌판이 벌어지고 있었다. 크고 작은 액자에 든 그림을 겹겹이 쌓고 있는 상인, 그릇을 하나하나 꺼내는 상인, 툭 치기만 해도 귀퉁이가 부서질 것 같은 낡은 양탄자를 펼치는 상인 등 모두가 부산히 움직이고 있었다. 싱그러운 가로수들 사이에 족히 1천년의 시간이 펼쳐지는 중이었다.

마리 앙투아네트가 사용했을 듯한 레이스 달린 손수건, 피카소가 쓰다 버린 듯 물감이 잔뜩 묻은 팔레트, 수백 년의 먼지가 쌓여 잿빛이 된 나폴레옹 흉상, 눕히면 눈꺼풀이 감기는 비스크 인형, 코냑향이 배어버린 크리스털 술잔, 가져나 책장에 꽂아 놓으면 몽테뉴의 서재처럼 근사해질 것 같은 고서들… 한 걸음 옮길 때마다 15세기와 19세기가 넘나들었다. 하나하나 자세히 보려면 이삼 년은 걸릴 것 같았다. 이것저것 만지작거리다가 여행자의 본분을 깨닫고, 가능하면 무게가 덜 나가고 깨지지 않을 것들만 찾았다. 가죽 케이스에 든 상아색 주사위, 빈티지 무늬가 있는 틴 캔, 레이스로 만든 냅킨을 건졌다. 꼭 필요한 물건은 아니지만 방브 시장에서의 추억을 되살리기엔 부족하지 않을 듯 싶었다. 요즘도 가끔 그 물건들을 꺼내 보며 참 많이 걸어다녔던 여행지 중 하나인 파리의 추억에 젖곤 하니 나에겐 유익한 쇼핑이었다.

놀라웠던 것은 관광객도 많지만 프랑스 사람들도 많다는 것. 가족이 함께 나와서 가져온 트롤리에 물건을 가득 담아가는 가족들이 많았다. 집에서 사용하다가 더 이상 필요 없는 물건을 들고 나와 팔기도 하고, 그곳에서 필요한 물건을 사기도 하는 게 벼룩시장인데, 방브 시장은 그런 중고품 벼룩시장의 느낌보다는 다소 낡은 예술품들의 거래 장소로 보였다. 그만큼 나온 물건들의 품질이 좋았다. 물론 시간이 흘러 해가 중천에 떴을 즈음에는 다른 벼룩시장에서도 흔히 볼 수 있는 물건들이 눈에 많이 뜨였다. '일찍 일어나는 새가 먹이를 먹는다'는 말은 이곳에 딱 맞는 말이었다.

빈티지의 가치를 높이는 딜란

정말 일찍 일어나는 새를 만났다. 딜란으로 더 유명한 빈티지 백 디자이너인 유은영 씨. 패션 브랜드의 디자이너로 일하다 2005년부터 '히스토리바이딜란History by Dylan'이란 이름의 빈티지 백을 만들고 있다. 그녀의 백이 유명한 건 파리, 뉴욕, 런던 등 유럽의 벼룩시장과 앤티크 경매에서 찾아낸 에르메스나 샤넬, 까르티에 등의 빈티지 백에 빈티지 장식 재료들을 결합해 세상에 하나밖에 없는 고유한 백을 만들기 때문이다.

유은영 씨는 어머니가 물려주신 디올 클러치 백에 와인을 쏟고 얼룩을 덮으려고 빈티지 레이스와 테이프를 붙인 게 계기가 되어 오래된 가방의 리폼을 시작했다. 그저 명품을 리폼하는 게 아니라 오랫동안 써서 낡은 가방에 새로운 생명을 주어 이야기를 이어나가는 것에 의미를 둔다. 1990년대의 빈티지 백에 1920년대의 빈티지 레이스와 1950년대의 빈티지 숫자 장식을 붙여 서로 연결고리를 만들어주는 것이다. 그런 자신의 의도를 알리기 위해 히스토리바이딜란

오래된 물건의 소중함.

시간과 시간이 섞여 만들어내는

오래된 미래가 작은 가방 위에 펼쳐진다.

의 가방에는 그 가방을 리폼한 재료의 출처를 기록한 편지이자 이력서인 '히스토리 레터'가 들어 있다. 물건에 대한 가치를 인정하고, 그 물건이 견뎌온 시간에 대한 이해가 있어야 할 수 있는 일이다. 앤티크와 빈티지 물건들에 대한 사랑, 이것이 굳이 의도한 것은 아니지만 그리 되어버린 딜란의 차별화 포인트다.

딜란의 가방들은 에르메스나 샤넬 등의 해외 유명 브랜드가 많지만 때로는 캔버스 백에 빈티지 테이프로 장식해서 판매하기도 하고, 개인적으로 사연이 있는 가방의 리폼을 의뢰받아서 작업하기도 한다. 명품만 다룬다는 것은 잘 모르는 이들의 편견이다.

예전에는 유럽의 벼룩시장에 가면 빈티지 백도 자주 나오고, 장식용 빈티지 부자재도 쉽게 구할 수 있었는데, 시간이 갈수록 시장에 나오는 물건이 줄어들어 구하기가 어려워지고 있다고. 다행히 오랫동안 이 일을 하니 앤티크 전문가들이나 빈티지 수집가들을 알게 되어 그분들이 따로 갖고 있는 소장품들을 그녀에게만 주기도 해서 파리, 뉴욕, LA, 홍콩, 싱가포르, 도쿄 등 대도시의 리테일러들에게 유니크한 아이템으로 인기가 있다.

열심히 일해서 모은 돈으로 갖고 싶던 가방을 샀을 때의 그 기분, 나의 성공을 단적으로 보여주는 듯해서 그 가방을 들고 나설 때면 괜히 우쭐해져서 가슴을 쫙 펴고 걸었던, 유치했던 젊은 날을 기억한다. 나중에 아이에게 물려주겠다고 큰소리 쳤던 기억도 있다.

수십 년이 지나 이제 그 가방은 내 피부처럼 윤기도 사라져 버석버석하고, 귀퉁이에 주름도 자글자글해졌다. 안주머니의 입 쪽 실밥이 슬슬 풀려가고 있는 이 가방을 들 일이 점점 줄어들고 있지만 언젠가 딸이 필요한 날이 오면 물려주겠다는 생각은 변함이 없다. 게다가 딜란을 알게 되었으니 딜란의 마법 같은 터치가 더해지면 이 오래된 가방이 환골탈태해서 딸아이가 앞으로 이십 년을 더 들어도 문제가 없을 것이다. 나와 딸만의 이야기를 가진 세상에 유일무이한 가방, 엄마의 청춘시절을 딸에게 선물하는 일, 그건 딜란만이 만들 수 있는 것이다.

손난로

○ 사과

군고구마의 **추억**

　작년 겨울이었다. 그날따라 글이 좀 써져서 하루 종일 사무실에서 원고를 썼다. 한참 정신없이 달리다가 주변이 부산해서 고개를 드니 창밖이 어느새 어둑어둑했다. 옆 사무실 사람들이 퇴근하는 소리에 정신이 들었다. 여름이었으면 여전히 환할 시간인데. 계절의 변화는 수십 년을 겪어봐도 변함이 없다.

　서둘러 가방을 챙겨 나왔다. 프리랜서로 생활하면서 보통의 회사원들과 다른 시간대로 산다. 출퇴근과 점심시간을 그들과 비껴가게 움직인다. 굳이 나까지 그 시간에 움직여서 러시아워를 가중시키거나 긴 줄을 기다릴 필요가 없기 때문에 아침 9시 좀 넘어 집을 나오고, 오후 1시쯤 점심을 먹고, 오후 6시 전에 집으로 향한다. 그래야 몸과 마음이 좀 여유롭다. 어차피 예전보다 에너지가 떨어져서 그 이상 집중해서 일하기도 쉽지 않다. 이렇게 나만의 규칙을 만들어간다.

글쓰기에 폭 빠져서 퇴근 시간이 좀 늦었다. 피크타임은 지나서 그런지 지하철 안은 한산했다. 일 좀 했다고 흐느적거리며 지하철역에서 올라오는데 계단부터 달짝지근한 냄새가 코를 자극한다. 달큰한 내음이 배꼽 밑에 움추리고 있던 허기를 쭈욱 끌어올려 순식간에 입에 침이 고인다. 추억의 냄새, 군고구마다. 이건 먹어야 하는 거다.

이전 세대가 대개 그렇겠지만 내 아버지 역시 그리 자상한 편은 아니었다. 새벽에 출근해서 밤늦게 술 한 잔 드시고 퇴근하는 게 일상이었다. 한 상에서 저녁 먹기가 쉽지 않았고, 같이 먹더라도 거의 말없이 식사만 하셨다. 평소에 손에 뭘 들고 다니는 일이 없었고, 백 점짜리 성적표를 들고 가도 '잘했네'가 다였다.

그런 아버지가 가물에 콩 나듯이 아주 가끔 뭘 들고 오신 적이 있다. 통닭, 카스텔라, 그리고 군고구마. 통닭은 술자리에서 함께 하던 일행이 식구들 주라고 들려 보내는 경우였고, 카스텔라는 아버지 회사 사장님의 사모님이 운영하던 빵집에서 나눠준 것을 가져오는 경우였다. 아버지 손으로 직접 사오는 건 군고구마가 유일했다. 일 년에 한두 번인 그런 날을 기다리며 99퍼센트 그럴 일 없는데도, 매일 퇴근하는 아버지를 맞으면서 내 눈길은 얼굴보다 손에 먼저 가곤 했다.

군고구마를 담는 걸 기다리다 문득 '예전에 아버지도 이 군고구마 냄새의 유혹에 넘어갔던 거 아닐까?'하는 생각이 들었다. 먹는 것도 그리 좋아하시지 않고, 뭘 들고 다니는 걸 그렇게 싫어하던 분까지 길거리에 서서 군고구마를 사게 한 걸 보면 군고구마 냄새는 예나 지금이나 강력한 유혹인가 보다.

따뜻한 군고구마를 사서 품에 안고 오면서 아스라한 추억에 젖어 기분 좋게 집에 들어오니 내 품속의 군고구마를 본 남편이 '겨울밤의 군고구마는 비만의 원흉'이라며 질색을 했다. 가족과 함께 도란도란 군고구마를 나눠 먹으려던 내 계획은 무참하게 깨져버렸다. 맞다. 여러 해 전에 겨우내 군고구마 사 먹다가 봄이 되어 봄 옷을 사려고 보니 5킬로그램이 늘었던 동료 이야기를 내가 전했던 기억이 났다. 그래서 우리 집에선 겨울 밤 군고구마를 끊기로 했다. 열정 모드에 들떠서 그 기억을 깜박 잊었다.

부엌 한쪽에 군고구마 봉투를 놓았는데, 봉투의 열린 틈으로 달짝지근한 내음이 솔솔 풍겨왔다. '딱 하나만 먹자'고 남편을 설득해서 한 개를 꺼내 세 조각으로 잘랐다. 의지가 강한 남편은 끝까지 안 먹었고, 내가 두 조각을 먹고, 딸이 한 조각 먹었다. 더운 김이 모락모락 올라오는 군고구마를 호호 불며 먹는 맛이라니. 입안 가득 행복했고, 유혹에 넘어간 마음은 살짝 불편했다. 나머지는 밀폐용기에 담아 멀찌감치 밀어두었다. "내일은 두 배로 운동해야지" 하고 들으란 듯이 큰 소리로 다짐했다.

청년 창업자들의 따뜻한 통장을 위하여

며칠 후, 업계 후배이자 톡톡 튀는 아이디어로 브랜딩과 마케팅을 하는 '어나더프로젝트Another Project'의 '어나더 언니' 배정현 씨가 사무실에 들렀다. 친한 동생도 위워크 을지로에 있다며 소개를 시켜주기에 만나고 보니 내 뒷자리에 있는 디자이너 이동훈 대표였다. 오가며 눈인사만 했는데 후배랑 아는 사이임을 알고 그 이후 친해졌다. 이동훈 대표는 그래픽 디자인을 하는데 캐릭터 상품도 만든다며 작은 인형을 보여줬다. 동글동글한 모양의 인형 이름은 '구마구마'. 전자레인지에 30초만 돌리면 군고구마 냄새가 나면서 뜨거워지는 손난로 인형이었다. 노란 얼굴의 구마구마는 옷도 고구마 껍질 색인 스마일구마, 호피무늬 후드티 입은 슬리피구마, 핑크와 퍼플 후드티 입은 핑키구마, 퍼플구마 등 패셔너블하게 입고 있고, 한 손에 쏙 들어오는 크기였다. 아로마 성분을 입힌 밀알을 넣어 인체에 무해하고, 데우면 군고구마 냄새가 나면서 찜질 효과도 있는 데다가 책상 위에 올려놓아도 예쁜 소품이었다.

구마구마를 만든 이동훈 대표는 우리 길거리음식을 캐릭터로 디자인 제품을 기획, 제작하는 얌얌타운Yumyum Town을 만든 일명 '맛테일러'다. 떡볶이와 호떡을 좋아해서 시작했다는데 이 회사의 캐릭터는 튀김 조끼를 입은 고추튀김인 '골든 프라이드 보이즈', 밀떡 떡꼬치인 '레드리버타운의 캔바스', 김밥인 '롤링김브로스', 호떡인 '슈가보이' 등이다. 이 길거리음식 캐릭터들은 남녀노소 누구나 좋아하고 쉽게 접할 수 있는 데다가 캐릭터마다 각각의 스토리가 있어 어린이나 어른 할 것 없이 인생토이로 간직할 수 있다.

처음 구매한 핑키구마는 이미 겨울이 깊은 영국에서 공부하는 딸에게 보냈다. 반응이 좋아 그후 친구들 만날 때 하나씩 선물하는 데 들고 다니기 편해서 다들 좋아한다. 내가 부주의하게 말실수를 해서 마음이 상한 친구를 만나 손에 쥐어주며 미안하다는 말을 할 때도 딱 좋은 물건이고, 힘든 시간을 보내는 후배들에게 '기운내!'란 메시지와 함께 보내기에 적당한 물건이다.

이동훈 대표는 요즘 길거리음식 캐릭터에 이어 추억의 음식인 '아폴로'와 '쫀드기' 등을 모아 '불량상회1969'를 만들었다. 잊혀져 가던 추억의 '불량식품'들을 찾아내 원조 사장님들을 삼고초려해서 리뉴얼 브랜딩을 거쳐 제품화해서 판매 중이다.

위워크에서 일하며 이동훈 대표나 조중현 대표와 같은 젊은 창업자들을 자주 만난다. 조중현 대표는 카드지갑에 동그란 링을 달아서 손을 자유롭게 사용할 수 있게 만든 '키 링 카드케이스'와 '키 링 클러치 백' 등 심플하고 세련된 제품을 만드는 '노르낫Nornot'과 왁싱 캔버스 백을 만드는 '슬로아크Sloarc'를 운영한다. 이런 창업자들이 혼자 기획부터 제작, 홍보, 판매까지 진행하면서 몸 고생, 맘 고생하는 걸 본다. 낮에는 기업체 미팅하고, 공장의 제작 상황 체크하고, 내가 퇴근할 시간쯤 사무실에 돌아와 책상에 앉아 문서 작업을 시작한다. 다음날 아침에 내가 출근하면 운동 간다며 부수수한 얼굴로 일어나는 친구들이다.

위워크에서 창업의 기반을 다지고, 지금은 각각 세운상가와 한남동에 스타일리시하게 자기 사무실을 차려서 일을 하고 있다. 디자인이 좋은 제품을 만드느라 사업이 쑥쑥 크진 않아 마음이 조급하긴 하지만 그래도 하고 싶던 일을 하는 거라 즐겁다니 다행이다.

찬바람이 불기 시작하면 내 가방 속에 필수품으로 들어가는 구마구마. 전자레인지만 돌리면 풍기는 군고구마 냄새로 유혹에 빠지긴 하지만 내 손끝의 따뜻함이 젊은 창업자들 통장의 따뜻함까지 전해지기를 기원해본다.

수저세트

좋은 일만   있으시라고

　　친구들에게 모으는 물건 있냐고 물어보면 특별한 건 아니지만 각자 애착을 갖고 모으는 것들이 한 가지쯤 꼭 있다. 향수, 연필, 스노 글로브, 피규어, 에코백 등. 나는 거울을 모은다. 여태까지 아무에게도 얘기한 적이 없는데, 이걸 책에서 하게 되다니.

　　하얏트 호텔 안에 있는 보석가게 명보랑에 취재를 갔다가 그곳에서 은으로 된 예쁜 손거울을 보았다. 아주 작은 터키석이 한 개 붙어 있고 은을 정교하게 세공해서 무늬를 낸 것이었다. 구경만 하고 돌아왔는데 며칠 동안 그 거울이 자꾸 생각이 나서 결국 얼마 후에 가서 그 거울을 샀다. 가방에 넣고 다니며 시도 때도 없이 꺼내서 들여다봤다. 거울이 예뻐서 그런 건데 주변에서는 내가 나르시시즘에 빠졌다고 오해했을 법도 하다.

거울을 자주 보니 자연스레 내 얼굴도 자주 보게 되었다. 평소에는 아침 저녁 세수할 때나 거울을 볼 정도로 둔감한 내가 얼굴을 자주 보면서 내 얼굴 표정이 굳어 있다는 것도 알게 되었다. 거울을 볼 때마다 웃는 연습을 하게 되었다.

사람의 얼굴에 대한 말 중 기억에 남는 것이 '마음은 우리가 가는 곳을 보여주는 지도이고, 얼굴은 우리가 갔던 곳을 보여주는 지도'라는 말이다. 가족의 소중함을 보여준 영화 〈원더Wonder〉에서 남들과 다른 얼굴을 갖고 태어난 아들 어기에게 엄마 역을 맡은 줄리아 로버츠가 한 대사였다. '우리가 갔던 곳을 보여주는 지도'가 좀 더 근사하려면 자주 거울을 보는 것도 좋은 방법이다.

그후로 예쁜 거울을 만나면 하나씩 사들이기 시작해 지금 스무 개 넘는 손거울을 갖고 있다. 물론 적당한 가격의 거울만. 지금까지 모은 거울 중 처음 명보랑에서 산 거울이 가장 비싼 것이니 무리하지 않는 선에서 수집 활동을 유지해왔다고 자평한다.

물건을 모으다 보면 그 물건에 관심을 갖게 되고, 어느새 그 물건에 대해 많은 정보를 갖고 있음을 알게 된다. 수집하는 분들의 공통점이다. 반대로 일을 전문적으로 하면 그에 필요한 특정 물건이 많아지고, 그게 수집으로 이어지는 분들도 있다. 요리사들이 칼이나 도마, 그릇을 모으는 것이 그런 경우다.

궁중음식연구원의 한복려 원장님은 수저를 모으신다. 수저 말고 조선왕조 궁중음식을 전수하기 위해 모은 기물이 셀 수 없이 많지만, 유독 수저는 잘 보이는 곳에 전시해놓아서 원장님이 수저를 모은다는 걸 누구나 알 수 있다. 숟가락과 젓가락은 음식을 먹는 데 꼭 필요한 도구이고, 수저를 제대로 사용하는 것이 우리 식문화의 근본이라 보기 때문이다.

오십여 년간 모으신 수저는 삼백여 개에 달하는데 이중에는 남북정상회담, 뉴욕 메트로폴리탄박물관 궁중문화행사 등의 만찬을 주재할 때의 수저도 포함되어 있다.

원장님의 한옥 내실에 들어가면 벽 하나에 수많은 숟가락과 젓가락이 하나씩 나란히 꽂혀 있다. 그 자체로 설치미술품 같은 품격이 느껴진다. 은 숟가락, 놋 숟가락, 나무 숟가락, 옻칠 젓가락, 플라스틱 젓가락, 박물관 서명이 새겨진 젓가락, 칠보로 장식한 젓가락, 중국 젓가락, 일본 젓가락 등 수많은 숟가락과 젓가락을 모아놓았는데도 균형 잡힌 일관성, 일종의 규칙이 보인다.

숟가락은 액체로 된 음식을 뜨는 기능, 젓가락은 많은 것 가운데서 필요한 것을 집어내는 기능이 필수라서 그런지 2천 년 전 고분에서 발굴한 것이나 요즘 쓰는 것이나 모양이 어느 정도 비슷하다. 길고 짧음이 좀 다르고, 둥글기의 각도가 좀 다를 뿐 기본 모양은 그리 다르지 않으니 똑같은 것을 여러 개 놓은 것보다 훨씬 아름답다. 앤

디 워홀Andy Warhol의 '캠벨 수프' 연작처럼 비슷한 모양의 것들을 모아놓으니 일종의 리듬이 생긴 것과 비슷하다. 어쨌든 원장님의 수저 컬렉션이 아름답다는 이야기다.

원장님은 틈만 나면 우리 식문화에 대한 이야기를 하신다. 요즘 밥상 위에서 포크와 나이프를 쓰고, 가위로 음식을 자르는 행위를 크게 아쉬워하신다. 우리 한 끼의 기본인 밥과 국 그리고 반찬을 맛있게 먹기 위해서는 숟가락과 젓가락을 제대로 활용해야 한다. 이 수저의 사용이 쌓이고 쌓여 우리의 식문화를 더 풍요롭게 한다는 이야기다.

11월 11일은 젓가락의 날

아이들 사이에서는 11월 11일이 '빼빼로데이'로 통하지만 충청북도 청주시에서는 2015년부터 11월 11일을 '젓가락의 날'로 부르자는 캠페인을 벌이고 있다. 숫자의 모양이 젓가락을 닮았다는 데 기인해서 이 날을 중심으로 청주에서는 한국과 중국, 일본의 젓가락 문화를 중심으로 연구하고 보존하고자 '젓가락 페스티벌'을 해마다 성대하게 열고 있다.

젓가락에 대한 이야기는 우리 시대의 석학 이어령 선생님이 참 많이 하셨다.

첫째, 젓가락은 한국, 중국, 일본 등 동아시아에서 2천 년간 공유

숟가락과 젓가락처럼,
함께 있어야 더 어울리는 우리처럼.

오래오래 건강하고 행복하시라는 마음.

해온 동아시아 문화의 원형이다. 둘째, 중국과 일본은 수저를 쓰긴 해도 젓가락을 더 많이 쓰고, 숟가락은 보조의 역할이지만 우리나라는 국물을 떠먹는 숟가락과 반찬을 집어먹는 젓가락의 쓰임새가 비등하다. 셋째, 중국은 한 상에 둘러앉아 반찬을 가운데 두고 덜어 먹으니 긴 젓가락을 쓰고, 일본은 생선을 많이 먹는데 가시를 발라내기 위해 짧고 뾰족한 젓가락을 쓴다. 우리나라는 길이와 두께가 적당한 젓가락을 쓴다. 넷째 젓가락을 사용하려면 손가락을 많이 움직여야 하므로 신체적으로 뇌의 움직임도 활발해진다. 중국과 일본은 나무 젓가락을 쓰는데 우리나라는 어릴 때부터 사용하기 어려운 금속 젓가락을 사용하니 두뇌가 빨리 발달해 삼국 중 가장 지혜로운 민족이다.

하루에도 몇 번씩 손에 들고 사용하는 이 작은 젓가락으로 한중일 삼국의 문화와 국민성을 일목요연하게 설명하시니 이어령 선생님의 이런 글을 대할 때마다 존경심이 솟아오른다.

내가 기자 시절에 가끔 글을 쓰다가 막힐 때면 소문만 무성하고 봤다는 이는 없는 이어령 선생님의 방대한 메모함(독서 후 내용을 기록해 가나다 순으로 도서관 색인표처럼 정리해 놓으셨다고)을 열고 젓가락으로 필요한 내용만 쏙쏙 뽑아오고 싶다는 생각도 했었다. 이제는 컴퓨터의 에버노트에 자료를 정리하신다니 젓가락으로 뽑아오는 건 불가능해졌지만.

이렇게 젓가락은 우리 민족의 보물 같은 유산인데 최근 조사 결과를 보면 젓가락을 제대로 사용하는 아이들의 비율이 25퍼센트밖에 안된다고 한다. 아이들이 쓰기 어려운 젓가락보다 포크로 식사를 하는 일이 많아졌기 때문이다. 간장 회사에서 발효 명가로 70년 역사를 이어가고 있는 식품회사 샘표에서 한때 신입사원을 뽑을 때 면접 단계에서 젓가락으로 콩을 옮기게 하는 젓가락 사용법 심사를 도입한 것도 이런 맥락이다.

내 딸도 어렸을 때 젓가락질을 잘 못하기에 젓가락질을 도와주는 교정용 젓가락을 쓰게 했다. 단 며칠 만에 젓가락을 제대로 사용하는 걸 보고 신기했던 기억이 있다. 여럿이 밥을 먹을 때 젓가락질을 잘 못하는 사람을 보면 교정용 젓가락을 써보라는 말이 혀끝까지 올라오지만 그냥 참는다. 나는 좋은 의도로 얘기해도 받아들이기에 따라 잔소리 또는 오지랖으로 보일 가능성이 많기 때문이다. 예전의 나처럼 숟가락을 가까이 잡으면 이웃으로 시집가고, 젓가락을 멀리 잡으면 먼 곳으로 시집간다는 이야기를 믿을 세대도 아니다.

문화적으로도, 실용적으로도 유익한 숟가락과 젓가락은 따로 또 같이 선물용으로 좋다. 날렵하게 만든 젓가락이나 세트 구성이 예쁜 수저를 보면 몇 개씩 사두었다가 고마운 인사를 해야 할 때 선물했다. 숟가락이나 젓가락은 많을수록 좋을 거라고 믿고. 전에는 은수저세트를 선물하는 게 예의라고 생각했는데 요즘은 젓가락을 색깔별로 여러 개 묶어 선물하기도 한다. 수저를 모으는 원장님께도 예쁜 수저를 선물하려고 고르다가 호호당의 유기수저세트를 보았다.

'좋은 일만 있으라고, 호호당好好堂'은 우리 전통 색이 담긴 제품으로 보자기, 이불과 담요, 생활복 등 한국적 라이프스타일에 어울리는 물건들을 만들어 소개하는 곳이다. 노방이나 리넨, 광목으로 만들어 품격 있게 포장할 수 있는 보자기나 순면으로 만든 아기 백일복과 배꼽이불을 묶어 만든 백일선물세트 등이 화제를 모았다. 특히 제사 때나 보던 유기를 모던하게 디자인해서 소개하는데 구리와 주석을 78대 22의 비율로 합금해서 전 공정 수작업으로 만들어내는 유기그릇과 유기수저가 눈에 띄었다. 유기수저를 누빈 수저집에 넣어서 선물하기에 딱 좋은 모양새였다. 좋은 일만 있으시라고.

육포

씹어 먹는 **보약**

어릴 적부터 가장 좋아했던 백화점에 뒤늦게 입사해서 3년동안 즐겁게 일을 하고 나왔다. 이 나이에 무슨 특별한 일을 시작할 계획이 있는 건 아니었지만 '이만하면 되었다' 싶어 그만두었는데 나와 보니 막상 할 일이 없었다. 아침에 일어나 꼭 해야 할 일도, 가야할 곳도 없는 것도 괜찮구나 하면서 한껏 나른한 일상을 보내고 있을 때 궁중음식연구원의 한복려 원장님께서 연락을 주셨다.

잡지 기자 시절부터 먼 발치에서 존경의 눈길로만 뵙다가 트위터에서 다시 뵙고, 음식 좋아하는 이들이 모인 뒤박당 모임을 통해 자주 뵙고 있다. 2018년에는 정조가 어머니 혜경궁 홍씨를 모시고 화성에 나들이한 8일간의 일정을 기록한 〈원행을묘정리의궤〉에서 음식 부분만을 뽑아 재현한 〈수라일기〉 출간을 도와드리기도 했다. 자주 가까이에서 뵈면서 젊은 사람들보다 창의적이고 부지런하신 분인 걸 알았고, 무엇보다 음식에 관한 것이라면 열정적이고 너그러우심을 알게 되어 더 알아 모시고 있다.

그런 원장님께서 내 퇴직 소식을 들으시고 오랫만에 시간 여유가 생겼으니 공부를 하면 어떻겠냐며 연구원에서 운영하는 폐백이바지 단기과정에 들어오라고 권하셨다. 꼭 전문가가 될 건 아니지만 우리 전통 폐백이바지 문화를 들여다보고 싶은 욕심에 바로 수강신청을 했다.

궁중음식연구원의 폐백이바지반은 전통 혼례음식을 바탕으로 변화한 현대의 결혼 풍속에 맞는 폐백 이바지 음식을 만드는 전문가를 양성하는 수업이었다. 전통 혼례의 형실과 절차, 지역별 혼례풍속을 알아보고 구체적인 폐백 상차림과 이바지 음식의 종류와 조리법을 이론과 실습으로 익히는 과정이었다. 전통 혼례음식에 대한 이론 수업도 재미있었지만 육포와 봉치떡, 오색장식 닭부터 시작해서 각종 전과 육류 및 어류 조림과 구이, 한과, 마른안주 등을 10회 과정에 만드는 실습이 매력적이었다. 가장 더운 여름 2주일 동안 매일 반나절씩 수업에 참가해 수료증을 받았다.

첫 시간에 육포 만들기를 배웠다. 짜고 질긴 미국 산 육포만 먹다가 연구원에 드나들면서 우리 전통 육포를 맛보면서 언젠가 한번 우리식 육포를 만들어보고 싶던 참이었다. 서너 명씩 한 조가 되어 고기를 받아와 핏물을 빼는데 그 과정이 수고롭게 느껴질 만큼 정성스러웠다. 근막 떼고, 청주 물에 헹궈 물기 빼고, 양념간장에 적셔 장물이 다 없어질 때까지 오래도록 주물러서 말리면서 모양잡기까지 한 장 한 장 손으로 하다 보니 육포가 손이 많이 가는 요리임을 알게 되었다. 음식이란 게 직접 만들어보면 수고로움을 알게 되어 다 소중하게 여겨지지만 그중에서도 육포는 TV보면서 아무 생각 없이 질겅질겅 씹어 먹기에는 과분한 음식이었다.

육포를 다 만들고 나서 장식하는 과정도 정성스러웠다. 잣 고깔을 떼고 반을 갈라 동그랗게 꽃잎처럼 만든 뒤 가운데는 대추껍질을 말아 만든 대추 꽃 장식을 육포 위에 세 개씩 붙이니 어떤 케이크보다도 점잖은 장식이 되었다. 육포와 잣 색깔의 조합, 세 개의 장식, 청홍 끈으로 묶기 등 음식 곳곳에 축복받은 혼례가 되도록 축원을 담은 상징이 들어 있었다. 육포를 만드는 정성이 이러하니 내 마음을 온전히 전해야 할 상황이 생기면 이걸 선물해야겠구나 하고 마음이 움직였다.

집에 와서 혼자 해보려니 엄두가 안 났다. 가을에 해서 연말에 선물하자고 미뤘고, 가을에는 내년 초에 만들어서 설에 선물하자고 미뤘다. 그렇게 삼 년이 지났고, 나의 육포 선물에 대한 꿈은 여전히 미완성이다.

육포의 대가들

어쩌면 그 게으름의 근원은 제대로 만든 육포를 먹을 기회가 남보다 많다는 것에도 있다. 우선 나의 고등학교 대선배이자 경기음식연구원 원장 겸 신세계 한식연구소 소장인 박종숙 선생님은 수시로 주소를 확인하고 묵직한 음식꾸러미를 투척하신다. 지난 이십 년 동안 이유는 여러 가지였다. 딸내미 먹이라고, 마감할 때 먹고 기운 내라고, 바빠서 음식 할 시간 없을 테니 챙겨 먹으라고, 병환 중인 어머니 차려 드리라고…….

열어보면 어릴 적 종합선물세트처럼 여러 가지가 고루 들어있다. 김치, 육포, 멸치액젓, 참기름, 겹된장, 약고추장 등 정성껏 만드신 음식보따리를 열 때면 늘 눈앞이 흐려진다. 받아먹기가 죄송스러워 직접 받으러 가겠다고 공수표만 날린 적도 여러 번. 그럼에도 가끔 생각나는 게 선생님표 육포. 한우를 아주 얇게 켜서 청주에 세 번 정도 헹궈서 핏물을 빼고, 다린 간장에 재워 바짝 말린 후 두들기고 눌리고 다시 두들겨 만든다. 짜지도 않고, 싱겁지도 않고, 딱 간이 맞고, 씹는 맛이 달달하다. 자꾸 생각나는 맛이다.

또 하나는 남산 품서울의 육포. 코스가 시작되기 전 높은 그릇에 생밤과 튀긴 연근, 그리고 잣가루 묻힌 육포가 단정하게 담겨 나온다. 육포와 어란, 무가 나오기도 하는데, 어쨌든 육포는 고정 메뉴. 셰프이자 스타일리스트인 노영희 셰프의 시그니처 스타일인 정갈함이 여기서부터 느껴진다. 어른 손가락 반만한 크기로 한입에 쏙 들어가는 육포는 얇으면서도 살짝 씹히는 맛이 있고, 끝에 꿀 묻혀 바른 잣가루의 고소함이 보태져 식사를 기다리는 동안의 허기를 해결해준다. '고급스런 맛'이라는 말 안 되는 표현이 여기서는 딱 어울린다.

음식에 대한 애정과 성실함으로 재우고 두들겨 말린 육포를 맛볼 수 있는 건 행운이다. 고마운 인연을 빌미삼아 가끔 육포 한두 장씩 얻으면 그걸 쟁여놓고 아끼며 먹는다. 육포가 가장 요긴한 때는 등산할 때. 청계산이나 남산, 관악산 둘레길을 걸을 때 간단한 간식 봉투를 챙긴다. 육포와 초콜릿 과자, 사과 또는 오이를 조금 싸서 들고 간다. 사과나 오이는 갈증을 해결해주지만 지쳤을 때 육포만큼 든든한 게 없다. 어느 날인가는 지쳐 주저 앉아 있다가 육포를 몇 조각 먹었더니 눈이 크게 떠지는 걸 실감한 적이 있다. 그후로는 육포가 등산 필수품이 되었다.

육포에 대한 이야기를 되새기다 보니 입에 침이 차오른다. 올 겨울에는 기필코 나도 육포 만들기에 도전해서 잔뜩 쟁여두고, 주변에도 나눠보리라고 다짐해본다. 그러려면 식품건조기를 먼저 사야 하는구나. 늘 장비 욕심이 의지를 꺾는다.

재활용 참 ○축하

삶의 조각을 모아 만든 럭셔리

2018년 5월, 평생 우리 자수와 조각보를 모아 전 세계에 우리나라 '보자기'의 아름다움과 유용함을 알려온 허동화 한국자수박물관장님이 돌아가셨다. 오래 전에 인터뷰를 위해 만난 인연을 빌미로 가끔 도움말을 얻기도 했는데 이제 더 이상 뵐 수 없다니 아쉽고 죄송했다. 암 통보를 받고 주변을 정리하면서 평생 모은 보물들 5천여 점을 서울 공예박물관에 기증하셨다는 기사를 접하니 더욱 존경심이 일었다.

엄마들이 쓰던 낡고 헤진 허드레 천 조각으로 집집마다 굴러다니던 우리의 조각보는 허동화 관장님이 전국 방방곡곡을 돌아다니며 모아서 살려냈고, 이어령 선생님이 융통성 있고 포용력 있는 보자기의 기능적 장점과 몬드리안과 마크 로스코와 견줄 만한 추상미술품이라고 의미를 부여하면서 우리의 소중한 문화유산이 되었다. '복福'에서 나왔다는 말인 보자기, 그중에서도 조각 천을 이어 붙인 조각보는 생활필수품이자 삶의 애환을 담은 예술품이다.

내가 좋아하는 물건들이 몇 가지 있는데 그중 하나가 조각보다. 네모이건, 세모이건 뭐든 쌀 수 있는 보자기의 기능적인 면보다는 조형적 아름다움에 늘 눈을 뺏긴다. 각각이 조각일 때는 의미가 없지만 그것들이 모여 한 땀 한 땀 바느질로 이어져 조금씩 커져가는 그 과정은 소중하고, 완성된 조각보가 보여주는 균형감은 경이롭다. 아메리칸 퀼트와 과정을 다르지 않지만 소재의 두께나 바늘땀의 크기, 완성품이 풍기는 예술적 완성도는 우리 조각보가 한 수 위라고 감히 말할 수 있다.

허동화 관장님의 논현동 한국자수박물관이나 회현동 초전섬유퀼트박물관에서 조각보를 충분히 볼 수 있지만 요즘 더 맘이 가는 곳은 강릉 동양자수박물관이다. 조각보도 있지만 강릉의 공예품 중 유명한 '수보자기'와 '색실누비쌈지'도 볼 수 있다. 자수와 색실누비를 보고 있노라면 한 땀 한 땀 삶의 애환을 담아 수를 놓고 천을 누볐을 여인들의 모습이 떠올라 맘이 짠하다.

전해지는 이야기에 따르면 대관령 넘어 한양으로 과거를 보러 가는 남편을 위해 강릉 여인이 몸에 지닐 수 있는 주머니를 만들고 그 위에 한 땀 한 땀 수를 놓은 것이 색실누비쌈지의 기원이다. 여느 쌈지와 다른 점은 바느질한 모양이 추상적이고 현대적이어서 공예품으로뿐만 아니라, 디자인적으로도 가치가 높다고 전해진다. 지난 2018년 평창동계올림픽의 예술포스터 전시회에 당선된 포스터(황수홍, 홍현정 작 '겨울 스티치')에도 색실누비쌈지의 디자인이 그대로 반영되어 있다. 이 공예품들은 시서화에 능했던 신사임당처럼 강릉의 여인들의 미적 수준이 빼어남과 강릉 규방문화의 수준을 보여주는 사례가 되기도 한다.

이렇게 손으로 만든 조각보, 색실누비, 자수처럼 이미 쓸모가 다한 물건을 예술적으로 되살리는 일은 우리 조상들만 해왔다며 자부하던 나를 놀라게 한 사건이 에르메스의 쁘띠아쉬 전시였다.

에르메스가 세상에 기여하는 법

세계적 유명 브랜드인 에르메스는 제품의 제작 과정부터 제품 네이밍까지 다양한 스토리를 갖고 있으며, 예술적 영감을 존중하는 브랜드이다. 원 재료의 희소성, 제작 과정의 난이도, 몇 년에 달하는 제품 공급 기간, 수입 관세 등으로 에르메스의 제품 가격은 늘 구름 위에 있어 범접하기 어렵다. 하지만 해마다 에르메스 미술상을 시상하고, 유명한 프랑스 작가와 한국의 젊은 작가들의 전시를 기획해 볼거리를 선사한다는 점에서 다른 브랜드보다 호감을 갖고 있는 브랜드다. 에르메스의 제품들은 대부분 고가이지만 스카프나 소품 하나 장만해서 십수 년을 뿌듯하게 잘 쓰고, 넥타이 하나 선물하면 오래도록 나를 기억해주는 제품을 만드는 브랜드이기도 하다. 어찌 보면 가성비가 좋다고 할 수도 있다.

전시를 보거나 선물을 사러, 지하의 카페 마당에서 미팅하러 가끔 들르는 메종 에르메스 도산에서 2017년 겨울에 독특한 전시를 한다는 소식을 들었다. 에르메스 제품을 만들고 남은 자투라기 가죽과 천을 활용해 만든 작품들의 전시인 쁘띠아쉬petit h였다. 쁘띠아쉬는 2010년에 에르메스의 6대손인 파스칼 뮈사르Pascale Mussard가 만든 카테고리이다. 에르메스에서 제품을 만들 때 사용하고 남은 소재들과 브랜드의 노하우를 바탕으로 아티스트와 디자이너들이 한곳에 모여 새로운 오브제들을 탄생시키는 크리에이티브한 워크숍에서 만든 작품들이다. 프랑스 외곽인 팡탕Pantin의 아틀리에에서 작업하고, 파리 세브르Sevres 매장에서만 상시 판매한다니 전시가 아주 특별한 기회임을 알 수 있었다.

가방과 지갑을 만들고 남은 가죽들, 스카프와 옷을 만들고 남은 실크, 가방의 장식으로 사용하고 남은 열쇠와 금속 장식품들, 제작 과정에서 깨진 도자기 조각 등이 모두 창작의 재료가 되었다. 자투라기들로 새로운 오브제를 만들고, 이질적 소재들을 조화시킨 아이디어가 산뜻했다. 기존 제품보다 더 구매욕을 불러일으키는 매력적인 작품도 있을 정도였다.

한국 전시를 위해 특별히 준비했다는 호랑이Horange는 1백89개의 송아지 가죽조각을 모아 2백 22시간에 걸쳐 손으로 작업해 만들었다. 한국식으로 'Ho rang e 호랑이'라고 읽어도 되고, 'H orange 에르메스 오렌지'라고 읽어도 된다고. 그렇게 조각 가죽을 모아 닭과 토끼, 강아지와 말이 나란히 전시되어 있었다. 종이섭기처럼 만든 수탉 모양의 수납장, 패치워크처럼 색색 가죽으로 만든 토끼 장식 선반도 위트 있게 전시되었다.

깨진 도자기 조각들을 다듬어 만든 포슬린 모빌, 넥타이 끝부분을 모아 장식한 거울, 조각 실크 천을 도르르 말아서 만든 팔찌, 기둥이 부러진 와인 잔으로 만든 찻잔, 조각 모피로 만든 베스트, 금속으로 된 가방 잠금쇠와 고리들로 장식한 벽 거울 등 수많은 제품들이 진열되었다.

그중에서도 가죽을 자르고 오리고 뚫어 만든 다양한 동식물 문양의 참들이 눈에 띄었다. 가격대가 가장 만만해서 그런 것도 있고. 서울 전시에 맞춰 일부러 준비한 듯 호랑이, 기와집, 도자기, 부채 등 동양적 문양이 눈에 띄었다. 편칭으로 '서울'을 새긴 참도 인기가 좋다고 들었다.

'에르메스'라서가 아니라 소중한 자원을 그냥 버리지 않고 다시 새로운 물건으로 만들어내려는 그 의도가 좋다. 동서고금을 막론하고 재료에 대한 애정 없이 좋은 물건을 만들어내는 장인은 없다. 재료의 시작부터 마지막까지 관심을 갖고 다루는 것이 진정한 장인이다. 재료를 소중히 하고, 환경을 보호하고, 일상의 작은 물건에도 예술성을 부여하자는 것이 이 쁘띠아쉬 참의 존재 이유다. 이 세상의 좋은 가치를 만들어가는 것에 대한 에르메스 식 제안이다. 그런 이유에서 이 쁘띠아쉬 참은 장인 정신으로 유명한 '에르메스'란 럭셔리 브랜드의 제품을 선물한다는 것보다 진정한 럭셔리의 가치를 선물한다는 의미를 담을 수 있는 안성맞춤 아이템이다.

겨울 선물

스노 글로브

○ 축하

세상을 **안에 넣었어**

학창시절에는 그리 집중력이 좋지 않았던 내가 글을 쓰면서 집중력이 좋아졌다. 한 번 시작하면 몇 시간이고 옆에서 누가 뭐라 하거나 말거나 글쓰기에 집중한다. 일이 즐거우면, 하고 싶은 일을 하면, 집중력이 생기는 건가 해서 나의 집중력을 꾸준히 관찰하면서 연구 중이다. 시간 가는 줄 모르고 글을 쓰다 보니 전화가 오거나 화장실 가기 전에는 모니터에서 눈을 떼지 못한다. 눈의 피로도가 높아지는 듯해서 얼마 전부터는 하루에 몇 번씩 일부러 일을 멈추고 멍 때리기를 한다. 이렇게 멍 때리기 할 때의 도구는 책상 위에 놓여 있는 스노 글로브다.

작년에 성수동 오르에르 아카이브에 갔을 때 사온 것인데 반구

형의 투명 용기 안에 미세한 모래처럼 반짝이는 입자가 들어 있다. 흔들면 흔드는 대로 미세 입자들이 바닷가의 파도처럼 밀려가고 밀려오면서 물보라를 일으킨다. 균형을 잡으면 입자들이 차분히 가라앉아서 이전과는 다른 표면을 만들어낸다. 이 입자들의 율동을 보고 있노라면 내 마음도 입자들을 따라 차분히 가라앉는다. 마음은 순식간에 대관령을 넘어 강릉 경포대 모래사장에 자리를 잡고 앉았고 귓가에는 파도가 만드는 교향악이 넘실거린다. 친구가 이걸 보더니 무슨 스노 글로브가 이렇게 심심하냐고 한다. 스노 글로브라 하면 안에 크리스마스 트리와 산타클로스 머리 위로 눈발이 흔들리거나 파리 에펠탑 위에 금가루가 흩뿌려지는 정도는 되어야 볼 만한 거 아니냐며. 그 말이 맞긴 하다. 그런데 안에 모형이 가득한 스노 글로브를 보고 있으면 영화 〈트루먼쇼〉가 떠오른다. 트루먼이 사는 세상은 스노 글로브 안이고, 난 하루 종일 트루먼의 일상을 지켜보는 시청자가 된 느낌이다.

베르나르 베르베르의 〈개미〉를 읽고 세상 모든 미세한 것들에도 생명이 있음을 새삼 깨달아 한동안 개미를 밟지 않으려고 땅만 보고 다녔다. 그후 내 눈에 보이는 모든 것에 자기들만의 커뮤니케이션 방법이 있을 것 같고, 나 역시 저 거대한 우주 밖에서 볼 때면 개미 같은 존재일지도 모른다는 상상을 하기도 했다. 〈트루먼쇼〉를 보며 그 생각은 점점 구체화되었고, 스노 글로브의 내부가 정교할수록 상상의 날개는 끝없이 펼쳐졌다. 그래서 내 멍 때리기의 도구는 상상의 날개가 너무 펼쳐지지 않도록 가장 심플한 바다의 이미지를 닮은 것으로 고른 것이다.

세상에 뿌려진 사랑만큼

스노 글로브의 시삭은 1889년 파리 만국박람회에서 화세가 된 '에펠탑 모형을 넣은 문진'이다. 몸체 아랫부분에 오르골을 넣어 태엽을 감으면 빙글빙글 돌면서 악기 연주소리가 나는 것도 있고, 눈을 현혹시키는 눈가루나 반짝이가 그 안에서 날리는 게 우리가 아는 스노 글로브다. 크리스마스 무렵이면 각양각색의 크리스마스 트리와 통나무집, 산타클로스와 루돌프 등 크리스마스의 상징적 요소들을 넣어 만든 스노 글로브가 선물가게의 진열대에 등장한다. 유명 관광지에 가면 랜드마크가 되는 건물이나 문화유적의 모형을 조그맣게 만들어 안에 넣어 만든 스노 글로브가 관광객들의 가방마다 하나씩 담긴다.

우리 집에도 딸이 여행 갈 때마다 여행지에서 사온 스노 글로브가 장식장에 가득하다. 파리의 에펠탑, 헬싱키의 대성당, 바르셀로나의 가우디성당 등 여행의 추억이 스노 글로브 안에 고스란히 담겨 있다. 영화 〈언페이스풀Unfaithful〉을 보다가 거실 창가에 가득 진열되어 있는 스노 글로브에 햇빛이 쏟아지는 아늑한 장면을 보고 나중에

연분홍 벚꽃 나무 위로 눈가루가 훨훨.

손 안에서 도원경이 펼쳐진다.

근심도 시름도 순간 사라진다.

저렇게 진열해도 좋겠다 싶었다. 자리에 놓여 있을 때는 차분하지만 아래 위로 한번 흔들어놓았을 때 그 안은 반짝이는 혼란으로 가득 차버리는 우리네 인생처럼 영화의 내용은 혼란스럽게 흘러갔지만.

요즘은 인테리어 소품 가게나 선물 편집숍에 독특한 스노 글로브들이 눈에 띈다. 안에 유명한 시의 한 줄을 써넣은 것이나 영화 〈미녀와 야수〉에 나오는 붉은 장미 한 송이를 넣은 것도 있다. 좋은 글귀가 든 스노 글로브는 좋은 날, 세상에 가득 사랑을 뿌려주겠다는 의미를 담아 축하 선물로 해도 좋다.

제주감귤

겨울을 즐겁게 해주는 **새콤한 맛**

바야흐로 내가 좋아하는 계절, 겨울이다. 코끝이 찡하게 찬바람 맞으며 정신 바짝 차리고 걷는 기분이 끝내준다. 가끔은 하얀 눈이 온 세상을 덮어 감성이 몰랑몰랑해지는 것도 좋고, 추운 밖에 있다가 실내로 들어갔을 때 나를 끌어안아주는 따뜻함에 '휴~'하고 숨을 내쉬는 것도 좋다. 내 의사에 관계없이 하염없이 몸과 마음이 늘어지는 여름보다 온몸에 살짝 긴장감이 감도는 겨울이 딱 좋다. 가장 신나는 건 귤을 마음껏 먹을 수 있다는 것.

비닐하우스 재배에 품종 개량으로 수확 시기가 넓어져 일 년 열두 달 아무 때고 슈퍼마켓에 깔려 있는 게 귤이지만 아무래도 제철인 겨울이 가장 맛도 좋고, 값도 싸다.

귤은 참 기특하다. 별 도구 없이 손으로 껍질만 까면 바로 먹을 수 있고, 뱉을 씨도 없고, 목마를 때 갈증을 해소해주고, 비타민C도 많고, 껍질은 말려두었다 차를 끓여 먹을 수 있으니 버릴 것도 없다. 한꺼번에 너무 많이 먹으면 손톱이 노래지는 건 문제도 안 된다.

어떻게 이렇게 단점 하나 없이 장점만 있는 과일이 있을까? 우리나라 귤의 99.5퍼센트를 생산하는 제수도에서는 귤나무 한 그루로 아이들 학교 보낼 수 있을 만큼 수익을 낸다 해서 '대학나무'라고도 불렀으니 이렇게 고맙고 기특한 과일이 또 없다.

그러니 제주도에는 귤나무 없는 집이 거의 없다. 언제부터 제주에서 귤이 자랐는지 찾아보니 삼국시대인 4세기 이전부터 제주에서 귤을 재배한 걸로 추정되고, 고려시대부터는 정기적으로 특산물인 귤을 왕에게 바쳤다는 기록도 있다. 조선시대 〈세조실록〉에는 '감귤은 종묘에 제사 지내고, 손님을 접대하는 데 유용하게 쓰인다'는 내용과 감귤의 종류가 자세하게 기록되어 있다. 품종은 변했다 해도 귤은 1천5백년 이상 제주에 뿌리를 내리고 제주 사람들의 생계를 돕고 있는 것이다. 요즘은 당도 관리도 엄격하게 해서 8~9브릭스 이상만 제주감귤이란 이름을 붙여서 출하하고 11~12브릭스는 되어야 품질우수감귤이란 표시를 붙일 수 있다. 달지 않으면 제주감귤이 아니란 얘기다.

2018년 가을 평양 정상회담 때 선물로 북한산 송이버섯을 받은 것에 대한 답례품으로 뽑힌 것도 제주 감귤 아닌가. 귤은 따뜻한 지역에서만 자라니 북한에서는 구하기 어려운 과일이기도 하고, 우리나라 최북단 함경도 칠보산의 송이버섯에 최남단 제주도 한라산의 감귤로 답을 하니 상징적 의미까지 보태져 뉴스를 보면서 선물을 잘 골랐다는 생각을 했다.

겨울이 다가오면 제주에 사는 지인들의 소식에 귀를 세운다. 우연이지만 내가 기자 시절에 편집장이었던 분 중 두 분이 제주로 내려가 각각 동쪽과 서쪽에 터를 잡고 사시고, 업계 선배, 지인 등 제주로 이주한 분들이 꽤 있어서 내 SNS에는 제주 이야기가 종종 올라온다. 귤 농사를 짓는 분들이 귤을 따기 시작했다는 포스팅을 올리면 바로 연락해서 귤을 받아먹는다. 월간 〈행복이 가득한 집〉 편집장이었던 시인 정희성 선배네 귤은 딸의 이름을 따서 '새미네맛귤'이다. 농약 없이 키워서 귤의 모양도, 껍질 빛깔도 시중에 유통되는 것과는 차이가 있는데, 맛은 아주 달다. 〈유혹의 기술〉, 〈커피견문록〉 등의 양서를 펴내는 이마고출판사를 운영하다가 제주로 내려가 표선에서 북살롱 이마고를 운영 중인 김미숙 대표님은 이웃들의 귤까지 연결해서 보내주신다.

상품 가치가 좋은 귤이 많지만 지인들이 직접 농사지은 귤은 먹으면서 기분도 좋고, 응원하는 마음을 전한 게 뿌듯해서 더 맛있게 느껴진다. 상자당 달랑 한 상자 시키기가 미안해서 지인들에게도 한 상자씩 보내는데 기존 상품과 달라서 인사를 많이 받는다. 그 외에도 맛있다고 소문난 제주의 몇 개 과수원 연락처를 저장해놓고 선물할 일이 있을 때 자주 이용한다.

돌려받은 귤

귤 선물하면 생각나는 에피소드가 있다. 2007년 2월에 신세계백화점 본점 리뉴얼 오프닝이 있었다. 오프닝에 맞춰 브로슈어 제작을 잡지사에서 맡아 2006년 겨울부터 두어 달 본점 담당자와 수시로 연락해가며 작업을 했다. 잡지와 브로슈어는 톤 앤 매너가 다른데 첫 작업이라서 나와 기자들은 물론이고 본점 담당자도 꽤 고생을 했다. 브로슈어가 나온 뒤 고마운 마음에 직원들과 나눠 드시라고 담당 팀장님에게 제주감귤 한 상자를 보냈다. 그때 귤 한 상자 가격이 1만 3천원이었다.

팀장님은 귤을 받고 바로 나에게 전화를 했다. 신세계백화점에서는 협력업체와 물건을 주고받지 않는 룰이 있다며 돌려보내겠다는 것이다. 나는 일도 끝났고, 청탁이라 하기엔 정말 약소한 금액인 1만 원 상당의 귤이고, 이걸로 내가 생색낼 것도 아닌데 뭘 그러냐고 그냥 드시라 했지만 그분은 룰을 지켜야 한다며 정말로 귤을 돌려보냈다.

며칠 후 귤이 돌아왔다. 열어보니 핑퐁 배달로 구석구석 귤이 물러 있었다. 물러 터진 귤을 골라내며 아까운 맘도 들었지만 신세계백화점이 청렴한 백화점의 기준을 잘 잡고 있는 회사라는 걸 알게 된 것이 즐거웠고, 그런 백화점의 잡지를 만들고 있다는 게 뿌듯했다. 청탁금지법, 일명 김영란법이란 말이 나오기도 한참 전의 일이다.

이번에도 제주 지인들의 노오란 제주감귤 수확 포스팅이 올라오기를 기다리고 있다. 나 혼자 손끝이 노래질 수는 없다. 올해는 한 분이라도 더 손끝을 노랗게 만들리라.

열쇠 목걸이 ○ 사랑

내 마음을 **열어줘**

남산은 사계절 언제 가도 좋은 곳이다. 봄이면 나무마다 꽃이 피고, 새순이 올라오고, 여름이면 녹음이 우거져 햇빛을 피할 수 있는 나무 그림자가 좋다. 가을이면 단풍으로 굳이 남도로 떠나지 않아도 오색 단풍잎의 장관을 만끽할 수 있고, 겨울이면 나뭇가지에 흰 눈을 잔뜩 들고 있는 숲의 설경을 구경할 수 있어 좋다. 요즘 같은 날씨에는 초입에선 좀 쌀쌀함을 느끼지만 올라가다 보면 입에서 따뜻한 김이 나오고, 꼭대기에 올라가면 쨍한 찬바람이 반갑다.

남산타워에 올라갈 때마다 난간에 가득 달린 '사랑의 자물쇠'를 본다. 색색의 자물쇠에는 '미영(♥)성주' 같은 이름이 쓰여 있다. 얼마나 좋으면 저렇게 자물쇠에 써서 꽁꽁 묶어둘까? 저분들은 지금도 사랑하고 있을까? 자물쇠를 꽁꽁 묶을 때의 그 마음 그대로일까? 아니면 다른 인연을 찾아 갔을까? 아무것도 확인할 수 없지만 자물쇠 벽 앞에 서면 자물쇠 하나하나에 쓰인 이름을 보면서 그런 상상을 하곤 한다. 어쨌든 그 당시에는 확실히 뜨겁게 존재했을 그 사랑을 축복하며.

이 '사랑의 자물쇠'에 관해 전해오는 이야기는 좀 슬프다. 지금부터 약 1백년 전인 제 1차 세계대전의 기간에 세르비아의 여인 '나다'와 세르비아 장교 '레자'는 사랑에 빠졌는데 레자가 전쟁터로 떠나게 되었다. 눈물로 이별하고 떠난 레자는 전쟁터에서 다른 여인을 만나 사랑에 빠졌고, 나다는 마음의 상처를 이기지 못해 심장마비로 세상을 떠났다. 그들의 사랑을 보존하고 싶었던 세르비아의 여인들이 자물쇠에 나다와 레자의 이름을 적어 자주 다니던 루바비다리 난간에 매달았다.

이 로맨틱한 풍습이 2000년대 초반에 유럽 전역에 유행처럼 번지면서 피렌체의 베오그라드, 베니스의 리알토, 파리의 퐁데자르, 에든버러의 포스 로드교, 프라하의 카렐교 등에 사랑의 자물쇠가 우후죽순으로 달리기 시작했다. 하지만 수많은 자물쇠로 인해 다리의 안전이 염려되고, 역사적 유물을 훼손하는 등의 부작용이 생기자 이제는 많은 도시에서 사랑의 자물쇠를 제거했고, 심지어 비싼 벌금을 내게 한다는 소식을 들었다. 이해는 가지만 '사랑의 자물쇠'라는 낭만적인 이벤트가 점점 자취를 감추고 있는 건 좀 아쉬웠다.

친구와 유럽 여행을 가서 다리에 '우정의 자물쇠'를 묶고 십 년 후에 다시 같이 가자고 약속하며 열쇠를 각각 하나씩 나눠 가졌다는 후배를 만난 적이 있다. 그 뉴스를 보고 다시 갈 핑계가 없어져서 서운하긴 했지만 어쨌든 열쇠를 보관하고 있다고 했다.

나도 가끔 쓸모를 잃은 열쇠를 발견한다. 책상 서랍이나 액세서리 보관함을 정리하다 보면 무엇을 열 수 있는 건지를 기억할 수 없는 열쇠가 한두 개씩 나온다. 크기와 모양으로 보아 사춘기 시절의 유치함에 부끄러워 얼굴을 붉히며 찢어버린 중학교 때 일기장 열쇠일 때도 있고, 옛날 집에 있던 수납장의 열쇠일 때도 있다. 열어야 할 대상이 없는 열쇠는 존재할 이유가 없다. 그렇다고 그냥 바로 폐기 처분하기에는 그 모양이 너무 정교하다. 길고 짧고, 깊고 얕은 홈들의 무한대 조합으로 인해 어느 것 하나 같은 열쇠가 없다는 것도 신기하다.

'열쇠'에는 여러 가지 의미가 있다. 첫째는 자신의 재산을 보관하려면 자물쇠로 잠궈야 하니 열쇠는 보호할 만한 재산을 가졌다는 의미로 부와 권력의 상징을 갖고 있다. 둘째는 잠긴 문을 열고 들어갈 수 있는 도구가 열쇠이니 행운의 상징이기도 하다. 누군가의 마음의 문을 열고 들어갈 수 있다는 의미로 사랑의 상징이 되기도 한다. 독일에서는 임산부에게 열쇠를 선물하면 아기가 문 열고 나오듯이 순산한다는 이야기도 전해진다.

파란 상자만 봐도 이미 심장은 두근두근

유명한 주얼리 브랜드인 티파니에서는 매년 연말 '키 컬렉션'이란 이름의 목걸이를 선보인다. 1800년대의 빈티지 열쇠에서 디자인 모티브를 딴 키들은 빈티지 오벌 키, 아름다운 꽃모양의 플뢰르 드 리스 키, 심플하게 디자인한 모던 키까지 금과 은 소재는 물론이고, 다이아몬드까지 세팅하여 화려하게 장식한 열쇠 목걸이들이다. 스타일도 다양하고, 소재가 다양하니 가격대도 넓어서 선물용으로 좋다.

나도 티파니의 키 목걸이를 선물 받은 적이 있다. 상자부터 '티파니'를 외치고 있는 블루 박스에 하얀 실크 리본, 선물에 대한 만족도는 여기서 이미 끝난다. '경제학자 마틴 린드스트롬은 6백 명의 여성을 대상으로 한 연구에서 티파니를 상징하는 푸른색을 본 여성들의 심장 박동이 22퍼센트 상승한다는 결과를 밝혔다'는 기사를 보니 확실히 나만 그런 건 아니다.[*]

에르메스Hermes의 오렌지색, 까르티에Cartier의 버건디burgundy 색만큼 유명한 브랜드 컬러가 티파니 블루Tiffany blue다. 티파니에서는 이 색상을 1845년부터 사용해왔다. 티파니 창업자 찰스 티파니Charles Tiffany가 최초로 발행한 하이주얼리 컬렉션 카탈로그인 티파니 블루

은빛으로 반짝이는 열쇠.

아마도 이 열쇠로 누군가의 마음을
열 수 있을 거라는 희망을 품고.

겨울 선물

북의 커버로 이 색을 고른 것이 계기였다. 19세기 주얼리 업계에서 터쿼이즈Turquoise 보석이 유행하자 그 색을 카탈로그의 표지로 했을 거라는 추측이다. 그때까지만 해도 '로빈스 에그 블루Robin's egg blue' 또는 '포겟 미 낫 블루Forget me not blue'로 불리던 이 푸른색은 이후 '티파니 블루'라는 이름으로 통용된다.

1998년에는 세계적인 색상 시스템회사인 팬톤에서 개인 맞춤 색상으로 티파니 블루를 따로 생산하며 티파니의 창립 연도인 1837을 PMS(팬톤 컬러코드, Pantone Matching System) 1837로 부여했다. 팬톤 컬러칩을 아무리 뒤져도 티파니 블루는 없다. 팬톤에서 티파니 블루는 티파니에만 독점적으로 공급한다는 얘기다. 이 정도로 정체성이 강한 하늘색 네모난 작은 상자 안에는 뭐가 되었든 반짝이는 물건이 담겨 있으니 세상에 이보다 강력한 마케팅은 없다.

컬러만큼 티파니를 유명하게 한 것은 오드리 헵번Audrey Hepburn이 뉴욕 티파니 매장 앞에 서 있는 사진으로 유명한 영화 〈티파니에서 아침을〉이다. 티파니는 호텔도 식당도 아닌 보석가게인데, 상류사회에 들어가고 싶은 주인공 홀리(오드리 헵번 분)가 부의 상징인 보석가게 앞에서 신분상승을 꿈꾸며 커피와 크루아상을 먹는 장면 때문에 붙은 제목이다. 이 영화가 전세계적으로 흥행에 성공하면서 티파니도 전 세계적으로 유명해졌다.

영화가 개봉된 때는 1961년이었고, 60여 년이 흐른 지금, 세상이 달라졌다. 2017년 말부터 티파니 뉴욕 플래그쉽스토어 4층에 '블루박스 카페'가 생겨 실제로 티파니에서 아침을 먹을 수 있게 되었다. 또 지방시의 우아한 블랙드레스를 입고 긴 담뱃대를 물고 있던 오드리 헵번, 그녀가 나른한 목소리로 기타를 치며 부른 '문 리버 Moon river'와는 달리 찢어진 청바지에 하늘색 후드티를 입은 엘르 패닝Elle Fanning이 테이크아웃 컵을 들고 힙합 버전의 '문 리버'를 부른다. 광고 콘셉트도 '프로포즈용 보석'에서 '나를 위한 보석'으로 바뀌었다.

1백70년 역사의 티파니가 안 하던 카페 영업을 하고, 힙합 버전으로 광고를 하지만 여전히 변하지 않는 것이 하나 있다. 프로포즈로 받건, 나를 위해 내가 구입하건, 그 안에 무엇이 들어있건 티파니 블루 박스에 대해서는 누구라도 로망을 갖게 된다는 것.

지인이 선물해준 티파니 블루 박스 안에는 은으로 만든 길쭉한 열쇠 모양의 장식이 달린 목걸이가 들어 있었다. 은색이라서 어떤 옷에도 잘 어울리는 이 목걸이를 하고 외출하는 날은 괜히 마음이 설렌다. 오늘은 이 열쇠로 누구의 마음을 열 수 있을까? 어떤 행운의 문을 열 수 있을까?

*조선비즈 2019년 8월 12일자 기사 참조.

나무 십자가

안식과 **평화를 주소서**

    살면서 지니고 사는 게 꽤 많다 느껴져서 지난번 이사에서는 많은 물건을 버리고 나눴다. 아끼던 그릇과 책을 반 이상 줄였지만 요즘도 틈만 나면 또 줄일 게 없는지 집안을 둘러보곤 한다. 좋은 물건이 많은 가게나 전시회에 가서도 눈에만 담을 뿐 웬만해선 구입을 안 하게 되었는데 여전히 하나 둘 사들이는 물건 중 하나가 책과 손거울 그리고 십자가다. 특히 나무로 만든 십자가.

    첫 영성체 때 선물로 받은 나무 십자가 고상 외에 첫 배낭여행 때 바티칸에서 사온 작은 유리 십자가, 호두나무로 만든 십자가, 느티 나무 십자가 등 여러 십자가가 있지만 자꾸 손이 가는 건 나무 십자 가들이다. 원래 직선 두 개를 엇갈려서 만든 십자가는 태양과 별처

239

럼 영원한 생명의 상징이었다. 고대 페르시아에서 범죄자나 정치범, 노예 등 죄수를 처형하는 도구로 사용하던 것이 로마제국시대까지 이어졌다. 그러나 예수님이 인간의 죄를 대신해 십자가 위에서 죽었다가 사흘 만에 부활하심으로써 십자가는 인간에 대한 사랑, 극기, 희생, 겸손 등을 의미하는 기독교의 상징이 되었다.

'나를 따르려는 사람은 자기 자신을 버리고 제 십자가를 지고 따라야 한다'는 예수님 말씀처럼 십자가는 세상의 가치와 논리에 따라 편히 살기보다는 내 이웃을 내 몸과 같이 사랑하라는 기독교 정신을 의미하는 상징이 되어 기독교 가정에서는 집안의 가장 밝은 곳에 십자가를 걸고 그 십자가를 바라보며 늘 기도를 올린다.

처음 영세를 받으면 대부나 대모 등이 늘 기도하라는 의미로 묵주 팔찌나 탁상용 고상, 초와 촛대 등을 선물해준다. 성물은 사제에게 축성을 받은 후 사용하는 것이라 선물 받으면 주일미사 때 들고 가 신부님께 축성 받아서 사용한다. 급히 선물할 때는 명동성당 마당에서 오가는 신부님을 붙잡아 세워놓고 성물을 내밀어 축성해달라고 하기도 한다. 그렇게 첫 영성체 때 받은 십자가 고상을 거실 테이블에 올려놓고 오랫동안 지내왔다.

2015년 보고재갤러리에서 성물전을 할 때 최기 작가의 나무 십자가를 처음 보았다. 느티나무를 깎아 성경책을 올려놓는 대를 만들고 그 위에 십자가를 세운 작품은 나무가 주는 평온한 느낌과 형태를 만들기까지의 정성이 느껴져 보자마자 감동을 받았다. 홍수원 관장 말대로 십자가는 모든 그리스도교인들에게 가장 중요한 성상이고, 일상의 삶에서 뗄래야 뗄 수 없는 중요한 사물임에도 대부분의 사람들이 사용하는 십자가는 출처를 알 수 없는 대량 복제물이다. 젓가락 하나도 기계로 찍어내는 것과 달리 사람의 손을 써서 두드리거나 깎아서 만든 젓가락에 더 손이 가는 게 당연한데 하물며 성물에는 더 정성스러움이 보여야 하지 않을까?

작가들이 마음을 다해 만든 성물을 교인들이 자주 접하고 사용함으로써 개인 신심에 도움이 되고 나아가 공예가 우리 삶을 얼마나 아름답게 바꿀 수 있는지 경험하도록 만들었다는 전시에서 가장 꾸밈없고 소박한 모양새의 나무 십자가에 마음을 빼앗긴 후, 나무 십자가에 강렬한 소유욕이 생겼다.

마음을 담아 깎은 성물

다음 성물 전시에서는 작지만 일부러 거칠게 마감하고 색을 칠한 작은 나무 십자가를, 강화도의 유림상회에 가서는 손으로 직접 깎았다는 호두나무 십자가를, 최근에는 금속공예가였던 홍수원관장이 목공예를 배워 직접 깎은 느티나무 십자가와 성모상을 집에 들였다. 느티나무를 깎아 십자가를 만들고 황동으로 가시관을 씌운 십자가는 단순한 모양인데도 예수님의 고통과 사랑이 느껴지는 작품

햇빛과 물, 그리고
　시간의 힘으로 자란 나무를
손으로 깎아 만든 십자가.
황동으로 씌운 가시관.

이었다. 성모상은 느티나무를 깎아 성모님 형태를 만들고, 예루살렘 성지순례 때 주워왔다는 붉은 돌을 가슴에 박아 넣고, 뒤에 황동으로 광배를 만들어 완성한 것이다.

나무로 만든 성물은 단순한 모양새와 자연스러운 물성으로 성물의 원래 의미를 다시 일깨워준다. 청동이나 유리로 만든 단단한 재질의 성물들도 있지만 하늘의 햇빛과 땅의 물 그리고 시간의 힘으로 자라난 나무는 그 자체만으로 위대한 자연의 결실이기에 이 재료로 만들어낸 성물은 다른 재료로 만든 성물보다 더욱 성스럽게 다가온다. 특히 매끈하게 깎아낸 나무 십자가를 손에 쥐고 있으면 마음에서 비롯된 따뜻함이 몸까지 안온하게 만들어 나도 모르게 기도를 올리게 된다. 작은 나무 십자가 하나가 세파에 시달린 나를 위로해준다.

한 조각 한 조각 성심으로 깎아 만든 성모상을 보자 작은어머니가 생각났다. 초등학교 때 방학 때면 상도동 작은아버지 댁에 와서 지내곤 했다. 작은어머니는 아들만 셋이 있어 딸 키우는 재미가 없다며 방학마다 나를 불러 올려서는 서울 곳곳을 구경시키고, 주일마다 성당에 데려가곤 하셨다.

고향이 평안도 의주인 작은어머니는 아홉 살 때 여동생을 데리고 성당에 가서 '만나'라는 세례명을 받고, 이후 80여 년 동안 변함없이 독실하게 신앙생활을 해오셨다. 대한민국 천주교 근대사의 산 증인이라 할 만한 역사이다. 기도와 함께 하루를 시작하고, 기도와 함께 하루를 마무리하고 틈날 때마다 레지오로 봉사하는 작은어머니의 모습은 늘 내 신앙생활의 모범이었다. 노환으로 여러 달 병상에 누워 계신 작은어머니께 고마움을 담아 성모상을 보냈다. 잘 받으셨다는 연락을 받았고, 얼마 지나지 않아 하느님 품으로 가셨다.

부고를 받고 많이 울었다. 작은어머니와 함께 걸었던 남산 길, 여의도광장, 상도동성당 등 순간순간이 떠올랐다 사라졌다. 이렇게 아쉬움이 큰 가운데 성모상을 선물했던 게 스스로 위안이 되었다. 누워 계시는 동안, 소천하시면서 담담한 장식의 성모상이 작은어머니께 안식과 평화를 주는 장식품이 되었을 테니.

세심비

마음을 씻는 **빗자루**

새해를 맞기 전에 집안 청소를 했다. 묵은 먼지 털어내고, 가구 배치도 좀 바꾸고. 새해에는 새로운 마음으로 좋은 기운이 들어오길 기다리며. 작년에 구입한 무선청소기가 제 역할을 톡톡히 해서 예전처럼 힘들진 않았다. 세상은 나를 점점 합리적으로 게으르게 만든다.

어릴 적에는 섣달 그믐날이면 동네 사람들이 다 기다란 나무 빗자루를 들고 나와 마당과 대문 밖 골목길을 쓸었다. 아이들은 자기 키만한 빗자루로 얼기설기 엉성하게 비질을 했고, 어른들은 키 큰 비를 들고 스냅을 이용해서 쓱쓱 시원하게 쓸어냈다. 어느 집 빗자루는 낡아서 쓰는 것보다 뒤에 빗자루에서 떨어진 가루와 부스러기가 더 많기도 했다. 플라스틱 비가 등장하면서 없어진 풍경이기도 하다.

효자동에 작지만 내실 있는 우물갤러리의 이세은 대표가 SNS로 '빗자루 전시'를 한다고 했다. 일상의 소소하지만 아름다운 것들을 잘 기획해서 아름다운 전시를 만드는 분이 빗자루 전시를 한다니 의아했다. 초청장을 보니 단번에 이해가 갔다. 초청상에는 '세심洗心비, 마음을 닦는 행의 시작이 빗자루입니다'라는 전시 제목과 어딘지 모르게 카리스마가 있어 보이는 빗자루 하나가 장작더미 옆에 세워져 있는 사진이 있었다. 예사롭지 않았다.

전시장에 가니 세심비를 만든 분이 계셨다. 전라남도 장성 축령산 편백나무 숲 속에 현대인들이 마음을 쉴 수 있는 곳으로 세심원을 짓고 산다는 청담 변동해 선생님이었다.

몇 년 전, 오대산을 지나다 들른 법정스님의 오두막에 있는 빗자루를 보고 깨달은 바가 있어 세심원 주변에 있는 오죽과 선비의 맑은 기운이 있다고 소문난 전국의 유명한 곳에서 댓살을 얻어다 짚풀공예가 이연숙 선생님과 함께 빗자루를 만든 지 삼 년째라고 하셨다. 빗자루를 만들어 쓰다 보니 이 좋은 걸 혼자만 갖고 있기 아쉬워 전시를 기획하게 되었다 했다. 세심비는 나뭇가지를 하나하나 모아서 붓 매듯이 옛날 방식으로 만들었기에 단순한 청소 도구가 아니라 마음을 맑게 해주는 청량제이다. 세심비로 마당을 쓸다 보면 마음이 차분히 가라앉는다고.

전국에 있는 서원과 역사적 유적지에서 얻어온 댓살로 만든 빗자루들이 전시되어 있었다. 전라도의 하서 김인후의 필암서원, 정약용 유배지인 다산초당, 소쇄 양산보의 소쇄원, 퇴계 이황의 도산서원, 서애 류성룡의 병산서원, 율곡 이이와 어머니 신사임당의 오죽헌, 충무공 이순신 장군의 현충사, 추사 김정희의 유배지 등에서 가져온 댓살은 그대로 정성껏 묶어서 꼬리표에 가져온 곳을 표시했다.

'빗자루 하나 현관 입구에 걸어놓고 보소
이쁘요
내발 딛고 서 있는 곳부터 깨끗이 치우고 살면
마음이 맑아집디다
맑게 사는 게 행복이지요'

맑은 공기 속에서 손을 쓰며 지내는 분이라 그런지 걸걸한 말 한마디에 진심이 꾹꾹 눌려 담긴 듯 묵직하게 울림이 온다. 세심비의 주요 재료인 오죽, 강릉 오죽헌에서 가져왔다는 오죽 세심비를 하나 골랐다. 세심비를 종이에 꽃다발처럼 싸서 준다.

오죽헌, 소쇄원, 도산서원을 돌며 거둔 댓살을 묶어 만든
빗자루로 쓱쓱 싹싹, 삿된 마음을 씻어낸다.

청담벼루동네 신생이 만든 세심비.

어차피 받을 사람은 정해져 있더라

세심비를 보자마자 떠오르는 분이 있었다. 부러지면 부러지지 절대로 휘지 않는 절개와 꾸준히 한 길을 가는 인내로 우리 음악을 지키는 분, '악당이반'의 김영일 대표님. 마침 경기도 파주에 스튜디오를 새로 짓고 막 이사를 한 참이라 콩콩당 모임의 집들이 선물로 세심비를 들고 갔다.

'악당이반'은 음악하는 무리를 의미하는 '악당樂黨'과 모여서 이롭게 나눈다는 '이반利班'을 더해 '음악하는 사람들이 모여 이롭게 나눈다'는 뜻이다. 우리 고유의 음악 문화를 사랑하고 널리 알리고자 설립한 국악 전문 법인 음반사로 시작해 현재 전통음악 레이블 '악당'과 클래식 레이블 '오뉴월뮤직'을 운영하는 곳이다. 2017년에는 창작자와 연주자들이 보다 안정적으로 활동할 수 있는 건강한 음악 생태계 조성을 바라는 뜻을 담아 국내 최초의 전통음악 기반 음원 사이트인 공정음원 플랫폼 '오대오'를 선보인 곳이기도 하다.

우리나라에서 우리 음악인 국악을 하는 것은 아이러니컬하게도 외롭고 지난한 길이다. 그런 사람들의 소리를 녹음해서 널리 알리고 오래 보존하겠다는 것 역시 끝없는 모래 사막을 걷는 것처럼 힘든 일이다. 그 길을 이십 년 넘게 꿋꿋하게 걸어오고 있는 김영일 대표님이 이번에는 폭넓은 장르의 아티스트들에게 최적의 창작 환경을 제공하겠다고 경기도 파주에 국내 최대 규모의 전문 레코딩 공간을 만들었다. 그 소리의 집이 '스튜디오 파주'다.

    1미터 두께의 벽에 지나다니는 차 소리도 울리지 않도록 땅 속에 기둥을 박고 건물을 약간 띄워 시공했을 정도로 완벽하게 '소리를 위한 공간'에서 필요한 음만 꼭꼭 잡아 넣으시라고, 보이지 않는 먼지도 하나 앉지 말라고, 깨끗하게 세심비로 쓸어낸 탄탄대로만 걸으시라고, 세심비를 걸어놓고 왔다.

럭키 링

행운을 부르는 **반지**

'럭키'라는 이름이 붙으면 빳빳이 서 있던 눈꼬리가 아래로 처지며 절로 입이 헤벌어진다. 뭔가 좋은 일이 생길 것 같다. 언제부턴지 토끼풀이 가득한 풀밭에 가면 걸음은 느긋하지만 눈은 매의 눈이 되어 '네잎 클로버'를 찾아 헤맨다. 어렵사리 찾은 네잎 클로버는 책갈피에 고이 끼워져 우울할 때마다 들여다보며 조만간 이 네잎 클로버가 나에게 행운을 가져올 거라고 위안 받는다.

이 믿음의 근거는 나폴레옹이다. 전쟁 중에 나폴레옹이 들판의 네잎 클로버가 신기해서 그걸 보려고 허리를 구부렸는데 마침 그때 총알이 지나가서 목숨을 구했다는 이야기 때문에 네잎 클로버가 행운의 상징이 되었다고 한다. 사람들이 하도 네잎 클로버를 찾으니 이제는 '네잎 클로버는 행운, 세잎 클로버는 행복'이라는 말이 나온다. 행운도 좋지만 너무 '행운'을 찾아 요행수만 기대하지 말고, 지천에 흔하게 피어 있는 세잎 클로버에 만족하며 사는 것이 행복의 비결이란 이야기다.

그럼에도 동서고금을 통해 행운을 바라는 사람들의 마음은 똑같아서 우리나라에서는 까치가 울면 반가운 손님이 오실 거라 하고, 정월대보름이면 대문에 복조리를 걸어두고, 복을 기다린다. 서양 사람들은 숫자 7을 행운의 숫자로 좋아하고, 중국 사람들은 '큰돈을 번다'는 뜻의 '파發'와 숫자 8의 '빠八'가 발음이 비슷해 숫자 8을 좋아한다. 러시아 사람들은 겹겹이 나오는 마트료시카를, 일본 사람들은 장사를 잘하게 해준다는 마네키네코를 좋아한다.

미국에서도 그레이스 켈리가 프랭크 시나트라에게서 2달러 지폐를 선물 받고 모나코 왕비가 되었다며 2달러 지폐를 행운의 상징이라고 믿는다. 지금은 스타 셰프인 최현석 셰프가 1990년대에 압구정동에서 '테이스티 블루버드'란 레스토랑을 차리고 한창 인기몰이를 하고 있을 때 1주년이었나? 어느 날 기념으로 고객님들께도 행운이 깃들기를 바란다며 2달러 지폐를 예쁘게 포장해서 손님들에게 나눠주었다. 난 아직도 이 지폐를 보관하고 있다. 2달러 지폐를 받으며 왕비가 될 거라는 생각은 안 했지만 센스 있는 선물을 받고 기분이 무척 좋았기 때문이다.

그래서 나도 선물을 고를 때 이왕이면 행운의 상징이나 의미가 좋은 것을 찾는다. 자신이 태어난 달을 상징하는 보석인 탄생석도 이걸 몸에 지니면 행운과 장수를 불러들인다는 데 그 기원이 있다.

검은 개구리 럭키 링

평소에 몸에 지니고 다니는 액세서리를 만드는 분들은 이런 상징을 제품 디자인에 많이 이용한다. 행운을 가져온다는 물건을 몸에 지니고 싶지 않은 사람이 어디 있겠는가?

주얼리 브랜드 '레쿠Les Koo'의 안현주 대표와는 여러 가지로 인연이 겹친다. 같은 아파트에 살았고, 같은 성당에 다녔고, 시기는 다르지만 같은 기업에 근무했던 인연으로 오래 친하게 지냈다. 어느 날, 함께 식사를 하는데 손에 낀 반지가 독특해 보였다. 주얼리를 만드는 사람이라 평소에도 만나면 반지, 목걸이, 팔찌 등 구경할 것이 많아 눈이 즐거운데, 이날 반지는 모양이 좀 달랐다. 손을 잡고 자세히 보니 검은색 개구리 모양의 반지였다. 예쁜 꽃도 많은데 왜 하필 징그러운 개구리 모양의 반지냐고 물으니 시어머님의 반지에서 영감을 받아 만든 것이라 했다.

화장품 브랜드 홍보를 하던 안 대표가 주얼러가 된 것은 50여 년 동안 '보석상'을 해오신 시댁의 가업을 이어받기 위해서였다. '레쿠'란 이름도 패밀리 네임인 '구'를 사용한 것이다. 안 대표 부부가 레쿠를 리런칭하면서 세미 프리셔스 스톤으로 컬러 스톤 주얼리 라인을 선보여 모던하고 패셔너블한 주얼리 브랜드로 자리매김했지만 기저에는 시부모님의 오랜 연륜에서 비롯한 클래식함이 살아 있다.

체구는 작아도 카리스마 있게 보석을 다뤄온 시어머니는 늘 약지, 넷째 손가락에 개구리 비취반지를 끼고 계셨단다. 천연 비취를 개구리 형태로 가공하고 옆에 검은 오닉스를 대어 18K 옐로골드로 세팅한 그 반지는 어머님 손에서 늘 강력한 포스를 풍겼다고.

까르티에나 반클립앤아펠 같은 세계적 보석 브랜드에서도 동물이나 곤충, 식물 등 자연에서 모티브를 찾는 경우가 많은데, 특히 개구리는 물에 살아서 예로부터 부와 행운을 상징하고 재물을 물고 온다고 믿었다. 일본에서는 개구리를 재물의 상징으로 여겨서 나무로 깎아 지갑에 넣고 다니기도 하고, 중국에서는 행운의 상징으로 집안 여러 곳에 장식용으로 두기도 한다고.

안 대표 부부는 시어머니의 반지에서 영감을 얻어 검은 오닉스 링 위에 비취로 개구리 모양을 만들어 얹은 반지를 먼저 만들고 2010년부터 검은 오닉스 개구리 옆을 다이아몬드로 장식한 반지, 개구리 모양 오닉스를 925스털링 실버와 골드로 세팅한 반지, 라피스라즐리로 만든 파란 개구리 모양의 반지 등 여러 종류의 반지를 만들었다. 그리고 이름을 '럭키 링'이라 이름 붙였다. 이 제품은 오랫동안 레쿠의 스테디셀러가 되었다.

나도 레쿠의 럭키 링이 하나 있다. 가끔 실낱 같은 운이라도 더하고 싶을 때 이 반지를 낀다. 운이 더해진 걸 실감한 적은 없지만 이 반지 덕분에 화제는 늘 풍부해진다.

직접 구운 빵

빵 냄새가 나면 **좋은 일이 생긴다**

나의 첫 친구, 희선이에 대한 기억은 따뜻하고 달큰한 냄새와 같이 다닌다. 초등학교 1학년 때부터 손잡고 함께 학교를 가고, 집에 왔다. 우리 집에 들러 가방을 던져 놓고, 희선네로 가는 일이 다반사였다. 음식 솜씨 좋은 희선이 엄마는 삼남매를 위해 매일 매일 맛있는 빵이나 떡 같은 간식을 준비해 놓으셨다. 부엌에서 음식을 준비하다가 우리를 맞으러 나오는 희선 엄마는 미인이신데다 앞치마와 머릿수건을 두르고 나오는 모습이 영화나 드라마에서 보는 '좋은 엄마'의 모습이었다.

우리 집에 있는 음식은 거들떠보지도 않으면서 꼭 희선네 삼남매 사이에 끼여서 간식을 먹었다. 작은 유리병에 담긴 흰 우유를 벌

컥벌컥 마시면서 갓 구워낸 찐빵이나 고구마를 우걱거리며 먹는 게 그렇게도 맛있었다. 희선 엄마가 워낙 음식을 잘하시기도 했거니와 여럿이 함께 먹어서 그렇기도 했을 것이다. 오븐 비슷한 기계도 희선네서 처음 봤다. 희선 엄마는 그 기계로 점점 더 다양한 모양과 맛의 빵을 만들어주셨다. 밥이 아닌 새로운 빵과 과자를 척척 만들어내는 희선 임마가 멋지게 보였다.

1994년 여름에 방배동의 한 주택에 들렀다. 빵 잘 굽는 주부가 있다는 소문을 듣고 찾아간 길이었다. 가족들이 빵을 좋아해서 매일 아침 식빵을 굽고 가끔 낮에 한 번 더 굽기도 한다며 맛을 보여주는데, 제과점에서 사 먹는 식빵과 차원이 다르게 맛있었다. 홈베이킹의 매직이었다. 식빵 만드는 과정도 찍어야 해서 오븐을 켜놓으니 에어컨을 켜도 집안은 후끈후끈했다. 땀을 삐질삐질 흘리는 네 아이와 함께 세 시간 넘게 촬영을 하고 돌아왔다. 그런데 재촬영하라는 지시가 떨어졌다. 마침 잡지 리뉴얼 시기여서 화보의 콘셉트 방향에 대한 고민이 많았다. 미안함을 무릅쓰고, 다시 한 번 식빵을 구워달라고 부탁을 하고는 열가마 속 같은 현장을 재현해서 촬영을 했다. 그 와중에 그 집 식빵을 또 먹을 수 있다는 게 유일한 위안이었다.

아이가 생기자 나도 뭔가 밥이 아닌 맛있는 것들을 아이에게 직접 만들어주고 싶었다. 오븐을 샀다. 스폰지케이크를 구워서 어설프지만 케이크도 만들고, 마들렌 틀로 아이가 좋아하는 마들렌도 만들고, 짜주머니에 반죽을 넣고 휘리릭 짜서 버터 쿠키도 만들며 아이의 어린 시절을 즐겁게 보냈다. 유일하게 성공하지 못했던 것은 식빵이었다. 방배동 집의 식빵 같은 맛을 아이에게 맛보게 해주고 싶었지만 어떻게 해도 머핀이 되어 나왔다. 식빵은 맛있는 걸 사 먹는 게 낫겠다고 가족에게 변명했다.

빵과 과자를 만들다보니 자주 선물도 하게 되었다. 말린 과일과 견과류 듬뿍 넣어 만드는 파운드케이크는 좀 쉬워서 휴직 기간에는 파운드케이크를 몇 개 만들어 마감하느라 고생하는 직장 동료들에게 보내기도 하고, 넉넉히 만들어 이웃과 나누기도 하고, 친구 집에 갈 때도 만들어 들고 가는 '살림하는 주부 코스프레'를 하는데 큰 도움이 되었다.

빵을 구우면 집이 잘 팔린다

집을 내놓으려고 부동산에 가니 그런다. 누가 집 보러 올 때 집에서 커피 향이나 빵 굽는 냄새가 나면 거래가 잘 되더라고. 나도 어딘가를 방문했을 때 커피 향이나 빵 냄새가 나면 그 공간에 대해 좋은 이미지를 갖게 되었던 기억이 있는지라 누가 온다 하면 커피부터 먼저 내린다. 여유가 있으면 빵이나 쿠키를 데우기도 한다. 어쩌면 단순히 커피나 빵 냄새로 사람을 현혹시키고자 한 게 아니라 집에서 커피 내리고, 빵 구울 정도면 집이란 공간에 애정을 갖고, 잘 가꾸며 살았을 테니 이런 가족이 살던 집이라면 안심하고 이사와도 된다는 논리로 나온 얘기였을 수도 있다. 아무튼 빵 냄새, 커피 냄새를 풍기면 오신 분들이 호감을 갖고 대하던 것은 건 몇 번의 경험을 통해 확인했다.

얼마 전에 효문 언니네 집에 갔다. 강효문 대표는 수십 년 동안 국내외 패션 업체에서 일하다가 최근에 스와로브스키 한국 시사장을 그만두고는 유기견 구조를 위한 자선행사를 자주 여는 분이다. 갖고 있던 옷과 살림살이들을 정리하려고 바자회를 연다고 했다. 집에 들어가니 거실은 물론이고 방마다 옷과 살림이 가득 나와 있었다. 그 사이로 달큰한 빵 냄새가 났다. 평소에 빵 굽기를 좋아하는 언니가 손님들을 위해 며칠 전부터 빵과 쿠키를 구워놓은 것.

식탁 위에 가득한 빵 중에서 유독 쿠겔호프가 너무 맛있어서 내가 거의 반 개를 혼자 다 먹었다. 수익금을 제주도 유기견 구조와 치료 그리고 해외 입양에 필요한 경비에 기부하고자 만든 행사였다. 패션업계에서 삼십 년 이상 일을 했고, 감각 있는 분이라 갖고 싶은 옷은 많았으나 사이즈가 달라서 아쉬워하며 두어 벌의 옷과 아끼시던 커트러리를 사들고 집에 왔다.

작년에 첫 책 〈언니의 아지트〉를 내고, 출판기념회를 할지 말지에 대해서 좀 고민했다. 뭐 대단한 일을 했다고 바쁜 사람들을 불러모으나 하는 생각이 하나, 오랜 직장생활을 마무리하고, 새로 출발

한다고 지인들에게 알리면서 그분들의 기운을 받고 싶다는 생각이 하나. 조촐하게 북 토크를 겸한 출판기념회를 준비하고, 초대 메시지를 보냈다.

비 오는 금요일 오후, 가로수길의 행사장에는 많은 분들이 다른 일 미루고 달려와주셨다. 꽃바구니와 화환은 사양한다고 밑에 한 줄 적었지만 예쁜 꽃바구니와 선물들이 도착했다. 고맙고 미안했다. 효문 언니는 직접 구운 쿠겔호프를 들고 왔다. 행사가 끝나고 다음날 아침 언니의 쿠겔호프를 식탁 위에 올렸다.

쿠겔호프Kugelhupf는 '어린 아이의 모자'와 모양이 닮아 그 이름이 붙은 동그란 케이크다. 프랑스의 마리 앙투와네트도 어릴 적 오스트리아에서부터 즐겨 먹었다 하여 유명한 빵이다. 보들보들한 빵을 씹으니 산뜻한 향기가 입안에 모인다. 시중에서 파는 것처럼 달지도 않고, 입에 짝짝 붙는 맛이었다.

누군가 나를 위해 직접 만든 물건을 선물 받는 것만큼 행복한 일이 있을까? 특히 전날부터 재료 준비하고, 아침 일찍 일어나 수고롭게 만들었을 음식은, 나보고 하라고 하면 실력도 그렇지만 귀찮아서도 손사래를 칠 게 뻔하기에 더욱 감동적이다.

돋보기

넌   안 늙을 것 같지?

아주 오래 전에 패션 화보 촬영하는 스튜디오에 작은 소란이 벌어졌다. 누군가 "혜연"하고 부르자 세 명이 동시에 "네~"하고 대답을 했고, 동시에 서로 쳐다보고는 웃음이 터졌다. 담당 기자였던 나는 '신혜연', 그날의 패션 스타일리스트는 '한혜연', 어린이 모델은 '박혜연'이었다. 당시 흔한 이름이던 '미숙'이나 '은정'이도 아니고, 좀처럼 만나기 어려운 이름이 '혜연'인데, 한 자리에서 세 명이 모여 일을 하게 된 것이다. 이름이 같으니 오랜만에 만나도 이름을 까먹을 일이 없었다.

며칠 전에 TV를 보고 있는데 한혜연 실장이 나왔다. 그동안 한 실장님은 시원시원한 말투에 특유의 유머러스한 말투로 '슈퍼 스타의 스타일리스트', 일명 '슈스스'로 유명해져서 돌리는 채널마다 나올 정도로 바쁜 일상을 보내고 있다. 그날은 가수 화사와 동대문 시장에서 쇼핑하는 장면이었는데 목에 긴 목걸이를 하고 있기에 보니 돋보기가 달린 목걸이였다.

아, 그녀도 어느새 노안이 왔구나. 이어진 화면에는 한 실장이 집에서 바느질을 하느라 돋보기 안경을 꺼내 드는 장면이 나왔다. 화사가 웃으니 한 실장님이 그런다. "너는 안 늙을 것 같지?"

중년 여성들 사이에 떠도는 유머가 있다. 레스토랑에 가서 메뉴판을 들여다보다가 일행이 뭘 시키면 '나도 같은 걸로 주세요' 하는 게 취향이 비슷하거나 음식을 빨리 나오게 하기 위해서 그런 것이 아니고 메뉴판의 글씨가 안 보이기 때문이라고. 외모는 삼십 대 초반 같은 요즘 중년 여인들이 나이 들어서 노안이 왔는데도 돋보기를 쓰면 나이 들어 보일까봐 버틴다는 얘기다.

그런 분들을 위해 패션 센스를 장착한 돋보기도 있었다. 드라마 〈패션왕〉에서 장미희 선생님이 커다란 뿔테 안경 반 조각을 오페라 글라스처럼 들고 책을 보는 장면에서 화제가 되었던 메종 마르지엘라Maison Margiela의 돋보기나 지금은 나오지 않지만 에르메스의 가죽으로 테두리를 굵게 감싸서 목에 걸 수 있게 한 에르메스 루프 네클레스 등은 나이 든 패션 디자이너 선생님들 사이에서 인기 소품이었다.

자잘한 것에 대한 미련은
예전에 다 밀쳐버렸지만,

여전히 궁금한 건
책 속의 행간에 담긴 뜻.

겨울 선물

목걸이가 된 돋보기

젊어서는 정말 몰랐다. 어떻게 눈앞의 글씨가 안보일 수 있는지. 월간 〈행복이 가득한 집〉 기자로 일할 때 이영혜 사장님이 디자이너들에게 글씨 크기를 크게 할 방법을 찾으라고 지시하셨다. 당신도 나이 들어보니 작은 글씨가 불편하더라, 우리 독자 중에는 중년 이상도 있으니 누구라도 편히 볼 수 있게 본문 글씨를 크게 하라는 말씀이었다. 당장 숙제를 받은 디자이너들은 고민에 휩싸였다. 기자들에게 '너희도 그렇게 생각하느냐, 글씨를 크게 하는 게 어려운 일은 아니지만 글씨가 커지면 전체적으로 덜 예뻐 보이는데 돋보기 쓰고 읽으시면 되는 거 아니냐'고 볼멘 투정을 하면서 소심하게 0.5포인트를 키웠다.

동서양 통틀어 디자이너들은 작은 글씨를 좋아한다. 글씨가 모여 문장 덩어리가 되었을 때 글씨가 작으면 작을수록 여백이 많이 생겨서 책을 펼쳤을 때 모양이 좋은 건 맞다. 처음 편집장이 되었을 때는 나도 젊을 때라 디자이너의 편에 섰다. 시간이 흘러 나에게도 노안이 찾아왔다. 핸드폰의 글씨 크기를 크게 바꿨다. 안 보일 수도 있는 거였다. 디자이너들에게 글씨를 크게 디자인해야 하는 이유를 입에 침이 마르게 설명하며 다닌다. 내 설득에 넘어가는 디자이너는 별로 없다. 이해가 안 갈 거다. 나도 그랬으니.

동병상련인지라 우리끼리는 다 안다. 뭐가 필요하고, 뭐가 이제 더 이상 필요 없는지.

〈캘리포니아〉, 〈토스카나〉 등의 '머무는 여행'과 〈태양, 바람 그리고 사막〉 등 '길 위의 여행' 시리즈를 낸 여행작가 김영주 선배가 여행 갔다가 사왔다며 돋보기를 선물해주었다. 한 개 있다고 하니 돋보기는 다다익선이라고. 집과 사무실에 하나씩 놓고 사용해보니 정말 편리했다. 이제는 방방마다 하나씩, 사무실에도 하나 비치하고, 가끔은 목걸이용 돋보기도 걸고 다닌다.

고령화시대에 들어서면서 오십 세 이후의 날들이 길어졌다. 예전과는 쇼핑 목록이 다르다. 조금이라도 굽이 높은 구두는 쳐다보지도 않고, 아무리 멋있어도 무거운 가방은 포기한다.

세계적으로 유명한 패션 디자이너들이 스니커즈를 신고, 천 가방을 들면서 유행이 급물살을 타고 방향을 틀어서 얼마나 고마운지. 반짝이는 머리핀보다는 숱 많아 보이게 해주는 접착용 헤어피스가 눈에 들어오고 달콤한 초콜릿보다는 칼슘약을 더 챙긴다. 돋보기도 그런 품목 중의 하나이다. 도수 단위가 넓어서 대략 나이에 맞춰 골라 자주 선물하는 아이템이다.

초콜릿

○ 사랑

낭만적인 **맛**

사춘기의 우리가 볼 만한 잡지는 〈리더스다이제스트〉, 〈샘터〉, 아모레에서 나눠주던 〈향장〉 정도였다. 1980년대 초에는 그랬다. 새로운 것을 보고 싶은 열망에 외국 잡지 파는 곳을 찾아다니며 과월호 일본 〈논노〉를 구했고, 막 익히기 시작한 일본어 공부 삼아 한 페이지 한 페이지 공들여 보고 또 봤다. 다 보고 난 잡지에서 예쁜 화보를 골라 교과서를 싸고 그 위에 비닐로 싸서 닳지 않게 했다.

'잃어버린 30년'이 시작되기 전, 일본의 호황기에 〈논노〉에는 듣도 보도 못한 신문물에 대한 이야기가 넘쳐났다. 블루진에 스트라이프 셔츠를 멋지게 입은 모델들의 화보, 가타가나를 한 글자씩 짚어가며 알게 된 영국 애프터눈 티 이야기, 당시엔 꿈도 꿀 수 없던 이탈리아 여행기 등은 사춘기 소녀를 설레게 했다. 거기에서 밸런타인데이를 알게 되었고, 판 초콜릿을 녹여 하트모양 초콜릿을 만드는 기사를 보았다. 밸런티누스 사제가 순교한 2월 14일에 사랑하는 사람끼리 선물이나 카드를 주고받는 풍습에서 유래했는데, 여자가 먼저 사랑을 고백해도 되는 날이라 했다.

박스로 사들여 용돈을 다 날린 가나초콜릿은 둘째 치고, 냄비 여러 개를 초콜릿 범벅으로 만들어 엄마의 잔소리를 얼마나 들었던지. 그렇게 만든 초콜릿에 작은 카드를 넣어 좋아하는 과학 선생님께 드리던 날, 가슴은 쿵쿵 뛰고, 얼굴은 시뻘겋게 물들었던 기억. 귀도, 생각도 얇았고, 일상에 점을 찍을 일이 거의 없는 시절이었다. 이제는 다 추억이다.

그리고 우리나라에도 밸런타인데이 이벤트가 많아졌다. 2월 14일에 여자가 남자에게 고백했으니 3월 14일에는 남자가 고백하는 날이라 했고, 고백하지도, 고백 받지도 못한 이들끼리 짜장면을 먹는 날도 생겼고, 커리를 먹는 날도 생겼다.

오늘도 거리에는 초콜릿과 장미꽃을 이렇게 저렇게 다양하게 포장해 쌓아놓고, 밸런타인데이 선물이라고 호객을 한다. 레스토랑마다 밸런타인데이 특별 할인 문자가 날아온다. 사무실 책상마다 초콜릿이 잔뜩 쌓여 있다. 행여 한 명이라도 못 받은 동료가 있을까 하여 체크하고 또 체크한다. 남자와 여자, 사랑에 대한 패러다임이 훌쩍 달라진 요즘 세상에 밸런타인데이의 초콜릿은 요식행위다. 초콜릿의 홍수 속에서 '밸런타인'이라는 말만 들어도 짜증이 난다는 이들이 있고, 어언 사십 년 전부터 밸런타인데이를 챙겨온 나도 이건 아니라는 생각이 자주 든다.

위키백과에는 '밸런타인데이는 로마 가톨릭교회의 성 밸런타인 주교가 군인들의 군기문란을 우려하여 남자들을 더 많이 입대시키기 위해 결혼을 금지하던 황제 클라우디우스 2세의 명령을 어기고 군인들의 혼인성사를 집전했다가 순교한 날인 2월 14일을 기념하기 위한 축일이라는 주장이 있다'고 설명한다. 사랑하는 남녀를 맺어 주려다 순교한 사제의 마음을 제대로 새겨 진정한 사랑의 마음을 나누는 것이 우선이다. 초콜릿은 그 다음이다. 이런 광적인 의미 부여만 뺀다면 초콜릿은 선물하기에 정말 좋은 음식이다.

우선 달콤 쌉싸름한 맛으로 남녀노소 누구에게나 사랑받는다. 둘째, 녹여서 가공할 때 원하는 모양으로 변형시킬 수 있어서 예술의 경지를 보여준다. 셋째, 피곤할 때 초콜릿 한 조각은 원기를 왕성하게 하고, 풍부한 열량의 원천이 된다. 넷째, 다른 식품에 비해 보존기간이 길어 유통과 보관을 특별히 신경 쓰지 않아도 된다. 다섯째, 포장이 아름답다.

신의 열매, 카카오

2천6백년 전, 마야인들은 카카오 열매를 갈아 음료로 마시면 피로가 풀리고, 사랑의 힘이 생긴다는 것을 어떻게 알았을까? 이들의 '신의 열매'라며 카카오 열매를 화폐 대신 사용했고, 왕과 지배계층이나 마실 수 있는 것이었다. 16세기에 콜롬부스가 유럽에 가져가 소개한 뒤 다양한 가공방법이 만들어져 오늘날의 달곰 쌉싸름한 초콜릿이 되었다.

초콜릿을 선물할 때는 고디바 아니면 로이스를 고른다. 국내에 들어와 있는 초콜릿 브랜드도 많고, 쇼콜라티에들이 소신 있게 만드는 국내 브랜드 초콜릿도 많지만 이상하게 매번 그렇게 된다. 고디바는 1968년부터 벨기에 왕실의 공식 쇼콜라티에였던 고디바의 명성과 트뤼프Truffles부터 까레Carres까지 다양한 초콜릿을 볼 수 있어 편리하다. 로이즈는 일본 홋카이도산 우유를 넣어 만든 쫀득한 식감의 생초콜 맛이 좋고, 먹기 편하게 포장되어서 고르게 된다.

가끔 클래식한 스타일을 좋아하는 분에게는 한남동에 있는 2백년 역사의 프랑스 황실 공식 초콜릿 공급업체인 드보브에갈레Debauve et Gallais를 찾기도 한다. 마리 앙투아네트가 약을 먹기 힘들어하자 카카오와 사탕수수를 섞어 피스톨(금화) 모양의 초콜릿을 만들어주었더니 좋아했다는 일화가 전해온다. 캐주얼한 스타일을 좋아하는 친구들에게는 스위스 레더라Laderach의 판형 초콜릿을 선물한다. 넙적한

판 위에 견과류와 베리류를 흩뿌려 놓은 모양이 예쁘고 맛도 다양해서 좋다. 가장 급할 때 편하게 찾는 것은 동글동글해서 나눠 먹기도 좋고, 들고 다니면서 당 떨어질 때 먹기 좋은 페레로 로셰Ferrero Rocher 등이다.

브랜드가 무엇이든, 종류가 어떤 것이든 맛도 달콤하고, 포장도 화려한 초콜릿을 선물하는 일은 참 낭만적인 일이다.

호두까기

디자인을 만나면 **달라지는 것**

정월대보름은 음력 1월 15일로 일 년 중 첫 보름 달이 뜨는 날이다. 아침에 일어나자마자 땅콩과 호두 등 껍질이 단단한 것을 깨물어서 마당에 버리고, '내 더위 사가라'하고 대문 밖에 소리를 쳤다. 그래야 부스럼이 생기지 않고 여름 더위도 잘 지낼 수 있다 했다. 오곡밥과 묵은 나물을 먹었고, 어른들은 귀밝이 술을 마셨다. 밤에는 보름달을 보며 소원을 빌기도 했다. 오래 내려오는 세시 풍습이었다.

집 벽에 달력을 안 건 지 오래다. 스마트폰이나 탁상용 달력으로만 날짜를 보니 조그만 음력은 보이지도 않는다. 아파트 상가에 갔다가 나물과 견과류가 눈에 많이 보이면 대보름이구나 할 정도다.

하루 24시간, 3백 65일을 수십 년 살다 보면 어제가 오늘 같고, 오늘이 내일 같은 기분이 들 때가 있다. 우리 조상들은 그래서 24절기에 제 각각의 이름을 붙여놓고, 농사 시기를 정하고, 매번 뭘 해먹고, 뭘 하게 해서 그날을 기억하게 했나 보다.

잡지사나 백화점 모두 그런 이벤트를 찾는다. 잡지사에서는 기사를 만들기 위해, 백화점에서는 프로모션을 위해. 이맘 때 백화점을 한 바퀴 돌면 지하 슈퍼마켓에는 견과류와 나물류가 풍성하다. 옛 기억이 떠올라 땅콩과 호두를 선물하려고 한 보따리 샀다. 그런데 땅콩은 괜찮지만 호두를 깨 먹을 방법이 없었다. 옛 어른들처럼 이로 깨물었다간 바로 치과행이다. 다시 슈퍼마켓으로 돌아가 호두 껍질 깰 도구를 찾으니 점원분이 펜치처럼 생긴 험악한 물건을 내밀며 호두까기 망치라 한다. 알루미늄 합금이라 안전하고 동그랗게 패여 있어 껍질이 날아가지도 않는다고 설명했다. 그럴 듯했다. 하지만 이건 아니다. 너무 못생겼다.

아침에 봤던 최유라 씨 SNS가 떠올랐다. 방송인으로 오래 활동하다가 8~9년 전부터 홈쇼핑을 진행하느라 워낙 바빠서 자주는 못 만나도 SNS에 '좋아요' 꾹꾹 누르며 응원하는데 요즘은 리빙 코너를 맡고 있어서 개인 SNS에 해외 유명 브랜드 방문 사진이나 예쁜 살림살이를 자주 올려준다. 이 세상엔 어쩌면 그리도 예쁜 물건이 많은지. 돌체앤가바나Dolce&Gabana와 콜라보레이션한 스메그Smeg 냉장고,

붓으로 수채화처럼 그려낸 빌레로이앤보흐^{Villeroy&Boch} 접시들. 예쁜 호두까기를 찾고 말리라.

다람쥐가 호두 껍질을 깨준다면?

리빙 코너에 가면 해결책이 있을 것 같았다. 차이코프스키의 발레 '호두까기 인형'이 있는 걸 보면 서양에는 분명히 예쁜 호두까기가 있을 것이다. 리빙 코너를 다 돌았다. 빨간 제복을 입은 병정 인형 모양의 호두까기는 못 찾았지만 결국 예쁜 걸 찾아냈다. 알레시의 '너티 더 크래커^{Nutty the Cracker}'. 동그란 알루미늄 그릇 위에 귀여운 주황색 다람쥐가 올라 앉아 있다. 두 귀를 잡고 돌리니 앞니가 내려와 호두껍질을 '와자작' 깨버린다. 호두를 좋아하는 다람쥐를 디자인에 적용한 것이다. 이탈리아 디자인 브랜드 알레시^{Alessi}의 제품이었다.

알레시는 1921년에 이탈리아에서 지오반니 알레시^{Giovanni Alessi}가 금속 주방용품 제조업체로 출발해 알렉산더 멘디니^{Alessandro Mendini}의 안나 지^{Anna G} 와인 오프너, 마이클 그레이브스^{Michael Graves}의 버드 휘슬^{Bird Whistle} 주전자, 필립 스탁^{Philippe Starck}의 주시 살리프^{Juicy Salif} 과즙기, 스테파노 조반노니^{Stefano Giovannoni}의 지로톤도^{Girotondo} 쟁반 등 유명 디자이너와의 콜라보레이션으로 디자인 좋은 생활용품을 선보이며 세계적으로 유명한 디자인 생활용품 업체가 된 곳이다.

다람쥐 호두까기를 만든 스테파노 조반노니는 키 큰 스툴인 봄

디자인의 시작은 물건의 쓸모에 대한
근원적 질문에서 시작하고,

가끔은 자연이 그 질문에 답을 준다.

보 스툴, 토끼 모양의 래빗 체어 등을 만들어 세계적인 스타 디자이너가 되었고, 알레시의 대표적 심볼인 지로톤도를 만들었다. 지로톤도는 이탈리아 아이들이 종이로 같은 모양을 잘라서 이어 붙이는 전통 놀이로 이것으로 사람 모양을 만들기도 한다. 펼치면 아이들이 두 팔을 쭉 뻗고 있는 모양이 되는데 스테파노 조반노니는 이걸 쟁반 둘레에 두각으로 표현한 것. 이 쟁반은 1989년에 출시되어 현재까지 알레시의 가장 인기 있는 시리즈다. 그는 작년에 아름다운 가전제품으로 화제를 모은 LG오브제를 디자인하기도 했다.

스테파노 조반노니는 "모든 고객이 쉽게 다가갈 수 있는 민주적인 디자인을 지향해요. 구매욕을 자극하면서도 감성을 건드려야 하죠. 가구회사 이케아나 패션 브랜드 H&M은 싸고 품질 좋은 제품을 만드는데, 예술가는 하나 더 해야 합니다. 더 신나고 특이한 디자인으로 정체성을 보여줘야 해요. 집에 두었을 때 나를 설명해주는 가구와 옷을 만들어야죠. 사람들의 꿈과 욕망, 상상력을 디자인해요" 라며 디자이너의 역할을 강조했다.*

이게 내가 예쁜 호두까기를 찾아다닌 이유다. 물건은 본래 기능에 우선 충실해야 하지만 오로지 기능적이기만 한 물건보다는 그 기능을 제대로 발휘할 수 있는 디자인이 수반되어야 하고 이왕이면 보기에도 아름다웠으면 하는 거다. 집이나 식당이 아름다우려면 그 안에 들어가는 소품들도 아름다워야 한다. 우리 주변의 물건들이 모두 기능적이기만 하다면 세상이 얼마나 삭막해질까? 스테파노 조반노니나 알렉산더 멘디니 같은 분들이 만든 물건들은 기능은 물론이고, 위트가 있어 보는 순간 즐겁고, 갖고 싶다는 생각을 하게 된다.

생각난 김에 이것 말고 어떤 호두까기들이 있을까 찾아보았다. 역시 디자이너들이 뒷짐 지고 구경만 한 건 아니다. 산업 디자이너 조쉬 오웬Josh Owen은 난로에서 영감을 받아 3D프린터로 사방 5센티미터 크기 정육면체의 호두까기를 만들었다. 호두를 넣고 위쪽 나사를 돌리면 호두가 깨진다. 디자인에 군더더기가 없다. 독일 디자인 브랜드 테이크투디자인Take2 Design에서 만든 '나오미 넛크래커' 호두까기는 호두 위에 호두까기를 씌우고 스프링을 주욱 당겼다 놓으면 호두가 깨진다. 와인 잔을 뒤집어 놓은 것 같기도 하고, 목걸이를 겹겹으로 하고 있는 아프리카 부족 을 연상시키기도 한다. 스타워즈의 팬이라면 반가워할 타이 파이터 넛크래커 Tie Fighter Nutcracker는 정말 영화 속 타이 파이터를 닮았다. 가운데 호두를 넣고 윙을 돌려 호두 껍질을 깬다.

정월 대보름날, 땅콩과 호두를 바구니에 담아 놓고 '너티더크래커'를 꺼낸다. 휘영청 밝은 달빛에 기대어 호두를 깐다. "다람쥐야, 힘내!" 와자작~

*매일경제 2018년 7월 25일자 기사 참조.

2. 27

도장 ○축하

딱 한 사람을 위한 **선물**

인사동에 고서를 다루는 문우서림이 있었다. 요즘 TV의 '진품명품'에 나와서 골동품을 감정하는 감정위원으로 유명한 김영복 사장님께 취재원을 소개받으러 간 길이었다. 이야기를 하다 식사시간이 되어 함께 근처 밥집으로 갔다. 가는 길에 김 사장님의 지인을 만나 함께 밥을 먹으러 갔다. 인사동에서는 그런 일이 흔했다. 수십 년 동안 서로 알고 지내는 분들이고, 드나드는 분들도 다 인연이 깊었다.

밥상 앞에 두고 서로 인사를 나눴다. 김 사장님의 지인은 얼핏 뵈도 범상치않은 분이었다. 부리부리한 눈매에 긴 머리와 수염을 휘날리며 호탕한 목소리로 이야기를 하셨다. '전각하는 최규일'이라 하

겨울 선물 278

셨다. 전각이 돌에 글씨를 새기는 거라는 건 알았지만 진짜로 하는 분은 처음 뵈었다. 이런 저런 이야기를 나누다가 '일도일각一刀一刻'이란 말이 나왔다. 그게 무슨 말이냐고 여쭙자 날 쳐다보시더니 갑자기 옆에 있던 봇짐을 펼치셨다. 몇 개의 돌과 칼이 나왔다. 수첩에 이름을 써보라기에 이름을 썼더니 그 자리에서 돌을 잡고 칼로 '한 칼에 한 획, 일도일각'으로 내 이름을 새겨주셨다. 워낙 순식간에 일어난 일이어서 그 자리에 있던 김영복 사장님도 놀라고, 나도 놀랐다. 김 사장님은 '신 기자님, 오늘 운이 매우 좋다'며 최 선생님 전각 얻는 게 쉬운 일이 아니라고 여러 번 감탄하셨다. 얼결에 전각의 명인에게서 도장을 얻고 제대로 인사도 못 드린 채 그 자리가 끝났다.

책을 사면 그때 얻은 도장에 인주를 묻혀 장서인藏書印으로 썼다. 보면 볼수록 글씨에 힘이 있고, 개성이 강해서 대체불가의 보물이 되었다. 최규일 선생님 덕분에 전각을 알게 되었다. 전각은 임금의 도장인 옥새나 도장에 글씨를 새기는 것이다. 돌이나 옥 등 단단한 물체에 시문의 아름다운 구절을 골라 서화를 새겨 넣는 예술활동이다. 조각도로 돌을 깎아 글씨를 새긴다는 단순한 동작으로 보이지만 문자에 시간의 흐름과 공간의 다름을 함축해서 힘 있게 집어넣는 것이고, 금석학에 통달해야 전각을 할 수 있다고 한다. '시서화각詩書畵刻'이라 해서 '시서화'를 모두 알아야 '각'을 알 수 있다는 말이 있을 정도로 고급 예술이다.

이후 신문에서 최규일 선생님이 전각으로 '도덕경', '지장경'을 거쳐 '금강경'을 새겨 '현노 최규일 금강경' 전시회를 한다는 기사를 봤다. 손톱만한 돌에 현미경으로 들여다봐야 보일 정도로 작은 글씨를 새기는 일이다. 매일 새벽 4시부터 자정까지 먹고 쉬는 외엔 도장만 파며 살아 경전 판 돌도장 5천 개가 재산이라고 한 내용을 보고 성발 대단한 분임을 다시 알게 되었다. 일본, 녹일, 프랑스 등에서 초대전을 열 정도로 유명해지셨다는 것도.

외국인에게 좋은 선물

　　그후 인사동에 가면 도장 가게가 유난히 눈에 띄었다. 예전에는 나무 도장이 많았는데, 점차 돌도장이 많아지는 게 보였다. 특히 광택이 좋고 우아하며 단단한 목재인 흑단이나 재복과 건강에 효험이 있다는 벼락 맞은 대추나무로 만든 도장, 자개로 장식한 도장들이 입사, 승진 등 축하 선물용으로 인기가 많았다. 졸업 선물로 인감도장을 만들어주는 부모님들도 계셨다.

　　인감도장, 회사 직인, 결재도장 등 중요한 일에 꼭 필요한 도장인데, 은행 통장에도 서명으로 대신하고, 전산화로 전자결재가 많아지면서 도장가게의 용도는 선물용, 관광객용으로 많이 변했다. 대신 선물로서의 특성을 더욱 살려 도장에 장식이 많아지고, 도장을 찍은 모양을 소형 액자나 족자로 만들어 세트로 구성하는 등 아이디어 상

한 사람을 대표하는 이름.
그 이름이 가진 가치와 상징을 꾹꾹 눌러 담는다.
그리고 도장에 새긴다.

품이 늘었다.

　도장은 선물하기에 좋은 물건이다. 오랫동안 한국 지사에서 근무하다가 미국 본사로 발령을 받은 에스티 로더의 크리스토퍼 우드 지사장에게 의미 있는 선물을 하고 싶었다. 다시 만날 일은 없겠지만 그동안의 고마움은 어떻게 표시할지 고민하다가 '도장'이 좋겠다고 결정했다. 인사동 '문정전각'에 가서 사장님께 도장에 새길 이름과 용도를 이야기하니 며칠 후에 찾으러 오라고 했다.

　사장님은 좋은 돌을 골라 도장이 찍히는 면에는 '우드'란 이름을 마치 나무와 나이테처럼 새기고, 도장 몸체에는 양쪽으로 가지를 펼친 나무와 'Christoper Wood 님께'라고 새겼다. 도장과 도장이 찍힌 모양을 족자로 만들어 비단으로 포장해서 매듭 끈으로 묶어 상자에 넣은 모양을 보니 그동안의 고마움을 표현하기에 좋은 선물이 되겠다는 확신이 들었다.

　다시 못 만날 줄 알았던 우드 사장님은 몇 년 후, 다시 금의환향해서 반갑게 만났고, 그 자리에서 도장 이야기를 했다. 사람은 만날 때보다 헤어질 때 잘해야 한다는 걸 그날 다시금 느꼈다.

책 속 선물

무난하게 주고받기에
좋은 물건들

선물을 고를 때는 받는 이가 어떤 선물을 좋아할지, 내 마음을 잘 전달할 물건이 무엇일지, 오래도록 사용하며 나를 기억할 물건이 무엇일지 고민스럽다. 하지만 아무리 고민하고, 돌아다녀봐도 '특별한' 그 무엇이 생각나지 않는다면 남들이 다 하는 그런 선물도 좋다. 다들 할 만하니 선물하지 않았을까? 동서고금을 통해 오랜 기간 동안 많은 이들에게 선물로 사랑받았던 물건들을 정리했다.

구두 '신SYNN'의 대표인 구두 디자이너 김리온 대표가 〈그녀의 슈즈룸〉에도 썼고 만나면 하는 말. '좋은 신발은 나를 좋은 곳으로 데려다 준다.' 발 크기와 형태를 알아야 하는 게 문제인데 가능하면 같이 가서 고르는 것도 추억을 만들어준다. 좋은 곳으로 데려다 준다는데 뭘 못할까?

넥타이 아이템을 정하긴 쉬우나 고르기 가장 까다로운 게 넥타이다. 매장 직원에게 선물 받을 분의 연령대와 직업을 말하고 추천해주는 것 중에서 고르는 게 답이다. 단색이나 스트라이프가 가장 많지만 니트 넥타이나 동물이나 식물 캐릭터가 프린트된 넥타이를 선물해도 좋다. 그런 넥타이가 비즈니스 자리에서 물꼬를 터준다.

만년필 빠이롯트가 다가 아니었다. 몽블랑, 파카, 크로스, 워터맨, 펠리칸, 듀퐁 등 한동안 2월 졸업과 취업 시즌에 명품 만년필이 없어서 못 팔 정도로 인기였다. 세상이 바뀌어서 만년필에 대한 수요는 줄었지만 여전히 인기가 있는 건 라미와 파버카스텔. 컬러별로 고를 수 있고 잉크 충전도 쉬운 라미는 만년필, 볼펜, 수성펜, 샤프까지 디자인을 고려하는 분에게 선물하기 좋다.

머리핀 검은 머리카락 사이에 반짝이는 머리핀은 스타일의 포인트가 된다. 흰머리 희끗희끗하게 나오기 시작해서 의기소침해진 언니들에게 반짝이는 장식이 몇 개 붙은 것을 두어 개 함께 묶어 상자에 넣어 선물하면 좋다.

모자　방송인 안선영 씨가 몇 년 전 내 생일에 큰 꾸러미를 들고 나타났다. 포장을 열어보니 안에는 야구 모자가 하나 들어 있었다. '오늘 생일'이라고 쓰여 있는. 집에 와서 저녁 내내 그걸 쓰고 있었다. 실실 웃음이 새어나왔다. 색다른 스타일의 모자는 내 손으로 사기 힘든 물건 중 하나이다. 모자만 만들어서 파는 매장들이 있으니 그런 곳에서 하나 골라서 친구에게 기분전환용으로 가끔 써보라며 선물한다.

목도리　겨울 선물용으로 무난하다. 유행을 타지 않는 무난한 색깔인 검은색, 회색, 청색, 남색, 자주색 등의 캐시미어 목도리가 가장 환영 받는다. 무늬가 없는 게 옷과 매치하기 쉽지만 스트라이프나 가는 체크 정도는 개성을 살려줘서 좋다. 폴스미스의 트레이드 마크인 컬러 스트라이프 목도리는 스테디셀러. 재주도 있고, 여유도 있다면 직접 떠주는 게 최고의 선물이 된다.

속옷　이성에게 선물하면 너무 많은 의미가 부여되니 동성 친구들끼리 선물하면 좋은 것이 속옷이다. 부끄러워서 내 손으로 절대 사지 못할 레이스 속옷을 선물하거나 유머러스한 프린트가 된 속옷을 선물하는 게 좋다. 속옷을 입을 때마다 선물해준 친구를 생각할 것이고 즐거워할 것이다.

스카프　커다란 숄형 롱 스카프, 사방 1미터 정도의 사각 스카프, 사방 50센티미터 정도의 쁘띠 스카프. 어느 것이든 선물용으로 좋다. 컬러와 디자인이 다양할수록 좋은 게 스카프니까. 봄에는 화사한 노랑이나 분홍색으로, 여름용 리넨 스카프는 흰색이나 연한 하늘색으로, 가을용은 갈색 계통으로, 겨울용은 회색이나 검은색의 폭신한 캐시미어나 두툼한 실크로 고른다.

시계　남녀 불문 좋은 선물이다. 위트 있는 디자인에 가끔은 한정판으로 나오는 스와치 시계, 팔을 흔들어야 시계가 작동하는 오메가 빈티지, 시계판이 아주 작은 로즈몽, 팔찌 같은 샤넬 프리미에르 등 가격대도 다양하고, 디자인도 다양하다. 늘 지각하는 친구에게 선물할 때는 오해가 생기지 않도록 다정한 카드를 첨부할 것.

우산 다다익선의 대표. 그만큼 잃어버리기도 쉬운 물건이라 내가 선물한 것으로 오래도록 간직할 거란 기대는 금물. 비 오는 날, 우울한 기분을 전환시킬 수 있는 밝은 색깔을 고른다. 송월우산에는 1킬로그램이 안 되는 가벼운 접이 우산을 주문제작할 수 있다. 단체선물용으로 아주 좋다.

잠옷 마릴린 몬로에겐 필요 없었을 물건이지만 우리에겐 여전히 필요한 물건이다. 예전에는 레이스 잠옷이나 샤랄라 스타일이 인기 있었지만 이제는 실용 중심. 얇은 면소재가 좋다. 젊은이들에겐 캐릭터 디자인의 톱과 팬츠로, 연세가 지긋한 분들에게는 파스텔 톤의 파자마가 좋다.

장갑 영화 〈베스트 오퍼Best Offer〉에서 미술 감정인 올드먼(제프리 러쉬 분)의 장갑 수납장이 기억난다. 색깔별로 나란히 진열되어 있던 수십 개의 장갑. 무채색 일색의 겨울 코트에 포인트를 줄 수 있는 소품이 장갑이다. 컬러풀한 장갑을 내 손으로 사긴 어려우니 선물용으로 좋다.

장난감 아이들에게는 장난감이 최고다. 여자 어린이에게는 바비 인형이나 미니하우스, 남자 어린이에게는 〈토이스토리〉의 버즈나 우디 인형이 반갑겠다. 어른에게는? 캐릭터 인형. 〈어벤저스〉 캐릭터를 이용한 피규어, 디즈니 사의 애니메이션 주인공 인형은 남녀노소 누구나 동심의 세계로 돌려보내주는 마법의 선물이다.

지갑 지갑은 가죽의 종류와 브랜드를 먼저 보게 된다. 한때 빨간색 지갑을 선물 받으면 금전운이 좋아진다는 이야기가 돌기도 했다. 지갑 선물할 때는 1천원 이상의 지폐 한 장 넣어서 선물하는 게 매너. 현금보다는 카드를 갖고 다니는 일이 많고, 'ooo페이'로 핸드폰 결제도 많이 해서 점점 지갑이 얇아진다. 앞으로는 카드 지갑을 선물하는 게 좋다.

커피 온 국민이 바리스타가 되는 거 아닐까 싶게 카페가 늘어나고, 브랜드도 많아진다. 가격저항이 좀 적어서 처음 본 브랜드의 원두를 사서 먹거나 선물하는 일이 많다. 커피는 갓 볶은 것, 갓 분쇄한 것, 갓 내린 게 좋다는 건 상식. 선물 받으면 가능한 빨리 먹는 것이 좋다. 오래 먹겠다고 냉장고에 보관하면 절대 안 된다. 냉장고에 들어가는 순간 아무리 좋은 커피라도 바로 탈취제로 변해서 냉장고 안의 모든 냄새를 빨아들인다는 사실. 나만 몰랐나? 귀한 보이차도 마찬가지다. 차와 커피는 실온 보관해야 한다.

쿠션 집들이 선물용으로 좋다. 대신 집주인에게 거실과 침실의 컬러와 좋아하는 스타일을 물어보고 선물한다. 크고 작은 쿠션을 여러 개 소파에 늘어놓으면 의지하기도 좋고, 보기에도 예쁘다. 소재 역시 실크와 면, 인조퍼, 울 등 질감이 다른 것들을 섞어놓아도 좋으니 센스 있게 매치해서 선물한다.

텀블러 일회용품 사용과 플라스틱 줄이기 캠페인에 법적 제재까지 가해지면서 텀블러와 장바구니 들고 다니는 게 일상이 되었다. 텀블러가 시중에 많이 나와 있지만 대부분 플라스틱 소재라서 뜨거운 음료를 담으면 환경호르몬이 나올까 걱정이 된다. 안쪽이 스테인리스 스틸로 처리된 것이 좋고, 흡입구에 뚜껑이 있는 것이 들고 다니며 마시기에 안전하다. 물론 조건이 많아질수록 가격은 올라간다. 하지만 선물할 때는 가격도 중요하지만 이 텀블러를 실제로 자주 사용할 수 있도록 배려하는 게 맞지 않을까?

향초 요즘 선물 금지 목록의 1번은 향초다. 향초가 나빠서가 아니라 모두가 다 좋은 선물이라 생각해서 선물하니 너무 많아져서 금지하는 것뿐이다. 좋은 오일, 천연 향을 넣어 만든 향초는 마음을 차분하게 가라앉히는 데 도움이 된다. 성분과 향을 확인하고 선물할 것.

화장품 어버이날, 스승의 날에 가장 인기 있는 아이템이 화장품이다. 메이크업 제품보다는 스킨케어 제품이 쓰기에 무난해서 인기 있다. 어느 피부에나 무난한 에센스나 선물 받을 분의 연령대 리뷰가 좋은 영양크림 등이 좋다. 이왕이면 동물 실험 안 하는 브랜드의 것을 고르는 센스. 또한 시기적으로 프로모션이 있는 세트가 많아서 예쁜 파우치나 휴대용 소형 제품도 포함된다. 젊은 층들은 화장품 편집숍인 올리브영이나 시코르 등에서 이것저것 골라 상자에 넣어 '종합화장품세트'로 선물하기도 한다. 치약과 헤어케어 제품에는 칫솔과 빗이 들어 있는 세트도 있어 선물용으로 좋다.

결혼기념일에
사랑과 믿음을 전하는 물건들

각기 다른 인생을 살아온 두 사람이 부부가 되어 인생을 같이 살아가기로 약속한 '그
날'을 해마다 기억하는 것은 의미있고, 행복한 일이다. 매년 맞는 그 날이 해마다 새롭
고, 특별하기를 바라는 마음을 담아 선인들이 만든 리스트는 꽤 많다. 문화가 다르고,
일상이 달라 떠도는 리스트도 각양각색이지만 프로 선물러로서의 경험에 입각해 간단
하게 정리했다.

1주년

처음 맞는 기념일. 지혼식紙婚式이라 한다. 결혼하고 일 년 동안 경험한 서로에 대
한 사랑을 글로 표현하는 것이 좋다. 종이로 만든 다이어리나 책, 공책 등을 많이
선물한다. 책은 따뜻한 사랑의 마음을 담은 가벼운 에세이나 시집 정도가 좋다.
또는 종이로 만든 지함紙函이나 닥종이로 만든 공예품 등도 좋은 선물이다. 이왕
이면 흰색이 좋다.

2주년

살면서 싸우기도 하고, 화해도 하며 점점 서로를 알아가는 기념일. 면혼식綿婚式이
라 해서 면으로 만든 물건을 선물한다. 아직 서로를 잘 몰라서 잦은 다툼이나 오
해가 일어나지만 깨끗이 빨아서 다리면 새 것처럼 돌아오는 면제품처럼 결혼할
때의 초심으로 돌아가자는 마음의 다짐을 하는 날. 손수건이나 티셔츠, 베갯보나
침대 시트, 타월 등이 좋다.

3주년

'3'이란 숫자에 의미를 많이 둔다. 인내심이 필요한 시기이기도 하다. 첫 회사가
좋던 나쁘던 3년은 다녀야 한다고 한다. 3개월을 넘기면 3년을 넘기라 하고, 3년
을 넘기면 그 다음 30년을 넘겨보라고 한다. 어디 회사뿐이랴. 인생이 그러하니,
결혼생활도 그렇다. 그래서 좀더 질긴 소재로 이 날을 기념한다. 혁혼식革婚式이라
하고 가죽제품을 선물한다. 가방, 벨트, 라이더 재킷, 인테리어 소품 등이다.

5주년

제대로 기념할 만한 날이다. 5주년은 목혼식木婚式이라 부른다. 여린 줄기가 뿌리를 내리고, 새잎을 내고, 간간히 꽃도 피우니 이제 좀 나무라 불러도 좋을 만큼 모양새가 갖춰진 것에 비교한 말이다. 단단하면서도 안에는 따뜻한 기운을 가진 나무는 열매와 꽃, 나뭇잎과 줄기, 뿌리까지 아낌없이 세상에 내어준다. 마치 부모님처럼. 5주년에는 나무로 만든 액자, 인형, 인테리어 소품 등이 좋다.

10주년

10년은 꽤 긴 시간이다. 결혼해서 10년이면 이제 개인도, 부부도, 가정도 단단한 기반을 갖췄다는 의미로 주석혼식朱錫婚式이라 한다. 주석 또는 알루미늄은 소재가 단단하면서도 탄력성도 갖고 있기 때문이다. '틴캔tin can'이라 부르는 예쁜 깡통에 선물을 담아 전달하면 의미가 더 깊어진다. 단단한 금속으로 만든 칼 세트, 에스프레소 기계, 쿠키 박스, 캐리어, 꽃병, 커프 링크스 등이 좋다.

12주년

결혼해서 10년, 거기에 2년이 더 지난 12주년은 명주혼식明紬婚式이다. 명주는 '비단' '실크'를 한자로 이르는 말이니 지나온 12년이 누에고치 속에서 성장하느라 겪은 고통이었다면 이제는 부드러운 비단길 같은 미래를 바라보며 합심해서 잘 헤쳐나가라는 암시 같은 모티프다. 실크 넥타이, 실크 스카프, 실크 블라우스 등을 선물한다.

15주년

여전히 티격태격해도 함께한 시간이 많아 서로의 호불호를 충분히 잘 안다. 어느 정도 생각과 마음이 투명하게 보인다. 마치 크리스털처럼. 그래서 수정혼식水晶婚式이라 하나 보다. 반짝이면서 투명한 크리스털로 만든 장식품이나 액세서리를 선물한다. 귀걸이나 크리스털이 박힌 넥타이핀, 인테리어 소품 등이다.

20주년

지난 20년 간 부부가 공들여 만든 '집' 안에서 일어나는 거의 모든 일에 부부의 모습이 반영된다. 어떤 부분은 뿌듯하고, 어떤 부분은 아쉽기도 하다. 도자기를 만드는 도공이 가마에서 도자기를 꺼냈을 때 느끼는 마음 같다. 20주년은 도기혼식陶器婚式이라 하고, 도자기 제품을 선물한다. 부부 찻잔이나 냉면기 세트 등 짝을 이룬 물건이 좋다. 도자기로 만든 인형이나 꽃병 등 인테리어 소품도 좋다.

25주년

은혼식銀婚式. 함께해온 사반세기를 회상하기에 좋은 날이다. 힘든 일도 많았지만 이제는 눈부시게 하얗게 반짝이는 은처럼 존중 받을 나이가 된 부부에게 주는 상으로 은이 제격이다. 은으로 만든 선물로 지난 25년의 소중한 시간들을 기념한다. 은으로 만든 수저, 반지, 귀걸이, 브로치나 넥타이핀, 책갈피 등을 선물한다.

30주년

강산이 세 번 변할 동안 함께한 인연은 축하할 만하고, 축하 받을 만하다. 바닷속에서 보석으로 자라난 진주로 기념한다. 진주혼식珍珠婚式에 선물하는 진주는 순수와 지혜 그리고 결백을 의미한다. 30년 동안 한결 같은 마음과 시선으로 인생을 살아온 반려자에게 선물할 만한 보석이다. 여러 소설의 모티프가 되었던 진주 목걸이, 반지, 넥타이핀 등을 주고받는다.

50주년

25년을 두 번 지났으니 은보다 귀한 금혼식金婚式이다. 금은 세간의 귀금속 중 현물 가치도 높고, 번쩍거리는 모양새가 묵직해서 누구나 좋아하는 소재다. 각기 다른 환경의 두 사람이 만나 검은 머리가 팥뿌리처럼 변할 때까지 같이 웃고 같이 울며 50년을 살아온 공로에 대한 대가를 부득이 물질로 말하자면 금만큼 가치 있다는 이야기. 금반지와 금목걸이 또는 골드바를 선물하기도 한다.

*자료 출처

결혼기념일 선물에 대한 제안은 전통적으로 널리 이용하는 월드북엔시클로피디아 World Book Encyclopedia를 참조했다. 좀더 현대적인 결혼기념일 선물에 대해서는 미국 시카고 공립도서관에서 제안한 선물 목록이나 애니버서리기프트바이이어닷컴 Anniversary-gifts-by-year.com에서 제안한 목록을 참조하기를 바란다.

태어난 날을 축하하고 기념하는 물건들

세상에 첫 소리를 내며 태어난 날은 축하하는 이도, 축하 받는 이도 기쁘고 고마운 날이다. 말로만이어도 좋고, 작은 선물이어도 좋고, 축하하는 마음을 표현하는 게 좋다. "태어나줘서 고맙다", "태어나서 다행이다". 그래서 사람들은 꽃과 보석, 색깔, 나무 등에 태어난 달을 연결해서 좋은 의미를 다 부여해놓았다. 이것 역시 문화권별로, 해석하는 사람별로 각양각색이다. 동서양에서 일반적으로 통용되는 것들만 정리했다.

1월   한 해의 첫 달인 1월의 탄생화는 히야신스, 제비꽃, 카네이션이다. 겨울의 하얀 추위를 헤치고 화사하게 피어나는 꽃들이다. 탄생석은 평화와 진실, 우정을 의미하는 가넷이고, 진한 빨간색이 1월의 탄생색이다. 겨울 한파를 녹여줄 듯 따뜻한 느낌의 빨간색 선물을 고르거나, 빨간색 포장지로 포장해도 좋다.

2월   '나를 잊지 말아요'라는 꽃말의 물망초, 붓꽃, 프리뮬라, 앵초 등이 2월에 태어난 이의 탄생화이다. 신비롭고 고급스러운 보랏빛 탄생색은 탄생석인 자수정과도 통한다. '성실'과 '평화'를 상징하는 보석이다. 보랏빛이 감도는 물건을 보랏빛 두툼한 벨벳으로 슬쩍 덮어 포장하는 센스.

3월   자신의 얼굴에 반했던 그리스 신화 속 인물 나르키소스의 화신으로 '자존감'의 상징인 수선화, 소박한 데이지가 3월의 탄생화이다. 탄생석은 바다를 닮은 투명한 푸른색의 아쿠아마린. 봄을 불러오듯 노란색과 파란색을 선물과 포장 또는 포장과 선물로 매치시켜도 좋다.

4월   꽃송이째 뚝뚝 떨어져버리는 동백, 핑크부터 보라까지 다양한 화려함을 한 몸으로 보여주는 아네모네가 탄생화다. 변치 않는 아름다움의 상징인 다이아몬드가 탄생석이고, 탄생색은 흰색. 선물 포장할 때 잎이 달린 동백꽃 한 송이 꽂아주면 좋겠다. 없으면 조화라도.

5월 골목마다 꽃향기가 풀풀 날리는 계절의 탄생화가 라일락이다. 은방울꽃, 민들레도 함께. 신록의 계절을 반영해 초록빛으로 온 세상 사람들을 행복하게 해준다는 의미의 에메랄드가 탄생석이고, 탄생색 역시 초록. 선물을 포장하고 초록빛 지끈으로 묶거나 나무 줄기를 포장끈으로 사용하면 어떨까?

6월 탄생화는 꽃의 여왕 장미. 또 하나는 재스민. 둘 다 꽃말은 '사랑' '기쁨'이다. 탄생석은 은은한 광택으로 품위 있는 진주와 문스톤이다. 탄생색은 벚꽃잎 색을 닮은 연보라색이다. 장미 선물은 숫자가 포인트, 선물 받을 사람의 나이 또는 그 사람과의 인연을 숫자로 표현하는 감성을 발휘해보자.

7월 라벤더와 델피늄, 수련 등 여름 꽃답게 송이가 크고 길쭉한 꽃들이 탄생화이다. 영롱한 붉은빛의 루비가 탄생석이고, 탄생색도 빨간색이다. 라벤더는 생화를 선물해도 좋지만 라벤더를 말려 포푸리 주머니를 만들거나 사서 선물하면 향기가 좋다. 침실이나 자동차 등에 놓고 쓰기 편한 실용적인 선물이다.

8월 한여름의 태양을 향해 한껏 고개를 들고 있는 해바라기와 접시꽃, 우아한 글라디올러스가 탄생화이다. 상큼한 빛깔의 페리도트와 스피넬이 탄생석이고, 탄생색은 연두색이다. 해바라기 그림은 풍수상으로 재물을 불러들이는 효과가 있다 하니, 8월생에게 해바라기 그림을 선물하는 것도 좋다.

9월 누나가 좋아했던 꽃, 과꽃이 9월의 탄생화다. 다알리아와 나팔꽃, 물망초 역시. 가을처럼 완숙한 분위기의 꽃들이다. 탄생석은 위엄 있는 짙은 파란색의 사파이어와 라피스 라줄리. 사파이어는 정직과 신의를 의미하며 라피스 라줄리는 성공과 번영을 상징하니 둘 다 푸른색 미래를 기원하는 데 좋은 의미다.

10월 가을이 깊어갈수록 화려하게 피어나는 국화, 천수국, 해당화, 금잔화가 탄생화다. 스톤 안에 오묘한 빛이 감돌며 빛에 따라 달라 보여 미래를 예지하는 보석으로 알려진 오팔과 전기에너지를 품고 있지만 빛깔은 다양하고 영롱한 투르말린이 탄생석이다. 탄생색은 분홍색.

11월 탄생화는 층층이부채꽃이란 이름을 가진 길쭉한 형상의 루피너스, 초롱꽃이다. 탄생석인 토파즈는 고대로부터 아름다움과 건강을 지켜주는 보석으로 알려져 희망, 부활을 상징하기도 한다. 몸에 지니고 있으면 좋다고 알려져 있다. 탄생색은 노란색.

12월 크리스마스의 꽃으로 불리는 포인세티아와 박하, 세이지, 백일홍 등이 탄생화다. 선물할 때 포인세티아 화분을 빨강과 초록 체크 무늬 포장지로 싸서 함께 선물하면 연말 분위기도 돋울 수 있다. 살짝 초록빛을 띤 푸른색 터키석과 탄자나이트, 블루지르콘 등이 탄생석이다.

*자료 출처

탄생화는 네이버닷컴www.naver.com과 위키피디아en.wikipedia.org에서, 탄생석은 미국보석상연합회Jewelers of America와 영국 윈터슨Winterson에서, 탄생색은 버스데이불스아이www.birthdaybullseye.com에서 제안한 자료를 바탕으로 정리했다. 여기에 수록하지는 않았지만 탄생목에 대해서는 로버트 그레이브스Robert Graves의 〈더 화이트 가디스The White Goddess〉와 켈트족의 사제집단인 드루이드Druids에서 제안한 것, 별자리별 탄생석과 요일별 탄생석에 대해서는 미국 광물학자 쿤츠G. F. Kunz의 〈큐어리어스 로어 오브 프리셔스 스톤Curious Lore of Precious Stones〉에서 제안한 것을 참조하면 좋다.

선물할 때
우리가 생각해야 할 것들

오래 전 크리스마스 때, 내 딴에는 실용적 선물을 한다고 귀여운 캐릭터가 프린트된 스웨터를 선물이라고 건네자마자 조카들의 실망한 표정을 보고 '아차'했다. 가족들은 '뭘 모르는 이모'를 대놓고 지탄했다. 아무리 좋은 선물이라도 받을 사람이 반가워하지 않는데 '선물'이란 단어를 붙일 수 있을까? 오랫동안 고민하고 비싼 값을 치러서 선물을 준비했어도 선물의 기본 조건, TPO를 갖추지 못하면 선물을 주고도 좋지 않은 감정을 남길 수 있다. 선물을 준비할 때 어떤 것들을 고려해야 할까?

첫째, 선물을 준비할 때는 받을 사람에 대한 배려가 필요하다.

받을 사람의 환경이나 취향 등에 대해 기본 정보를 수집해서 그 분의 생활에 잘 녹아들 수 있는 걸 고르거나, 일상에 활력소가 될 흥미로운 걸 고른다. 종교적인 물건이나 속옷이나 보석 같은 개인적인 물건은 상대방과 친밀한 관계일 때에만 시도하는 것이 안전하다. 자신 없을 때는 상품 교환권이나 구입한 가게의 명함을 함께 넣어 맘에 안 들면 바꿀 수도 있다고 알린다.

둘째, 적당한 가격대를 택한다.

이때 적당하다는 건 상대방의 수준에 적당한 게 아니라 주는 사람의 수준에 적당한 걸 말한다. 받을 분이 해외 유명 브랜드를 좋아한다고 해서 무리해서 그런 제품을 선물할 필요는 없다. 내가 할 수 있는 수준에서 하는 게 맞다. 선물은 가격보다 마음과 정성이 우선이기에 저렴한 것은 문제가 안되지만 너무 비싼 것은 문제가 된다. 분수에 넘치는 선물은 뇌물이란 선입견을 주기에 받은 사람도 뭔가 답례를 해야 한다는 부담을 갖게 된다. 단, 가격표는 반드시 떼고 전달한다.

셋째, 카드나 편지에 짧은 글로 선물을 전하는 마음을 표현한다.

물건만 전달하는 것보다는 손글씨로 '축하한다', '고맙습니다' 등의 인사를 한 줄이라도 써넣는다. 선물을 고르게 된 이유나 개인적 감회 등을 적으면 좋겠다. 이왕이면 선물하는 의도에 맞는 카드로 계절감이 느껴지는 디자인의 카드를 고르면 좋다.

넷째, 포장은 선물하는 이의 마음을 담아 깔끔하고 매력적으로 보이게 한다.

에르메스나 티파니, 스타벅스 등 해외 유명 브랜드에서 물건을 구입해서 선물할 때는 그 브랜드의 상자나 쇼핑백이 좋아서 또는 위세하기 위해서 따로 안 하는 경우도 많은데, 선물에 있어서 그리 점잖은 태도는 아니다. 축하하는 경우에는 화려하게 반짝이는 소재의 리본까지 달아서 축하의 즐거움을 보태고, 위로하는 경우에는 차분한 모노톤의 포장으로 다독여주고 싶은 마음을 담담하게 전하는 것이 좋다. 포장지와 리본을 사서 직접 해도 좋고, 백화점이나 쇼핑몰의 전문 포장 코너에서 전문가에게 맡기면 세상에 하나밖에 없는 선물을 전할 수 있다. SSG푸드마켓 청담의 더기프트바에는 전문 바이어가 국내외에서 소싱한 포장지와 메시지 카드, 리본 등이 있어 나만의 스타일로 포장을 부탁할 수 있다.

다섯째, 선물을 받으면 그 자리에서 열어봐도 될지 물어본 뒤 그 자리에서 확인한다.

선물을 바로 확인하면 선물을 받은 즐거움을 그 자리에서 직접 보여줄 수 있기 때문이다. 선물을 고르며 받는 사람이 좋아할지 어떨지 염려했던 주는 사람의 불안감을 일시에 날려보낼 수 있다. 중국에서는 세 번 거절하는 것이 예의라서 적어도 세 번은 권해야 한다는데, 현대 사회에서는 그런 실랑이보다는 준 사람의 성의를 생각해서 바로 받고 고마움을 표현하는 게 맞다. 설혹 맘에 들지 않거나 너무 부담스러워서 돌려주더라도 준비한 사람이 선물을 준비한 과정에 대한 이야기를 할 시간을 만들어주는 것이다. 선물을 직접 받지 않고, 우편이나 인편으로 전달받았다면 늦어도 사흘 안에 감사 인사를 전화나 편지, 이메일로 잘 받았다는 확인과 감사를 전한다. 부담스러운 선물이라 돌려보내야 할 때는 이유를 간단하고 정중하게 적어서 보낸다.

선물하다
마음을 기억한다는 것

2019년 11월 1일 초판 1쇄 발행

지은이 | 신혜연
펴낸이 | 이동은

펴낸곳 | 버튼북스
출판등록 | 2015년 5월 28일(제2015-000040호)

주소 | 서울시 동작구 현충로151, 109-201
전화 | 02-6052-2144
팩스 | 02-6082-2144

ⓒ 신혜연, 2019
ISBN 979-11-87320-31-9 13810